中国2024
生态文学 年选

中国生态文学

李青松

主编

天津出版传媒集团

百花文艺出版社

图书在版编目（ＣＩＰ）数据

中国 2024 生态文学年选 / 李青松主编. -- 天津：

百花文艺出版社, 2025. 1. -- ISBN 978-7-5306-9037-6

Ⅰ. I267

中国国家版本馆 CIP 数据核字第 2025NC9927 号

中国 2024 生态文学年选

ZHONGGUO 2024 SHENGTAI WENXUE NIANXUAN

李青松　主编

出 版 人：薛印胜

责任编辑：王　燕　徐　姗　　装帧设计：彭　泽

出版发行：百花文艺出版社

地址：天津市和平区西康路 35 号　　邮编：300051

电话传真：+86-22-23332651（发行部）

　　　　　+86-22-23332656（总编室）

　　　　　+86-22-23332478（邮购部）

网址：http://www.baihuawenyi.com

印刷：山东临沂新华印刷物流集团有限责任公司

开本：787 毫米×1092 毫米　　1/16

字数：260 千字

印张：16.5

版次：2025 年 1 月第 1 版

印次：2025 年 1 月第 1 次印刷

定价：68.00 元

如有印装质量问题,请与山东临沂新华印刷物流集团有限责任

公司联系调换

地址：山东省临沂市高新技术产业开发区新华路 1 号

电话：(0539)2925886　　邮编：276017

生态文学:正向的逻辑

◎ 李青松

　　我多次到过深圳。头一次是二十世纪八十年代,那时的深圳还仅仅是一个小渔村。后来到深圳,看到的深圳是一个大工地,到处是脚手架,到处是挖掘机和塔吊。今天,深圳已经成为特大型的现代化城市了。

　　从渔村到现代化的特大城市的距离有多远呢?我不知道,但改革知道,开放知道,速度知道,效率知道,深圳人知道。

　　深圳是中国改革开放的标志性符号。

　　深圳的街头至今还耸立着那个巨型的标语牌。标语牌上的那句话,在那个时代,每个中国人都耳熟能详——发展是硬道理。这是邓小平说过的话。这句话何其简单,这句话又何其深刻。

　　但是,今天我要说,没有创新,就没有发展,不进行创新,就没有道理,不进行可持续创新,就没有硬的道理。创新推动了社会的进步,创新推动了文明的发展。

　　此刻,我想起一个人,那个人是小男孩的时候就善于观察。他看奶奶烧水,水烧开了壶盖居然会跳动,为什么呢? 呃,水开了就产生能量,能量会转化成动力。于是,他就改良并制造出了有实用价值的蒸汽机。这个人,就是英国人瓦特。

　　那一年是一七七六年。

　　那一年是划时代的一年——从此工业革命开始了——蒸汽机代替了畜力人力,有了火车、汽车、轮船、飞机。人类进入了一个新的时代。可是,蒸汽产生动能需要燃料——大片的森林遭到砍伐,大量的煤炭被开采出来,大量的石油被开采出来,天然气也被开采出来。于是,问题也随之产生了——废渣、废水、废气,大量排入江河湖泊,水体被污染了,土壤被污染了;空气中充斥着大量的二氧化碳,空气被污染了。

还有什么没被污染?

——所有这一切,是瓦特万万没有想到的。

反者,道之动也。逆者,道之用也。

该怎样定义进步?该如何理解文明?在我看来,创新如果以牺牲自然,牺牲生态为代价,那么它就背离了创新的本质。大地还是充满生命律动的大地吗?土壤里还有蚯蚓吗?土壤还是活的土壤吗?农药、化肥、除草剂、灭树粉带给我们的教训还不深刻吗?

目前,人类文明正在突破地球极限,地球面临多维度的生态危机,包括危险的气候变化、海洋酸化、森林过度砍伐和生物多样性的丧失。经济增长与生态破坏之间的关系已经得到充分证明,绿色增长越来越渺茫——增长就意味着能源需求,这将导致碳排放量居高不下。

科学家发现了核裂变原理,用核反应堆来发电,而日本却将核污水排入了大海。智能化正在走进我们的生活,但马斯克提醒我们,智能机器人消灭生命是完全可能的。智能机器人比核武器还可怕。

相对生态来说,科技是反向的。科技越发达,对生态造成的破坏越严重。但这句话不是绝对的,因为生态与科技之间隔着一个东西呢——人的良知。如果丢掉了良知,这句话就是绝对的;如果唤醒了良知,这句话就可能不成立。

生态文学是以自觉的生态意识反映人与自然关系的文学。强调人对自然的尊重,强调人的责任与担当。而唤醒人的良知,提醒我们每个人勿忘善待自然,则是生态文学的重要功能。

自然是我们赖以生存与发展的根本。

自然,就是母体。

自然,就是美。

自然,就是一切。

二〇二四年十一月三日　写于北京

目 录

在齐河,有个豆腐窝水闸

◎ 梁 衡

水闸是干什么的？拦洪蓄水、调节水流,是天生与洪水搏斗、逆水而生的"拼命三郎"。但有谁见过巍然如山却寂静无声、与黄河相伴五十年而滴水未沾的水闸呢？有,山东省齐河县的豆腐窝水闸就是一个典型。

黄河自青海发源,至内蒙古的托克托县河口镇为上游,再至河南省荥阳市桃花峪为中游,直到入海口为下游。黄河上游占全流域面积的 45.7%,却形成 92% 的泥沙,经过湍急的晋陕峡谷,一股脑儿地全部压向了只占流域面积 3% 的豫、鲁下游之地,直接抬高了下游的河床。

都说黄河之水天上来,殊不知与之相伴的还有滚滚黄沙,水过河南开封时已经与城墙齐平了,直到入海都悬在空中,让下游的人提心吊胆。而黄河也极其任性,哪一天不高兴就弃堤而走,历史上特大的决口改道 6 次,小决口无数。它曾北夺海河入渤海,南夺淮河入黄海,它成就了丰沃的土地,也曾威胁着百姓的生存。

黄河总是在筑堤、决堤、改道中循环,人与水做着漫长的拉锯战。直到一九七二年的一天,在黄河下游河堤最险的地段之一——号称"黄河咽喉"的齐河县豆腐窝,人与水开始了一次心平气和的"谈判"。这里向来有"开了豆腐窝,华北剩不多"的说法。黄河以万里之势,裹挟 16 亿吨泥沙之威来上门对话。齐河人则一片诚心:"黄河,不要再闹了。你挟沙远行到此也已很累,我给你修一座大门,出得门去大片空地,足够你横躺竖卧。行不？"黄河说:"不是我要闹,实在是年年沙淤堤高,逼得我走投无路。"齐河人说:"我们现在就动工。"振臂一呼,20 万众上阵,8 个月为黄河筑起一个新居,6 个乡镇近 5 万人搬走,空出 100 平方公里土地。同时盖起一座 8 层楼高的 7 孔大闸。黄河为这份诚心所感动,五十年间竟没有一次来"敲门"。闸前黄河滚滚去,闸后草木悄悄绿。

我曾两次到豆腐窝大闸。第一次是到堤上看一个治水史迹展,偶遇大闸。一九五八年这里发生过特大洪水,水与堤平,万人抢险。有两位民工巡堤,见一处管涌急喷,手边没有合适用料,一人急屈身坐进管口,犹如战士以身堵枪眼。另一人爬上堤岸大呼求救,何等惊心动魄!一九七〇年九月,齐河堤防段研发制造的黄河第一艘吸泥船下水,命名为"红心一号",后获全国科学大会奖。你想黄河水每立方米含沙高达几十到几百公斤,吸泥船一小时出水 700 立方米,这一口吐出了多少泥沙?这在当时是大新闻。如今这条船已退役,现正静卧岸上接受游人的礼赞。

豆腐窝水闸离这个展览馆不远,陡峭的闸墙,粗大的钢缆,冰冷的铁门。它没有故事,也没有上过什么报纸,游客更不会注意到它。工作人员说,你别看它这样安静,每年这闸门总要轰隆隆地提升几次,试试运转灵不灵。闸前的土层里预埋着炸药。遇有紧急情况,一声雷鸣,土飞门开,洪水就夺门而出。但是五十年来这种情况还没有过,黄河一直遵守对人的承诺。

那次离开豆腐窝水闸后我心里总有一丝的惆怅。我们平常一提治黄,就是三门峡、刘家峡、李家峡、龙羊峡、小浪底……可有谁知道这个名不见经传的"豆腐窝"呢?谁会想到它、歌颂它呢?"为隐者传名,为无名者立传"是记者的职责,我于心不忍,两年后重访豆腐窝。

正是深秋季节,红的高粱、黄的玉米、白的棉花,大地一片五彩斑斓。大闸脚下是一条水泥路,阳光下村民晾晒的玉米、棉花堆积如山,豆腐窝变成了金银窝。我说这样不妨碍闸门的起吊吗?工作人员说近年黄河上游治理有成,下游河床降低,危险已经解除。豆腐窝大闸已光荣退役,将成文物。我立即想到闸外那100 平方公里的备用土地,即问怎么样了?他说因祸得福,备用了五十年,现在升值无法计量。于是我又花了两天的时间去逛这个大闸的后院。这里已经入驻了不少高新企业。有大型游乐园,过山车惊险刺激;有野生动物园,长颈鹿的头伸到二楼阳台上去吻客人的手;有珍宝馆,我第一次看到传说中的夜明珠,有汽车轮子那么大,在黑暗中熠熠发光。传统农业也大放光彩,大型粮库的粮塔高耸入云,当地的美食手工挂面居然细得能穿过针眼去,而且还是空心的。最值得看的是一座博物馆,在诉说黄河的历史。有各种各样的动物化石,庞大的黄河古象正向我们走来,其他还有各种飞禽走兽,都是些远古的生命,那时还没有人类,但已经有了黄河。五十年前人送黄河100平方公里的土地,五十年后黄河又分毫不少地还赠予人,上面还附加了这么多的宝贝,豆腐窝变成了科技窝、财富窝、欢乐窝。人敬自然一尺,自然敬人一丈,水闸为证。

还有一件心事未了,就是这闸的设计者是谁?几经查访不得其详。我想他们和这水闸一样,本来也是不想留名的。但他们与闸都有功于世,何忍其没于尘埃?遂书见闻,是为记。

亲近老树

◎ 高洪波

好老的树,老榆树;好粗的树,粗榆树。

这方土地上的圣树、神树、古树,曾为康熙大帝遮阴蔽雨的护驾树,嘎达梅林歇过凉、麦新烈士驻过足,拴过"胡子"的烈马,挡过"老毛子"的战车。总之,这棵硕大无朋、直径两米的老榆树,现在被我拥抱住,我侧耳倾听她的心音,用掌摩挲她粗糙的树皮,我感到自己贴近老榆树的同时,也贴近了故乡的土地、父老乡亲以及生于斯地长于斯地的一代代祖先。

大榆树在内蒙古开鲁县城西北三十公里处。我是开鲁人,长到十三岁就随家迁移,故而从小耳闻大榆树,却从无机会见过。今天借故乡一位蒙古族军旅作家一部长篇小说研讨会的机会,我专程拜谒大榆树。

大榆树现已拥有了一处院落,名"古榆园"。沿台阶而上,大树的断干直挺挺兀立在空中,像一方柱形的木印,风掠过,印文想必是盖在风中、云上;另有几枝树干虬龙爪般伸展,在天空中腾挪,似在攫取、捕捉着什么。这大树的雄姿让我猛然想起江西南昌青云谱,那是名画家八大山人故居,故居有一株古樟树,与这古榆何其相似乃尔!大概自然界中的树木,一旦"百年树木"之后,可能都具有了这种神韵、灵性和威慑力。

草原八月的晌午,阳光灿烂若金,金色的阳光射入老榆树的叶隙,地面上盘起闪烁不定的光线,土地是金黄的,阳光是金黄的,树叶也显现出金黄,在这种寂静的金黄中感悟老树,有一种天人合一的幽静。

遐想数百年前此地,想必是水草肥美,榆树成林,一旦有人类的足迹踏上,老榆的伙伴们想必一株接一株献身,最后留下这最粗壮、最威严的一株,作为榆树家族最后一名代表,她同时也代表着拓荒的历史,挺立下来。再往后,她成了一株神树，远近乡民顶礼膜拜，甚至修起了一座寺庙来供养、祭祀，在乡民的神树崇拜情结中，未尝没有怀念、崇拜自己拓荒者祖先的意蕴。

成了神的大榆树，是因神而大还是因大变神的？二者的因果关系不甚了了。可大榆树的确又大又神气，方圆几十甚至几百平方公里的地面上，她是独一份！

开鲁县是相对年轻的城市，满打满算不过八十几岁。开鲁的先民，来自河北、山东一带，有一个字的发音可以印证这种地域关系。不久前河北涞源有朋友来，听他们把"钢笔"一律称为"钢北"，"笔""北"不分，恰是我故乡的典型方言。告别大树，我悄悄折下几枚嫩叶，夹带回北京，算是对老榆树的一点纪念。途中我追忆自己的根，记得父亲总说老家在"兰州府"，初之以为在甘肃，此番从老榆树下告别，头脑中猛然灵光一现：兰州府者，乃河北滦州府也。故乡发音，一贯"兰""滦"不分，这一下明白了自己与河北滦县（今滦州市）高家的血缘关系，敢情自己是冀东人，禁不住得意起来。

若不拜谒老榆树，我肯定还在琢磨自己与甘肃的关系！细想当年甘肃人怎么会闯关东到科尔沁草原谋生？山路阻隔，几无可能。河北滦州人则得地利之便，一日出山海关，三五天便到草甸子，太容易不过了。

有机会到滦县，没准还真能寻到根。

回到北京，首要的事是将此行拜谒大榆树的感触向父母大人禀报。听说我是平生首次见到大榆树，我母亲淡淡一笑，说你早就去过大榆树，非但去过，还住了一年。再细问，才知我不到一周岁时，母亲身为农村工作队成员，在大榆树镇工作了近一年的时间。如此说来，我早在四十三年前就享受过老树的荫护，没准还吃过她那香甜的榆钱呢！

茫然中夹杂着愕然，作为短暂的生命个体，在古树面前的渺小感顿时充斥我的身心。儿时的记忆一片空白，但大榆树一定记得我，记得那牙牙学语、蹒跚学步的婴孩……

本以为初相逢，却竟是老相识。荒诞中便具有了极现实的意象。

亲近老树，一如亲近历史和岁月。故乡的大榆树，愿您枝叶繁茂，永葆葱郁的青春。

枣树记

◎ 徐　剑

　　我对枣树寓意的理解，缘于小舅的婚礼。那天，母亲塞给我三角钱，交代道，去供销合作社买半斤红枣。我将三角钱攥在掌心，狂奔如小马驹，"嘚嘚"的脚步声回响在老街的石板路上。古镇为驿站，一至五甲一条街，从外婆家五甲，跑到三甲火巷张家门铺，一华里，站在高高铺搭前，怯生生地说，半斤红枣。店主一只眼睛坏了，蒙着云翳，翻了翻白眼，从玻璃瓶里抓红枣装进牛皮纸袋，称好，递给我。我双手抱着半斤红枣往小舅家跑去，枣香溢满古街。气喘吁吁地交给母亲，只见母亲将红枣拿了出来，装进将封口的红被子，剩余撒在婚床褥子上，喃喃念道，早(枣)生贵子! 满脸悦色。

　　这是我第一次知道大枣还有如此美好的祝祷。那弥散在故乡老街的枣香，像迷了魂一样，使我对红枣树有一种天然的敏感与亲近。

　　那个夏日晌午，车入稷山县万亩唐枣树林，我那掩埋了半个世纪的枣香记忆，突然被激活、唤醒了。

　　喊枣魂者归来。一园汉枣树、魏晋枣树，最多的是唐枣树。放眼望去，树干黢黑，布满皱纹，树心炸裂，被雷劈火烧过后，仍青枝绿叶，青枣缀满枝头，硕果累累。每一株犹如天庭玉树，古树盘根，遮天蔽日一片阴凉。不由得惊叹一声，好大一园古枣林。

　　古枣树遮天蔽日，蔚然壮观。我的思绪转至从前，少时读大先生《秋夜》，开篇就是经典妙语："在我的后园，可以看见墙外有两株树，一株是枣树，还有一株也是枣树。"后来我长大了，屡去山阴，入百草园，周家后花园里，不见两棵枣树的踪影。大先生秋夜所见枣树，应该在北平城里。那两株枣树，本不属于南方。

　　在我的老家云南，也鲜见枣树。很多年后，我在河南灵宝、甘肃酒泉，见过不少野枣树，多为荆棘丛，并不像山西稷山县这一片古枣树林，老树枯枝新芽，盘虬野地，躯干枯槁，天火闪电击过后，寒霜侵身，雪野覆盖，却活到了今日，千年不死。

想想我家永定河边的柴门前，邻居家院落里也种了一株枣树，将近十年了，仅小碗口粗。邻家数年未住人，无人打理，靠天雨而活。枝头照样结满了枣，秋天红成半树，金风一吹，坠落一地，拾起来，咬起来香甜嘎嘣脆。去年春夏之季雨少，见叶子发黄，我以为树会干涸而死，谁知一场春雨袭来，葳蕤如昨。

千载如斯，稷山的千年唐枣树祖，也是这番活法吗？下车，近枣树祖情亦怯，我们向一株株古枣树走去，溯岁月田埂而上。

甘棠井惊现于前，身着汉服、唐装的枣农载歌载舞。"合、四、乙、尺、工"，鼓、镲、锣、号奏响，胡琴裂帛。我未赶过去凑热闹，踏着时光的鼓点，走近唐枣、晋树，红枣树祖兀立旷野，汾黄之间，连林成海。最早的已有一千八百年，有的要两三个人伸手相围才能环抱。这是一株怎样的古枣树啊！接汉风唐月，宋雨元霜，让人走近时，只想拥抱，只想依偎，只想谛听她的历史心跳。很多株古枣树心枯如井，如铁，只余下薄薄一层皮，真让人担心，倚在树干上，会轰然倒下。刹那间，心生敬畏和感动。从枝丫缝隙望穹隆，仰天长叹，生命何其短，摩挲、歌吟过这园老枣树的文人墨客早化为泥土。千年过去，树心已被天火烧焦，树干被剑戟斩断，可叶脉还在流淌，板枣缀满枝头一树连一树，一园接一园，在春阳、夏雨、秋风中，笑着，花摇枝颤。

摩挲着那一株株老枣树祖的皮肤，我的手陡生粗糙感，这种锉痛由皮肤传入神经，直抵心脉。无边的痛后，却是血一般的奔突，红枣酱色如血，如火，是炼狱过后的浴火重生啊。一颗、两颗、三颗、四颗板枣，水煎，煮沸，枣香四溢，水雾冉冉，万千中药的苦，皆伴枣性而聚变，而新生。那是痛楚过后的沸腾。谁会想到，一枚枚河东板枣，竟然还是救命之丹。

十年前，至亲遽然染疾，幸有名医悬壶济世，妙手回春。治疗后，处于恢复期，亦无药可开。医嘱说，只需调理即可，到中医院开几剂中药吧。后用了一个妙方：虫草两根、西洋参十数片，宁夏枸杞一把，稷山板枣四枚，兑水三四百毫升，陶锅里煮两个小时，趁热喝下，再将所有药渣嚼服。日复一日，月复一月，一喝就是三载，抵抗力大增，恶疾已远。那一刻，我对红枣，对河东板枣，有了一种膜拜感，它的功力远远超出早生贵子的民间祝福，更兼发百草之七味，和烈药之中庸，抑毒药之暴戾。三四枚板枣一放下去，各种烈药、苦药、补药、泻药都中和了，成一服济民良药。毒性去，烈性减，补到位，泄不死，苦可口，其要谛正在于一粒粒红枣的吸纳、添减、平衡、调剂与温补之功。

发现板枣有药补之效的郎中，远及汉代。首推南阳张仲景，但影响最大的是神医华佗。相传曹操患头风病，寒风一吹就发作，心乱目眩。华佗巡诊，望闻问切后，知道实乃心病——既生瑜，何生亮，既有卧龙岗，何必铜雀台啊。遂为曹公针灸，瞬间脑清目明。曹丞相高兴，欲重赏华佗。华大夫摇头，说针灸之疗，只管一时，不管一世。安邑御枣和烈药，可除丞相脑疾。

华佗为曹孟德配药，稷山板枣用得最多。采摘于河东御枣园，运至洛阳城，驿程几百里。后来，称帝后的曹丕下诏，问群臣："南方有龙眼、荔枝，宁比西国葡萄、石蜜乎？酢且不如中国凡枣味，莫言安邑御枣也。"曹丕不仅是文章大师，也是美食家。南方有嘉木，驿马驮来的龙眼、荔枝都吃过了，可他觉得不如西域来的葡萄和石榴好吃，味道发酸，甚至不如中原普通小枣，何论河东安邑御枣呢！

稷山县属河东郡，板枣又称河东枣，汉代就是贡枣，亦叫安邑御枣。太史公云："安邑千树枣，燕、秦千树栗，蜀、汉、江陵千树橘。"司马迁故里就在河东龙门，河东一脉，离稷山枣园只有几十里，他壮游天下前，当来过稷山板枣园，才会将稷山板枣与燕、秦栗子，蜀、汉橘子相提并论吧。板枣与栗、橘一样，早就名列华夏古国的珍品佳肴。江山留胜迹，一枣泽万代，谁可堪比？民！

河东板枣入药文献记载，始见于晋代。南朝陶弘景配药时，常用板枣为药引，在《本草经集注》中写道：世传河东枣特异，与青州、江东、临沂、金城不同。陶弘景道出了配药的一个妙方，天下之枣多矣，入药作引，唯稷山枣甲天下啊。

皇天后土必育御枣。那天踏进河东地界，先祭后土祠。登秋风楼，望河汾交汇处，大河如镜，清浊分明，遥想汉武帝吟秋风辞。那是公元前一一三年秋天的事，刘彻率群臣巡游，至河东郡汾阳县，祭祀后土，摆放的供果是板枣。皇天后土苍生命，有粮不慌，有枣更带来吉祥。时，秋风萧瑟，鸿雁南归，登上楼船，泛舟黄河、汾河并流水域。帝宴中流,逝水如斯。文韬武略、求仙封禅的汉武帝终于被秋风吹醒了,天下哪有长生不老之药,御酒喝罢,遂吟《秋风辞》:

秋风起兮白云飞,草木黄落兮雁南归。

兰有秀兮菊有芳,怀佳人兮不能忘。

泛楼船兮济汾河,横中流兮扬素波。

箫鼓鸣兮发棹歌,欢乐极兮哀情多。

少壮几时兮奈老何!

碑文为唐人书丹,行书,是二王书风,魏晋风骨,颇与汉武大帝的心境契合。不知那年司马迁随行否?彼时,离太史公辞世仅差两年。《史记》未收此辞,还好,班固《汉书》为汉家天子歌吟留痕。天上大雁飞过,秋风吹过,百草霜衰,美人无颜色,唯黄河黄花遍地香。

青春几何?人生岂能不老。汉武帝未曾想到,江山、宫阙、扶栏、楼船,雕栏玉砌,都经不起兵燹与宫乱。一阵秋风起,唯有远处的古板枣树见证了时间、岁月、王朝,千年过尽,依旧生机勃勃,生儿育女,硕果不绝,历时千载,仍将衰老和死亡拦在枣园之外。

神树啊。从秋风辞碑前移步楼顶,远眺黄河与汾河汇合处,水开天境。自盘古开天,三皇五帝,最初祭祀的是"社","社"就是土地之神,后土地母。商代以降,祭"社"又加上一个"稷"的仪式。"稷"就是谷神,周代的始祖后稷,封地就在距后土祠不远的稷山县,皆属河东郡。后稷种谷成神,粮安中华万世。而传说稷妻则嫁接了千年仍在结枣的板枣树。五谷之根,家化万物,有粟、有麦、有谷、有稗,亦有千年枣树。江山社稷百姓安,有粮则命安,有枣则福来。

梦断大河水不尽,何处枣生三晋地。我往热闹处走,甘棠井亭前,观枣农们穿汉服唐装,老翁、老妪摇辘轳,耕夫和歌。我倚在树前照相,仿佛是依偎在老祖母的怀里,东风掠过。一阵清凉,一股枣香,是老奶奶身上的树脂之味,是摇篮之中母亲的奶香、枣香。

千年枣树活着,活在大河之滨。母亲河,枣祖树,老且弥坚,仿佛在喻言华夏子孙繁衍，万家兴旺，江山永固。一河血脉，与千万株枣树相连。秋风起兮明月夜，文心如初，元气依然。

莫道枣树老，一枣一树皆成林。

捡松茸

◎ 白庚胜

　　松茸在纳西语中叫"余暮鲁"。它是我们那里最上等的蘑菇。捡拾它,就叫"余暮鲁素"。

　　由于松茸在我的家乡普遍生长,捡拾它便几乎成为当地男女老幼都热衷的生业,甚至一些蛇类也会乐此不疲,常常在饱尝一顿之后吐一地白沫而去,吓得我们心惊胆战。

　　我们村是个移民村,建村不到二百年。只有二里外的东村是这里最早居住者,从而这一带的山中松茸产地自然成为他们的专有,几乎家家都有若干个一直对外秘而不宣、世代传承的"余暮鲁台",也就是"松茸圃"。我们也就只好对那些散长的松茸打打游击,一天天眼巴巴看着东村村民背着一篮篮新鲜松茸从四周山上走下来,留下一路香气,空生一肚子的羡慕、嫉妒、恨,暗责青山无情、无义、不公。

　　这是因为,松茸在纳西族生产、生活中非常重要:一进入六月初,四围的群山常披满又浓又重的云雾,东村那些拥有祖传松茸圃的人家,便按节按时融入晨曦中,穿林拨树,奔向各自的目标,如取囊中之物,开始第一轮的收获。我们这些外来户,也照葫芦画瓢,装模作样地在每个雨天清晨戴个笠帽、披着蓑衣、斜挎小竹篓去碰碰运气。但由于此物出产量少,一般都收获甚少,更遑论我们是外来户了。对此,主人往往先自食一顿,或馈赠亲友尝鲜,很少有人会将它们上市赚钱。那是第二、第三次捡拾以后的事。到那时,捡拾的次数频繁、获得的数量激增之后,主人们才会自己海吃又出售,常常弄得满村满街松茸味浓浓,再也不愁一年的油盐酱醋开销钱。当然,这只是在风调雨顺的年份里。要碰上连年干旱,或遭遇火灾烧山,那就是另外一番命运了。但不管怎样,有松茸圃的人家,仍比一般人家富足、有尊严。

由于生长在金沙江边干热河谷地带，二十多岁后才嫁到我们村，比之松茸，母亲更熟悉鸡枞的习性、故事、食用方法。但久而久之，她也对松茸的知识逐渐耳熟能详。每当看到我对秘传有松茸圈的东村人家羡慕至极，并曾想跟踪他们增收，她就严厉制止道："天下的宝贝数不清，各有各的富贵路。没有松茸可以吃羊兜菌、牛肝菌、一窝菌，就是不能去破古人定下的规矩，坏了人家的财路！身外之物，只能望而敬之，决不能有非分之想。你不知道吗？人间自有先来后到的道理，谁让我们的祖先来此迟迟？有本事，还不如去东村物色一个小对象，长大后把她娶来当媳妇不就一举两得？"直说得我羞红了小脸。

我的母亲长于做各种各样的松茸菜肴。这都是她以零星捡拾到的、亲戚馈送的、街市上买来松茸为材料练就的，或是从左邻右舍那里学来的功夫：在野外劳作时，她会教我将它们穿在一根小木棍上再烤着吃；在家中，她最拿手的是将它与瘦肉、绿椒共煎炒；大热天，她教我们从储水槽下取出鲜嫩的它蘸酱生吃；为过冬，她会找一些瓶瓶罐罐做松茸酱保存；火把节、中元节煮肉时，她不会忘了在汤中加上些松茸片片；在中秋月饼节上，她也会撒上一点松茸粉……

享受着母亲的无所不能和松茸的自然天香，我曾问过她松茸的来源。她莞尔一笑："听说松茸是署赐给人的宝贝。""署？"我睁大双眼瞪着母亲。"对！署与人原来是同父异母亲兄弟。可后来两人分家，署住在荒野，一切有水之地及野生的动物植物都归他；人则分到田地村落、六畜五谷后建家园。起初，他们之间相安无事，但后来人口增加很快，就又开荒扩大田地，又砍树木建房屋，并大量杀牲污染了江河。署一气之下，就发洪水冲毁田地，派蝗虫吃光庄稼，让泥石流冲垮村庄作报复。天上的米利董神见兄弟俩成了仇敌，就下凡相劝告：署在人缺吃少住时应允许适当开荒种地、猎杀动物、砍树造房；而人不得过量砍伐树木、随意开挖土地、污染江河、侵犯署界。双方都服从神的判决，人还表示今后要年年用鲜奶、鲜花祭署，以表示悔意与感谢。从这以后，两兄弟重归旧好，到处和和美美……"

"那，署允许人利用的东西中有松茸吗？""那当然了，所以才说松茸是他赐给人的宝贝呢。"母亲的故事如水银泻地，无声地洒满了我的身心。但当时，我只记住了署、米利董这些古怪的名字,并朦胧感到松茸与其他蘑菇都属于署所有,不可随意予夺,还要怀有一颗感恩的心。

想不到,我于二十世纪末被公派留学日本时,在大阪所结交的第一个朋友,竟是曾多次到丽江采购过松茸的丸北株式会社职员近藤君。在一个情人节的夜晚,坐在大阪大学旁边的一个斯纳克(轻食)店,窗外是溢光流彩的街道、酒肆,我俩品尝着一盘薄薄的松茸片烧烤。我不禁想起问他们为何如此钟情于丽江的松茸?近藤君告诉我:"松茸性温,好湿,喜净,是极好的环保食品,具有润肺、健脾、强肾、抗衰老等奇效,但越新鲜效果越好。"日本与韩国也生长有松茸,但市场价格太贵,前者不低于每公斤八万日元,后者也不会低于每公斤六万日元。丽江产松茸虽因运途遥远味道及新鲜度会受到一定影响,但仍能保证每公斤三万日元的价格,比邻近迪庆等地所产松茸要高出不少,却比日产韩产松茸低了许多。客观地讲,二者之差,主要是生长环境所致:迪庆海拔偏高,造成它打开伞盖良久也难出全香味;雅江一带又因地处热带河谷,而它一出土就展开伞盖易散失香味。只有丽江海拔适中、日照条件优渥、不冷不热,使所产松茸形美、色好、味足、易于保鲜,从而也就更受商家喜欢,具有了竞争优势。

我试着按当时的汇率一算,三万日元相当于人民币一千多元。于是,我突然想起出国前去香格里拉白地村考察,在所经洗脸盆垭口时发现有大量收购松茸者云集,并形成所谓的"洗脸盆市"的景观。松茸,果然是造福于一方,活跃了一地经济。这在纳西族地区几乎没有任何产品可以用来做国际贸易的当年,松茸的确对繁荣中日贸易、实现许多纳西族农民的致富梦起到了重要作用。后来,仅在我熟知的东山村,我就听说涌现出了多家靠它致富的"万元户"。这让我对母亲的教诲有了更深切的感受。

对于日本人为何执着于在日本料理中强调松茸的作用,近藤君的回答是:"因为它不仅味道鲜美、肉质细腻,而且还具有抗癌与抗核辐射的功能。"现如今,日本人的生存环境已经被污染得忍无可忍,也就不能不借助松茸的神力加以克服。"羡慕啊白先生,谁让您生活在丽江那么无污染的青山绿水中,还与那么多的松茸为伍?而且,你们的松茸用量也太夸张,总是大碗大盘地食用。哪像我们只敢放一片片闻闻味道而已。"完了,他补充说日本人对松茸抗癌功能的发现,来源于第二次世界大战期间美军对广岛、长崎投放原子弹时期。毁灭性的爆炸之后,苟活的人们见所有的蘑菇都已绝迹,只有松茸劫后余生,并勃勃旺盛,就感慨万分,投入研究,终于使之成为日本人餐桌上的明珠。

其实,在我有限的民俗知识中,日本人对松茸的喜好还与其古老的生殖崇拜有关系。牛久等地神社中密密麻麻、茁壮如巨茸的石制男根群表明,大和民族的早期曾疯狂地崇拜男子生殖器,以达到祈求多子多孙、民族兴旺的目的。而抱团收体的松茸正与男根相酷似,因而成了人们的崇拜物。只是,如今的日本人更注重的是松茸的非信仰功能而已。

或许,这在古代纳西族社会中也曾存在过,只是通过不断移风与民俗雅化,它早已"夜阑马声晓无迹"也未可知。我们所知道的,仅仅是围绕着松茸的生产、生活,对它的过去、现在的情感,趣味的碎片化罢了,而它们背后的自然进化、社会变异、精神信仰及其山民们的恩爱情仇,则同松茸的不可复制性一样永不可复苏。母亲、童年、贫困、留日、近藤等等记忆,也将很快成为苍烟中的落照。

只是,我珍爱它们。

鸟叔

◎ 李　舫

清晨，潘晟昱便动身赶赴莫莫格湿地。

如常的一天开始了。

芦花摇曳，嫩水潺潺。浮动的晨霞和霭霭的月波交替升起，排列整齐的白杨树忧郁地俯瞰众生。湿地边缘鸟群留下的脚印深深浅浅、匍匐向前。白鹤成群结队，在潮湿的空气中高蹈轻歌。袅袅炊烟里，村民日出而作日落而息。数不清的日日夜夜过去了，而这里仿佛一切都未发生。

那些延伸在湿地里蜿蜒曲折的小路，那些横亘在松嫩平原上的大小湖泊，那些任凭雨打风吹依旧高挂在枝头的鸟巢，那些深埋在湿地之下沉睡了多年的岁月……这些，都写满了潘晟昱无比熟悉、无比亲切的故事。

大兴安岭由东北向西南绵延起伏，在镇赉留下连绵起伏的漫岗地、浅水滩、荒草坡，波涛汹涌的嫩江和温柔涌动的洮儿河在此交汇，江河沿岸形成了广袤肥沃的冲积平原——这便是物华天宝的莫莫格。莫莫格国家级自然保护区分布在镇赉县多个乡镇，据说光绪元年，蒙古族人游牧到此，发现了这里的美丽和安详，遂在此安营。莫莫格，在蒙古语里就是"行头"。

冬天的残冰还没有消融，潘晟昱的老朋友便都急不可耐地赶回来了——五千余只白鹤、灰鹤、白枕鹤和数万只大雁、野鸭等水鸟在此停歇、休养、补给——莫莫格迎来了候鸟北归高峰。

放眼望去，鹤舞莺飞，上下颉颃，生机盎然。潘晟昱拿出望远镜，支好三脚架，将长焦镜头对准了湿地里的鸟群。他这辈子最得意的就是定格镜头里的这些美丽生灵。

潘晟昱原本是一名摄影爱好者。这些年，河湖连通让莫莫格不再缺水，加上当地生态保护工作做得好，以前的荒地变成了湿地，大量候鸟回归。二〇〇三年，潘晟昱萌生了生态摄影的念头，于是他开始以这些候鸟为对象拍摄。渐渐地，他发现，莫莫格竟然有不少世界罕见的珍贵鸟种。专家告诉他，在他的家乡莫莫格国家级自然保护区里，最珍惜、最重要的要属白鹤。潘晟昱一听，来了兴趣。他和朋友一起，驱车前往莫莫格，据说那里有五千公顷的水面，白鹤经常在此聚集。

第一次见到白鹤，潘晟昱还闹了不少笑话。从前的莫莫格湿地，贫瘠干涸，潘晟昱长这么大，没见过白鹤，远远看到鹤群在那里逡巡，他高兴极了，端起相机就拍。等到他把照片放大细看，才知道那是农民家里饲养的大白鹅。还有一次，潘晟昱远远看见莫莫格湿地里落着大群白鹅，等车靠近，"大白鹅"惊飞起来，那长长的脖颈、长长的腿，那骄傲的神态、敏捷的身姿——潘晟昱这才意识到这是鹤，赶紧按下快门，匆忙之中没有设置好快门速度，导致照片拍虚了。

现在对这些鸟类，潘晟昱可是如数家珍，甚至还没等鸟儿亮出翅膀，他便能够脱口而出它们的名字，白鹤更成了潘晟昱相机里的嘉宾：一只雪白的白鹤站立在湖边，像一位亭亭玉立的少女，展现着绰约的风姿，超凡脱俗；湖面上，一群白鹤轻轻掠过，它们抻长脖颈，扇动着美丽的翅膀，宛如仙女在舞动长袖飞翔；白鹤在空中排着整齐的"V"形或"Y"形飞过，远远望去，飘飘然如仙人潇洒飘逸，高傲的身姿婀娜动人、令人陶醉。

每年三月，白鹤从越冬地江西鄱阳湖北迁，来到镇赉停歇；五月，启程到北极圈里的雅库特地区繁殖；九月，再由雅库特飞还，全程一万余公里。处于嫩江和洮儿河交汇处、适宜水鸟栖息繁殖的莫莫格湿地，正是白鹤漫长迁徙途中的重要"驿站"。每当用相机捕捉到白鹤振翅时那些肉眼看不到的丰满羽翼、美丽长喙，看到它们无拘无束地欢歌、翱翔，潘晟昱的心里就充满了感动。白鹤的一生历经迁徙和磨难，每一年要经历万里跋涉的艰苦太不容易，"鸟"生不易。但是不论经历怎样的磨砺，它们同人一样，遵循群体规则，尊重手足之情，更对幸福生活充满向往和追求。越是对鸟类多了解一分，潘晟昱就越觉得应该倾心尽力记录它们，更要倾心尽力保护它们。

近二十年来，潘晟昱用相机记录下白鹤在莫莫格湿地停歇的珍贵瞬间，并在全国各大媒体发表了大量稿件和图片,呼吁人们爱护生态、关注白鹤。二〇一〇年十一月,中国野生动物保护协会授予镇赉县"中国白鹤之乡"荣誉称号,二〇一八年潘晟昱和他的护飞队获得了中国野生动物保护协会的表彰。

现在,潘晟昱不仅拍鸟,还被聘为中国野生动物保护协会科学考察委员会常务委员、吉林白城护飞队队长。爱鸟、懂鸟、拍鸟、护鸟……潘晟昱肩上的担子更重了,他的名声越来越响亮,哪里有鸟受伤了,哪里又发现新的鸟群了,哪里的鸟有什么不对劲了……大家都第一时间想到潘晟昱。

"这个鸟叔,不干人事,净干鸟事。"刚开始时,还有些人不理解潘晟昱,他们认为,鸟嘛,又不是人,哪儿都有,管得了这只还管得了那只?管得了这些还管得了那些?这玩意儿管它干啥?潘晟昱就想办法给他做工作:

——白鹤,它们自古以来就是我们的吉祥鸟,在中国象征着长寿、福瑞。全世界白鹤只有几千只,在很多国家已经灭绝了,只有中国、俄罗斯等国家能见到它们的倩影。白鹤在原来喜欢留恋的印度、伊朗、阿富汗……几乎绝迹。白鹤对环境非常挑剔,只栖息于开阔的平原沼泽草地、苔原沼泽和大的湖泊岸边及浅水沼泽地带,在中国,它们也仅仅选择了吉林镇赉、辽宁法库、河北北戴河……作为迁徙的中途停歇地。因为白鹤选择了镇赉,选择了莫莫格,所以我们这里被称为"中国白鹤之乡"。

——白鹤非常机警,非常胆小,稍有动静,立刻起飞。白鹤是世界上濒临灭绝的动物之一,它们濒危的最重要的原因就是栖息地遭受破坏和改变。此外,人类的非法捕杀、外来引入种群的竞争、自身繁殖成活率低、国际性的环境污染,都会让它们数量锐减。白鹤属于国家二级保护动物,猎杀白鹤情节严重的将会处以十年以上有期徒刑,并处罚金或没收财产。

——莫莫格,是白鹤眷恋的土地,全世界百分之九十的白鹤都会在这里停留。这对我们是多么大的信任!人类与动物同处地球村,是解不开、打不散的生命共同体,我们只有把这里的环境营造得温馨舒适、绿意盎然,它们才会选择来我们这里栖息。

几年来很多对立者、旁观者变成了志愿者,志愿者又去给更多的人做工作。越来越多的人明白了,这种有专属迁徙通道、每年春秋在莫莫格停留的白鹤,是非常珍贵的鸟种。这样一来，村民的态度就转为支持："白鹤，这是家乡的宝贵资源，任何人都不能祸害，每一个人都应该保护白鹤！"以前质疑的人没有了疑问，以前不懂的人变成了宣讲员，村民们不仅帮助潘晟昱宣传、巡查，还同潘晟昱一道，组建了近两百人的"白城护飞志愿者团队"。 每年春秋两季，护飞队员便开始了"护飞"的忙碌。只要发现白鹤等候鸟到来，他们就会赶到湿地驻守，队员们把大部分的精力都放在了护飞上，伴朝晖、沐夕阳，用心用情去守护这群精灵，为它们的停歇、繁衍保驾护航。

现在，越来越多的人叫潘晟昱"鸟叔"，潘晟昱也坦然接受："我就要做一个爱管鸟事的'鸟叔'，我很开心！"

潘晟昱觉得，这个外号让更多人知道他在干什么，可以带动其他人一起关注、关心、保护野生动物，宣传效果就像倒金字塔一样，一天比一天高，参与的人越来越多："在我们镇赉，绿水青山、冰天雪地都是金山银山！"

刺猬回来了

◎ 任启亮

从院子里玩耍回来的外孙女,一进家门就大声对我说:"姥爷,刺猬回来了!"她一边说一边比画着,刺猬是从院子中间花坛的草地上爬过来,进入2号楼前的灌木丛的。

我们这个院子已经有十六年院龄,记不清从哪一年开始,就出现了刺猬。起先只是偶尔看到刺猬在院子里匆匆爬过,后来夏季的每天晚上都能看到它们。

每年在院子里最早看到刺猬,都是蔷薇花盛开的时候。我们居住的院子不大,只有5栋楼。楼前楼后除了硬化的路面之外,种满了花草树木,尤其是两排楼之间较为宽阔的区域,俨然一个小花园。每年春天,最先开的是迎春花,接下来山桃、杏、紫叶李、玉兰、海棠、丁香等,你方开罢我登场,直到五月才轮到蔷薇。院子西面和南面的围墙边都种满了蔷薇,从墙根一直到铁栅栏的顶部,花团锦簇,尽情怒放,红的、粉的、白的,一片灿烂。

院子里的树也不少,除了少量果树如杏子、毛桃、小枣、海棠、柿子、石榴之外,更多的是高大乔木。长得最快的是法桐,十几年工夫,已经蹿到七八层楼高。国槐、银杏、七叶树、黄栌、重阳木、圆柏、雪松也不甘落后,竞相长高长胖。

院子里树木茂盛,花草遍地,各种动物自然多了起来。最多的是鸟类,喜鹊、麻雀不用说,还有不常见的鹌鹑、斑鸠、杜鹃、黄鹂、啄木鸟等。除了刺猬,我还在院子里看到过松鼠、黄鼠狼,只是它们跑起来速度飞快,在面前一闪而过就不见了踪影。

刺猬是冬眠动物,善于挖洞筑巢,每年大概从十月到第二年三月都躲在洞里。刺猬平时怕光喜暗,昼伏夜出。我估计,使其在此长期栖息的,关键还是院子里种植有大面积的大叶黄杨。大叶黄杨四季常绿,枝繁叶肥,在每栋楼的周边呈带状种植，窄处三四米，宽处达到七八米。在两排楼之间的小花园中也并排而植，并与红叶小檗和金叶女贞相伴种植，最宽处足有十多米。

院子里树多草深，落果遍地，容易滋生各类昆虫和蠕虫，能够为刺猬提供足够的食物。春夏有利于觅食和繁殖后代，秋后大叶黄杨依然叶绿稠浓，便于刺猬打洞藏身、御寒保暖。

每年夏天，院子里最为热闹。晚饭后，很多人手持一把纸扇，乘凉消暑。暑假期间，孩子们没有了功课负担，更能放开手脚玩耍，有的孩子平时不住这里，假期来爷爷奶奶或外公外婆家住一阵。看刺猬是一项必不可少的项目。

刺猬不怕人，孩子们在院子里跑跑跳跳、大呼小叫，它依然旁若无人，迈着不紧不慢的步伐在楼前的水泥路上穿来穿去。有的孩子发现一只刺猬，便呼喊同伴前来观赏，顿时呼啦啦跑过来一群孩子。刺猬要么停下片刻，要么大大方方继续赶路；遇到宠物狗或者野猫，也是视而不见，不惊不惧，不慌不忙。很多时候我在楼后的人行道上与刺猬相遇，我停下脚步，它继续前行；有时候它主动停下来，待我走过之后它再往前走，很懂礼貌的样子。

一次与住在3号楼的老李一起散步，听到旁边的草地沙沙作响，一只刺猬走过来。老李蹲下身对刺猬说："昨天给你放的樱桃和葡萄吃了吗？"刺猬好像听懂了他的话，停在我们跟前。老李说："明天还会给你准备西瓜，你可要好好享用啊。"我们掉头回转，刺猬继续前行。

我更多的时候是与外孙女一起看刺猬。只要耐心等待，总能与它们相遇。一天晚上9点多钟，我们在一排大叶黄杨前听到动静，便蹲在边上等候，果然，一只肥硕的刺猬爬到我们跟前停了下来。外孙女想用手摸摸它，慢慢伸出了手，刺猬迅速缩成一个圆球。待我们后退几步，刺猬舒展开身上的刺，露出小脑袋，继续缓慢前行。

今年，院子里的树又长高了，大叶黄杨更绿更密。我相信，刺猬一定会岁岁年年居住在这个院子里，和我们做邻居。

身边草木

◎ 彭　程

在这个地方,我已经连续住了七个月了,比半年还多一个月。

这是一片原野之间的一个楼盘,远离我居住几十年的城市一百公里。从四月上旬到十一月中旬,从清明刚过到立冬甫始,从绿意萌发到木叶脱尽,时间跨度足够大,物象变动足够鲜明,风景样貌足够丰富。两百多个日子里,我依循着一种古老久远的秩序,日出而作,日落而息,这种曾经只是属于听闻的生活状态,如今却真实地发生在自己身上,想来不禁有些恍惚。市声遥远,红尘绝迹,彻底摆脱了各种责任和纠缠,仿佛蜕变时的幼蝉抖落掉外壳,骤然轻松。蝉应该是因为愉悦而高唱,我不会发声,也懂得收敛,暗自得意。

如今,我即将离去,回到城市过冬,忽然想到盘点一番这段时间的收获,如同旁边村子里种葡萄的农民,数点今年收获了几吨,以及相邻村子里来小区工地干活的人,合计这一年下来挣到多少钱。这一段此前不曾有过的体验,会给我带来什么样的收成?经验产生感受,生活在这里的感受与以往有何不同?换个说法,经过时光流水冲刷沉淀在记忆河底的,将会是哪些内容?

旁边农场的老板,朴实憨厚,有一次给我展示他粗壮的臂膀,声称是每日劳作的结果,口气中有几分自豪,让我深感惭愧。但如今想来,我也不必妄自菲薄,自己身上也有一些东西,在这些日子里,不动声色地生长,但又有迹可循。像被岁月磨损得有些粗糙的感受力,在这里重新鲜活起来,仿佛因干旱萎靡的禾苗,经雨水浇淋,变得碧绿苗壮。

譬如对树木花卉的记忆。小区甬路旁,楼房间的空地上,种了很多株丁香。春天,它的香气翻卷弥漫,随着风的大小,送到身边时或浓烈或清淡。等到花事已了,没有人再注意它朴素的枝叶,它也安于静默,仿佛已经满足于曾经的风头荣耀，耐心地结自己不起眼的果实，模样像是一串串缩微了几百倍的香蕉。这种皮实耐寒的灌木，到了万木凋零时节，又用棕褐色的叶子来愉悦人的眼睛。这些都是我住在城里时留心不到的，楼下也有几株丁香，那时对它的了解，只是春天从旁边走过时灌入鼻孔的浓郁香气。

海棠树的阵势更是大得多。通往小区的一条两公里长的大道两旁，平行地栽种了几排海棠，密密地排列，总该有几千棵吧。初来不久，四月下旬，正是花开时节，满眼轻盈的雪白，仿佛落雪堆满了树冠，沿着道路向前伸延。阳光照上去，泛着润泽的光亮。数日后花朵萎谢，每一簇花托上边会长出六个小小的果实。我观察了果实从萌生到成熟的色彩变化过程，先是朝阳的一面泛出红色，逐渐向周边洇开，变成均匀圆润的红色或黄绿色，整个过程要五到六个月。如今，海棠树的叶子已完全落尽，干枯的枝条上密密地缀满了圆圆的果实，在冬天的寒风中抖瑟，来年春天新叶萌发时，枝条上尚挂着少量黑色干瘪的果子，像是一场惨烈战斗的幸存者，欣慰地看到援兵的到来。

两千亩葡萄园环绕着这里。一直到五月上旬，葡萄藤都是干枯黑硬，老气横秋，然后某一天忽然绽放一片片鲜嫩灵秀的叶子。暮年和青春的强烈对比与和谐并存，就呈现在尺寸之间。这个时节，一串串赤霞珠酿酒葡萄被采下来，装进农民的电动小三轮车，运到小区的酿酒工场。我看到洗净的紫色葡萄被倾倒进一个容器里，机器开动，完成压榨和过滤，送到地下一层地窖中发酵。全部酿制完成后，深紫色的葡萄酒液被运到地下二层，灌进一排巨大的储存罐里。

在这里，一个人会变得有耐心，因为无须过多牵挂，注意力只需倾注于眼前。感觉本身也会变得细腻。也许二者原本是一回事，一定要区分的话，勉强可说是因和果的关系。在城市里，对自然的感受是粗线条的，是混沌写意的，是片段化的，以整个季节作为辨识的最小单位。玉兰用大朵的白色花瓣，宣告现在已是春天。夏天是没有差别的无边碧绿。秋天是一首繁复喧哗的充满色彩的器乐曲，金黄色是其中的高音声部。冬天应该有雪花飘落，但它时常爽约，从不缺乏的是铅块一样厚重阴沉的天色。至于其间的递进过程、纷繁的细节，都被忽略了，或者没有能力辨识。但季节在这里，却是眉目清晰，首尾相连，浑然完整，仿佛是一幅精细的工笔画，又像是一张高像素的相机拍摄出的照片。

但伴随着这样的发现，也会生出某些困扰或窘迫，其中之一，便是以往从来不曾成为问题的语言，如今却有匮乏之虞。看到的种种让你感慨心动，有了表达的冲动，不过当再用那些熟悉的词汇来描述时，会觉察出它们显得粗糙和大路货了，自己先感到了惭愧。就好像出席一场很有品位的宴会，被衣香鬓影环绕，不得不在意自己的装束。你打点精神，搜寻库存，想找到合适的词语，而不是敷衍了事。譬如对深秋的树叶，通常会说一片金黄，但其实哪里会这样简单呢？颜色有多种区别，单单是黄色就分深浅浓淡，何况还有黄绿色，还有鲜红色，还有咖啡色等，各自对应着悬铃木、鸡爪槭、蒙古栎树等，足以拉出一串长长的名单。即便是同样一种树，晴天阴天、黎明黄昏也不一样。为了把这些描绘得生动精确，你就需要阅读植物分类学，了解各自的科属种，研究光谱的排列顺序，尤其是相邻颜色的递进。

把局部和细微看清楚了，并不影响把握整体宏弘阔，就像那句古话所说，"致广大而尽精微"，二者可以兼得共有。这里更接近大自然的原初面貌，是那种总是被向往被赞美的模样。日间碧空万顷，白云飘浮，夜里星光皎洁，银河隐约。而将日夜不停地缝补起来成为一体的，是风。这里地势高风力强，高耸入云的风力发电机远近可见，三片巨大的叶片在天幕下缓缓地旋转。风穿过田野树林来到面前，裹挟着野草杂花的气息，让你鼻翼翕动，呼吸通畅痛快，而天气预报却说，一百公里外正是雾霾浓重。你半信半疑地点开手机上的监控器图标，视频印证了这一点——矗立在窗外正前方的那座电视塔踪影全无，旁边的楼房也是影影绰绰。

在这里，你会感觉到万物都有自己的个性，独立不羁。几只有着团队精神的狗，毛发纷乱，总是结伴而行，在葡萄园和玉米地旁转悠，偶尔会趴在路上，看你的眼神淡漠甚至藐视，不像宠物狗那样努力讨好，也不像护院狗那样充满警觉。经过的汽车放慢速度，散步的人绕个弯。脚步稍微偏移一点，越过了柏油路面边缘，就会踩到好几簇野花，因此他会小心翼翼。不知从哪天开始，对一草一木都变得在意。不知道名字的鸟在叫，听不出是在树巅，还是在树根下的草丛中，彼此应答唱和，声音却不同，让我每次都想到应该去下单买一本鸟类志。

不过这个念头迄今没有落实，原因在于注意力又被别的事物吸引走了。时时处处,田野里有那么多的事情在发生。譬如马齿苋长得格外茂盛,一簇簇的,叶片肥厚,想起母亲在世时每年都会采摘,晾干剁碎,冬天拌肥肉馅蒸包子吃。那排一人多高的茂盛的格桑花丛中,总是有个头很大的蜜蜂飞来飞去,后来我才知道它们其实是长喙天蛾,属于鳞翅目昆虫,而蜜蜂则是膜翅目。夏天夜里走路,有时脚下会出现一只癞蛤蟆,慢慢跳动,冷不防吓人一跳。它的出现是环境湿润的标志。有一群不明来路的黄蜂,执拗地想把蜂巢建在小院木拱门弧形的上方,我总是在发现蜂胶粘出的外壳雏形后及时拆除,前后有好几次。为了避免被蜇伤,有必要牺牲一点诗意。

小区远离城市,平时住户很少,基本上都是退休老人,格外清静,只有周末热闹两天。一些尚在上班的业主,开车来住上一两个晚上,到不远的水库边垂钓,得知为保护库区生态不再批复房产项目,小区是周边最后一处住宅区,想象将来退休后的惬意,脸上浮出一缕喜色,因路途遥远感到的一点遗憾也悉数消散。儿女们带孙辈来过周末,看到父母气色不错感到慰藉,扶老携幼到水边走上一遭,在小饭馆里吃水库鱼,返程时在农场停一下车,买些新鲜而便宜的果蔬带回城里。

一个人在这里住久了,不仅充分享受了大自然风景,品尝到了一场感官的饕餮盛宴,还会收获某些理念的果实。譬如说,在四面八方每一个角落中,林木、庄稼、杂草野花静默而又蓬勃地生长,会让你对一个简单的道理产生真切感受——土地的神奇。从无到有,从荒凉枯索到葱郁丰茂,一个确凿浩大的事实在你面前逐渐展开。"当春天到来时,大地就一点点使它完成。"诗人是大自然的器官,里尔克一定仔细地观察过这个过程,然后才写出了这样的名句。《山海经》中化育万物的息壤的比喻,则是出自我们的老祖宗的智慧。过去你当然也知道这些,那是从理智上,以对待知识的方式,但住过一段时间后,这种了解有了别的意味,更为真切和生动,被赋予了感情和温度,它们来自你手掌触摸过的树干是光滑或粗糙,脚掌踩踏过的土地是坚硬或柔软。

在农场里,尤其能够感觉这一点。这个农场占地二十多亩,由附近村子的几个农民经营,栽种了几十个品种的瓜果蔬菜,产量足够供应小区的住户。在城里家门口的菜店,我听到过一个小女孩仰头问她的妈妈:"土豆树是什么样子的?"

小女孩要是来到这里,就会知道土豆是从地下挖出来的。不但如此,她还会知道土豆开大簇大簇的白花,茂盛恣肆,远处望去,像是一片凝固的浪花。

我住了半年多,从仲春到孟冬,中间用完整的夏秋两季作为链条,一头绑着播种,一头系着收获。明年再来住时,我会设法填补上今年的缺失。譬如说,我要搞清楚农场里那一道长廊拱架上的葫芦和吊瓜,它们累累垂垂,形状各异,很惭愧我有许多叫不出名字。好在来日方长。关于土地,关于自然,有着无穷丰富的蕴含,会随着了解的深入而不断产生新的话题,仿佛一棵玉米的根部长出分蘖。

农民通过种植粮食果蔬,让自己与土地产生关联。对我们来说,这种关系的确立,是在更小的范围里,通过更为个性化的途径。住处是楼房的一层,前面的小院和后面的空地,都开辟成了小花园。与我到处游荡目光散漫不同,妻子一门心思保养两处园圃,心无旁骛,神情专注。翻土,施底肥,去十几公里外的苗圃选择花木,然后又是设计花径,让花草们高低疏密错落有致。这些还只能算是开端,接下来的日常功课,松土浇水捉虫剪枝等,每天足足占去两三个小时。三角梅要求光照和温度,玉簪喜阴耐寒,绣球吃水多每天都要浇,施羊粪时注意不要紧挨着根系。她会为不小心蹭掉几朵山桃草的花朵而懊丧,为紫藤恣生蔓长不得不剪枝而叹息,可见感情投注之处,凡物皆值得怜惜。我只是听从指令,偶尔浇上一桶水,将某个盆栽挪动位置。干很少的事情,却能无限制地欣赏,因此每每被讥嘲为不劳而获。

我乐得承受这种责怪。如果没有这种浅淡的参与,我恐怕永远不会知道这些花木的名字:矾根、石斛、洋地黄、酢浆草、绣球荚蒾、欧洲月季……节令的脚步声次第催开了各种花朵。五月,鸢尾花在地面上方一尺高度制造了两平米见方的诱惑,"蓝色妖姬"的绰号名不虚传。接下来是一种新品种的萱草,金黄色的酒盅在六月明媚的阳光下闪烁。一排四簇不同颜色的中华木绣球,则在整个夏天不歇一口气地怒放,因此"实现了绣球自由"成为挂在我们嘴边的一句戏谑之语。九月格桑花格外张扬,高挑纤瘦的枝干上托举出一朵朵艳丽的八瓣小花,让人想到一个人振臂高呼。至于年度劳动模范,则非那一簇矮株向日葵莫属,从初夏开始,它无视季节更替,一直开到现在,仍有二十多朵黄花。这个数目是我站在窗户旁点数出的,此刻外面五六级的北风呼啸,隔着玻璃都能感到寒冷,花朵剧烈地抖动摇曳,扑伏又昂起,有一种英雄的气势。

不知不觉,已经写了这么多内容。日子平淡安静,缺乏让人欢欣或者惊悚的外部事件,一些记忆和印象,本来以为早已经随着时光遁去,像落雨飘风一样无影无踪,但现在看来,小玛德琳点心的香味不仅仅属于普鲁斯特,让往日重现并不需要特别的禀赋,只要凝神静气,流逝的过往便会被召唤回来。魔法不过是热爱的别名。

万物有时,刚住进来时的新芽,变作如今的黄叶,盘旋飘落,满地堆积。刮风时落叶在地面滑动,走走停停,刺啦声像是留恋不舍。忍冬落尽了叶子,留下一串串豆粒大小的鲜红果实,晶莹剔透,成为黯淡萧瑟中的一点亮色。我要离开了,回到城里过冬。这里的冬天漫长寒冽,是享受夏日清凉要支付的代价。我摘光了后花园里一棵山楂树的果实,足有七八斤,拿回城里给一个朋友做果酱。几天后,等给宿根植物浇完冻水,给屋后那棵新栽种的桑树裹上防寒无纺布,把水管的积水排空以免冻裂,那两扇敞开了几个月的院门,将会关闭。

在接下来的一段时间里,大自然不停地做着删繁就简的工作,用寒冷和风作为裁剪工具。树干一天比一天清瘦,视野里格外疏朗,所见皆是各种简洁明快的线条和剪影。时常会降下来的雪,像一床厚厚的棉絮,给盖着的东西勾勒出柔和的轮廓,但阳光和风会一点点把积雪撕扯掉,像是一把大扫帚奋力扫过,又像用橡皮擦掉习字本上的字迹,纸上仍然会留下铅笔粉的痕迹——它们就是被吹落到沟渠里的卷曲残破的树叶,是沾在坚硬的冻冰上面的脏污了的泥土。

等这些活计消停了,便会是一种长达几个月的凝滞般的静寂,土地冻结,树木枯干,满目荒凉肃杀,仿佛毫无分别。但这当然只是表象,在其背后和深处,天地阴阳之气在不歇息地生发鼓荡,运作不动声色,变化由微渐著,一步步地走向明年四月,走向我今年到来时看到的风景——墙根的一排连翘开得金灿灿的,一片鲜亮,冬青碧绿的叶子仿佛水洗过一般清新洁净;走到水库边,泛滥的春水漫过青砖的步行道,淹没了旁边十几棵柳树的根部,稀疏柔韧的枝条倒映在泛着寒意的水面上,波光粼粼,望上去极像是一幅列维坦的风景油画。

那时,我将归来。

从巴彦托海到莫和尔图

◎ 兴　安

一

在呼伦贝尔巴彦托海镇的郊外,表哥买了一块草地,四五亩,盖了几间房子,用栅栏围起来,便成了他的夏营地。节假日他会邀请亲朋好友来此聚会,喝酒、打牌、炖手把肉。他还种了不少蔬菜,凡是能够在北纬四十九度存活的菜,他都种上,每年收成不错,不光自给自足,还能把多余的蔬菜分给亲戚朋友。这里还是他放置杂物的货场,木材、砖石、旧轮胎,还有一辆有二十几座的大巴车——兴许是哪个单位报废的车,被他拉到这里。我问他这车还能开吗?他说修一修就能上路。我说车牌呢?他回答得有趣,且理直气壮,草原上要什么车牌,你听说蒙古族人骑马用牌照了吗?你听说百灵鸟在天上飞用牌照了吗?我知道他这是抬杠,你以为是几百年前呀?蒙古族人赶着勒勒车可以周游世界,现在车没有牌照人没有身份证寸步难行。表哥是因为太爱车了,不忍心看它在报废场被拆解成垃圾废料。

表哥和嫂子开始忙碌,从冰柜里拿出一大坨羊肉,剁成十几块儿,然后扔进锅里用清水煮。早先的蒙古族人煮手把肉只放盐,很少放其他调料,后来开始有了野韭菜花、酱油和葱蒜,可我直到现在也很少蘸作料,我喜欢吃原味的。可有人问了,原味不怕膻吗?我说羊肉没点膻味还叫羊肉吗?但是膻味太冲也不对,那是肉不新鲜了。

此时,我一个人在他硕大的房子里闲逛。屋里到处都是旧椅子和旧沙发,而且都不成对儿,各式各样,足足可以坐下一二百号人。表哥交友广泛,待人厚道,所以朋友特别多,关键他还善于经营,搞过货运,开了几年涮肉馆。最让亲戚们羡慕的是二〇〇六年的时候,他听说临近北京的燕郊房子便宜,就大老远跑去买了一套。十年后，房价大涨，他一转手就挣了近二十倍的价钱。卖完了房子，他就去二手车市买了一辆宝马开回了呼伦贝尔。所以，一个人如果勤劳能干，再有财运的依托，那就真的是有福了。他爱喝酒，且喝了酒必唱歌，每次就那一首《陪你一起看草原》，蒙汉语混杂，反反复复，永远唱不厌烦。我俩有过共同的少年时光，在西苏木，一起采野果，一起抓青蛙，一起钓鲇鱼，这些都写进了我的散文《少年的沼泽》中，所以，我们俩感情笃深。感情深了就容易斗酒，我几次都被他灌得大醉，昏睡于他的夏营地。后来再来这儿，喝到一定量，我就死活再不动杯，急得他只能说些怪话——你忘本了，北京人酒量不行呀，等等。如果还没效果，他就会露出伤心的样子唠叨起来，咱哥俩一两年才能见一面，喝一回酒，难道醉一次不行吗？这种激将法还真管用，尤其对我这种离开家乡四十几年，却一直对家乡魂牵梦绕的主儿。到家了，我又一次醉倒在夏营地。

思量着去年醉酒的往事，我痛下决心，这回一定要控制自己，任他磨破嘴皮，咱就是不喝。不知不觉，我走到里间，一只麻雀不知什么时候闯进了房间，在地上扑棱棱地跳着。我以为它受伤了，赶忙走过去。麻雀见我走近，越发惊恐，飞起来一头撞在纱窗上，跌落在地。我捡起来，感觉它应该是死了。在北京我就亲眼见过一只大喜鹊撞在我家的窗户上，落地而亡。我把喜鹊埋在了门口的草坪下，直到现在，我每次经过那块草坪，都会看看埋着喜鹊的那片草。我原以为，那里的草会更茂盛，因为它们吸收了那么大一只鸟的气息和养分，但是，它与周围的草几乎没有一点区别。

我也想给这只麻雀寻找一块墓地，就在屋檐下的草地里，因为屋檐的缝隙就是它的巢穴。可是，麻雀竟然奇迹般地苏醒过来，翅膀轻轻颤抖了一下，小眼睛可怜巴巴地看着我。它应该是一只年幼的麻雀，也许是第一次学会飞翔。我不敢直接把它抛向空中，生怕它没有恢复，再次摔下来。我轻轻地把它放在地上，刚一撒手，它便挥开翅膀，弹向天空。妻子告诉我，刚才我抓着麻雀的时候，另外一只麻雀一直在旁边的屋顶上蹦跳，叽叽喳喳地叫唤，焦急地望向我，那可能就是它的母亲呢。果然是母性的直觉，我抬起头的一刹那，那只可能是母亲的麻雀也飞起，在我们眼前划了一道弧线，尾随那只刚获自由的麻雀而去。

我小时候养过苏雀，学名叫白腰朱顶雀，是一种每年秋冬从俄罗斯和北欧飞来越冬的候鸟，个头与麻雀相仿，脑门上有一抹红色，雄性的胸部，甚至脖颈也有红色，像血染一般。它的叫声尤其好听，假如养过了一个夏天，叫声会连成串，像小时候体育老师吹的哨子一般清脆。苏雀喜欢吃谷子，如果谷穗上再插上带苏子籽的枝叶，那将是苏雀的最爱，赴汤蹈火也要吃上一口。人类就是抓住了苏雀的这个弱点，发明了"滚笼"，鸟只要踩到放置谷穗的机关上，便被翻滚进笼子里，从此开始漫长的囚禁生活，或者干脆被杀死吃掉。这大概就是古人说的"鸟为食亡"的道理。如今苏雀已经是保护动物，不能随便捕杀和饲养了。而麻雀却不同，它是留鸟，筑巢在屋檐、瓦片的缝隙，是和人类最近距离生存的鸟类。它喜欢偷吃地里的谷物，比如玉米、小麦和大麦等粮食，它机警敏捷，所以老家人给它起了个外号"老家贼"。但它几乎是唯一无法驯养的鸟类，人类捕捉住它，即使在笼子里为它备好再美味的食物和饮用水，它也无动于衷，不出三天就会气绝身亡——老人说是被活活气死的。我百思不得其解。它与人类生活的环境这么近，几乎寄生在人类的空间之中，与人类朝夕相处，却对人类有这么大的怨气。或许它与人类太近了，每天都在观察人类的一举一动，深知他们的本性，不想沦为人类的宠物，或者像黄雀和苏雀一样成为引诱同伴落入牢笼的鸟。这种观念一代一代流传下来，刻在它们的基因里，即使悲壮地死去，也不向人类低头。这种基因也迫使人类与麻雀达成共识，彼此相安无事，成为既熟悉又陌生的邻居。

在夏营地的一间库房里，我终于看到了苏雀，雄性，旁边还有两只鹦鹉、一只黄雀，它们都被关在各自的笼子里。我已经有差不多五十年没有见过苏雀了，所以，心里有点小激动，而且似乎产生了一种错觉，它怎么与我儿时看到的模样不大相同了呢。个头显然要小，头顶和胸部的红色也浅淡了许多。那只黄雀也不完全是我少年记忆中的模样。只有鹦鹉，是我确切看到的鹦鹉，因为它太常见了，它不光是很多人家的宠物，它还会模仿人类的声音，它羽毛华丽，性情乖巧黏人。记得有一次，朋友的鹦鹉寄养在我家几天，头一回见面，它竟然毫不客气地落在我的脑袋上，我赶它不是，留它不是，生怕它拉下一泡屎在我头上。记忆有时候也不可靠，也会发酵，甚至产生偏差。我对苏雀和黄雀的记忆大概就是如此，由于太长时间未见，它在我的脑海里开始变形，以至于感觉生疏。我几次计划冬季回到故乡,重新体验儿时进山"滚"鸟的经历,但始终没能成行。或许我的愿望根本就没有那么迫切,或许现实已经不容许我重温过去,因为,我知道,儿时的那个环境没有了——我常常拎着鸟笼攀爬的东山上,已经盖了很多房子,不远处的机场,每天来往的航班不停地隆隆作响,苏雀最中意的谷穗、苏子草,还有院子里绑在木杆上用于悬挂鸟笼的干树枝,已经很难见到,而且关键是,苏雀不知什么时候已经成了保护动物了。在我离开的几十年里,呼伦贝尔的变化天翻地覆,很多有我童年和少年记忆的地方,已经被高楼和人造景观所替代。虽然我记忆的坐标轴上原点还在,比如海拉尔河东的盟公署、职工俱乐部,但是延长坐标线上的我童年记忆的几个点,我住过的老房子、那片野草甸,还有626小河(旧称三道河子),这些地方已经完全消失或者无可确认。这一切似乎都在提醒着我,海拉尔已经不是那个只有几万人口的草原小镇,它蜕变成了一座连通全国乃至世界的现代化城市。巴彦托海也是如此,过去海拉尔人给它起了个土里土气的名字"南屯",意思就是海拉尔南边的一个村落。现在它已经与海拉尔连成一体,快速奔走在城市化的进程中。或许用不了几年,这个夏营地上就会盖起一座小楼,门前泥泞的草原小路,也将变成一条通往市区的柏油马路。而这个夏营地可能会变成人来人往的民宿或旅游点,但我更希望它是表哥退休后的生活和养老之地,与世隔绝,却也可醉眼观沧海桑田。

手把肉炖好了,嫂子将一大盆热气腾腾的羊肉端到桌子上。我与表哥酒过三巡之后,便提到了苏雀的事情。我直奔主题,现在国家明文规定不准许个人饲养苏雀和黄雀呀。他把刚举起的酒杯放下,看看我,眨巴了一下眼睛,反问道,我养几只鸟咋啦?每年秋冬,成群的苏雀就落在我家院子里,我喂它们小米、玉米、苏子籽,还有水,乐得这些苏雀都不舍得走,有的苏雀会一直待到春天,才飞回西伯利亚去。你知道吗?这些红脑门的鸟太可爱了,密密麻麻地聚集在我的身边,低着头使劲地吃,对我没有一丝戒备,吃饱喝足了之后,就飞到树杈上去欢快地歌唱。他说到这里,兴奋地看着我,我问你,小时候你养过苏雀,你见过这么多苏雀心甘情愿地围绕着你吗?我摇摇头,却又较起真儿来,即便这样咱也不能做非法的事呀。双方沉默良久。这时候,嫂子终于说话了,你哥是故意逗你呢。这些鸟和笼子是他前些日子从一个鸟贩子手里买来的,本来想把它们放生,可现在是夏天,苏雀和黄雀都还没有迁徙过来,他不想让它们形单影只,在凶险的草原鸟类环境中成为鹞、鸮、隼等猛禽的目标,如果独自飞回西伯利亚那更是一个艰辛而漫长的旅程。所以,我们商量决定,先养在家里,等一入冬,它们的同伴迁徙回来,就把它们放归到种群之中。谜底被揭开,表哥竟然有些不好意思起来,怪罪媳妇把自己的秘密泄露。他举起酒杯,别听她瞎咧咧,来,我们喝!说完一饮而尽,然后站起身,有些跟跄地奔库房走去。这时,库房里传来一阵欢快的鸟叫声。我知道他去喂鸟了。

夜幕降临,我们俩总共喝了两瓶"莫茅",一种呼伦贝尔产的四十二度白酒。当晚,我依然没有摆脱魔咒,醉卧在夏营地。

二

八月初,在巴彦嵯岗苏木的莫和尔图草原上,一只蝈蝈从我脚底飞起,落在不远处的草丛中。我像小时候一样,蹑手蹑脚地跟过去,抓住了它。这是一只雌性蝈蝈,蝈蝈的学名叫螽斯。雌性蝈蝈没有振翅的响器,尾部拖着一把长刀,据说这是产卵的工具,有人也称产卵针。每到七月,在草原最美的季节,花海荡漾,雄性蝈蝈用它持续响亮的叫声,吸引来雌性蝈蝈,交配之后,便各自分开。夏末秋初,在处暑和白露之间,雌性蝈蝈会将产卵针插入泥土,有三四厘米的深度,产下三百多粒卵子,然后用泥土覆盖好,只待第二年的五月,若虫从泥土里钻出来,破壳而生。此刻,蝈蝈被我捏在手上,其中一条大腿已经在我抓捕它的时候掉落了。它张开利齿,对我怒目而视,嘴里吐出褐色的液体,这通常是蝈蝈遇到敌手的本能反应。小时候我是不抓带刀的蝈蝈的,一个原因是它不会鸣叫,另外一个原因是大人告诉我,它肚子里已经怀了宝宝,你抓了它,关在笼子里,它无处产卵,会憋死的。它不久将会产卵,而且产卵之后过不了秋分就会孤独地死去,连自己亲生的孩子都见不上一面。想到这儿,我的心头一紧,便把它放回草丛。蝈蝈自由后,一刻也没有停留,展开翅膀,拖着一条后腿,还有中间的大刀,跟跄着身子飞到了不远处的草丛里。显然,掉了一条大腿,使它飞行的姿态失去了平衡。我有些自责,并且嘲笑自己的笨拙。记得小时候我抓蝈蝈,轻松而迅捷,瞄准藏在草丛里的蝈蝈,用手掌一扣,十拿九稳,凹形的手掌给蝈蝈留了足够的空间,然后慢慢地凭感觉移动收缩手掌,将蝈蝈露出的头掐住,塞进笼子里。可现在,我已经顾虑重重了,生怕被蝈蝈咬上一口,更怕被草尖扎破手掌。只想用拇指和食指将其一下捏住,可是这样,动作就会慢一拍,很容易让蝈蝈逃掉,或者揪掉蝈蝈的大腿。这种心态的变化,让我有些沮丧。都说童言无忌,其实是童年无忌,这个阶段,人与自然万物是没有间隙的,由于童年的好奇与无畏,使其与自然的联系带有游戏的成分。到了壮年,随着童心的泯去,人与自然的距离越来越远,以至于生疏和畏惧,征服与欲望占据了内心,理性取代了感性,自然界变成了任由我们支配的客体存在,而这种优越性的建立,也使我们对野性与自然陌生化,进而表现出怯弱和非理性。我喜欢的意大利哲学家阿甘本曾经谈到一个理论,他说我们只有通过回顾童年来探寻人类的声音,而我们所谓的经验,已经是只能经历而无法拥有的东西,我们获取它只能回到作为历史先验源头的童年。我对故乡的经验多半来自童年的经历和记忆,这种经验留在过去,但它时常追随我的现在,并且让我以童年的眼光看待自己,甚至人类的历史,尽管这种眼光经过了现代性的过滤,但我感觉它依然新鲜而有意味。

莫和尔图,一个在蒙古语中富有诗意和想象的名字——尽头。它是鄂温克旗草原的边缘,也是连接大兴安岭的草原的边界。莫和尔图应该是呼伦贝尔最小的嘎查之一,人迹罕至,寂寞而偏远,但由此也守住了它的静谧、纯粹和清洁。这里是我童年记忆中的一片净土,但成年后的相当长的一段时间里,我几乎忘记了它的存在。一九七二年至一九七三年,我和我三姑父来过这里两次,都是在春节期间——蒙古族人的叫法是"查干萨日"。我只记得它铺着厚厚的雪,茫茫的白色渲染着一望无际的寒冷,还有黄昏时分,被烟雾笼罩的远山和黑黢黢的森林。这一次我专程来到这里,才仿佛真正感觉到了它的存在,也理解了什么是"莫和尔图"。

在莫和尔图,你无论站在什么位置,都会看到醉人的绿草和清澈的河流,牛羊马群自由地撒欢。一条公路将草原切割成了两部分,路上几乎没有汽车经过,阳光下,它静静地躺在那里,就像草原上的一条河,蜿蜒流向远方。我们一行四个人,站在草地上,尽量逃避着对方的视线,因为在如此美而单纯的景象中,任何一个不速之客的出现,都是对美的一种遮挡和损伤。在莫和尔图,在此刻,你才能真正体会到，大自然——草原、牲畜和远处的森林才是这片大地的主人，人类只是匆匆的过客，一辈辈地出生，贫穷或者富有，离开或者死去，在欢乐和悲伤中完成着自己的生命进程。在大自然周而复始的轮回中，在草原四季更迭的循环往复中，故乡既是一个摇篮，也是一座坟墓，它让我们出生、长大，然后走向远方；它让离开这里的人留下一生无法抹去的胎印，也让在这里死去的人有一所安宁的归巢——这就是我所理解和定义的故乡。早就听说世界上有不少的尽头：南美的乌斯怀亚、俄罗斯的堪察加、挪威的朗伊尔城。这次，我又看到一个世界尽头——八月的莫和尔图，它美得让我感觉从来没有经过这里，当我真的回来，却让我有了一种羞愧感，它折磨着我，让我赶紧离开。它或许是我今生永远也无法真正抵达的梦。

海堤上的事情

◎ 王子君

　　"俄罗斯太平洋文学节"期间一个自由活动的上午,又值周末,俄语世界基金会远东分会的娜丽莎女士开自己车带我们——我和中国文著协总干事张洪波、俄语翻译李杭去看托卡内夫斯基灯塔。

　　托卡内夫斯基灯塔是俄罗斯最著名的灯塔。它位于符拉迪沃斯托克从市区向西南延伸出去的半岛尽头、深水不冻港符拉迪沃斯托克港口伸向海里的一个角,即托卡内夫斯基石岬,是整个符拉迪沃斯托克的起点。出了市区,一直往西南行,不到一个小时就到了。

　　天公不作美。大雾弥漫,能见度不到百米,到了港口时,灯塔的影子都看不出来。在五月中旬就有如此大雾是极少见的。通常,这种雾天要到六月份天气转暖时才会出现,看来今年转暖时间提前了。雾蒙蒙,天蒙蒙,海蒙蒙。目之所及,就只见港口稀稀拉拉地停泊着一些船只,一些叶子绿黄的植物在岸边乱石丛中无序地生长。一股野生的、原始的气息扑面而来。这激发了我们探访灯塔真面目的兴趣,顾不得雾霭浓重,急急切切地往灯塔方向走去。

　　连接海岸和灯塔的是一条由粗粝沙石堆成的长堤,堤路面宽窄不一,而且越来越窄,最窄处两人不能并肩而行。阿穆尔海和金角湾在此处交会,长堤自然成了两处海水的分界线。西边是阿穆尔海,东边是金角湾。因为大雾,看不到整个海面的情况,但脚下古朴的砂石却甚是坚实,风很大,潮水有节奏地扑打着堤岸,低矮的海堤被海浪冲洗得特别干净。清澈纯净的海水中,各种形状的卵石清晰可见,一切都呈现出自然的美感。我们每往前一步,道路就往前拓展一步,就生出一种行走在大海水面上的感觉。潮水应该也有凶猛的时候,那时海水会将砂石海堤完全淹没,人们要是去灯塔,那种在水上行走的感觉会更加强烈吧?

兴奋地走着,也不知走了七八百米还是一千多米,眼前出现一个高出海面不过数米、大小不过一二百平方米的小岛。岛上赫然矗立着一座铁塔,我们蹲在地面上仰拍,也拍不下全景,想来大约有一半的塔身隐没在大雾里了。

经过铁塔,一条更为短小纤细的沙石路继续伸向海中央,路基更接近原石的颜色。路的尽头,就是托卡内夫斯基石岬,一个目测纵横不到 30 步、连海滩在内不到 50 平方米的狭小的、由水浪淤积下来的沙粒或砾石组成的石岬,灯塔孤零零地耸立其上。啊,这就是有一百五十年历史的灯塔!在茫茫海中央,在茫茫大雾中,灯塔是多么小巧安静,又是多么孤傲不群!

由于两海在此交汇,潮汐强烈,船舶进入港口非常危险。为了保障到达港口的船只行驶安全,符拉迪沃斯托克政府于一八七六年开始兴建灯塔。灯塔最早是一座八角形状的建筑,一九一〇年,在原有基座之上,又加筑起了一个 12 米高的柱形塔身,这就成了灯塔今天的形貌——灯塔由石头砌筑,灯塔高 12 米,灯高 12 米。塔身下半部分为八角形,上半部分是圆柱形,灯塔部分漆成白色,灯笼圆顶漆成红色。那白色的灯塔在蓝色的海水中显得特别明亮醒目,人们又叫灯塔为"白塔"。一百零九年了,白塔独自在此,看过多少船只来来去去?经历了多少雾雨风雪?听过多少潮汐涨落之声?岁月沧桑,白塔无言,却历久弥坚!我仰望着它,心里兀自生出几分崇敬,这灯塔,坚韧、高傲,绝不倒下,它曾是万千船只最可靠的向导和明灯,如今,它是俄罗斯民族的精神象征吗?虽然,作为航灯的功能已经终止,灯塔在夜晚不会再发光,但因其赫赫历史,作为一处遗世独立的风景,光芒更为闪耀。

托卡内夫斯基灯塔还有另外一个名字,为了纪念发现彼得大帝湾的传奇探险家古斯塔夫·埃格谢尔德船长,人们又将此灯塔命名为埃格谢尔德灯塔。一八六〇年,Griden 号巡洋舰在埃格谢尔德船长的指挥下抵达海参崴地区, 他们在南乌苏里边疆区的海岸边狩猎和供应补给,并且在金角湾度过了将近一年的时间。在这期间,船员们开始在金角湾北部海岸建造兵营和军官的房屋,又建起了车间和铁匠铺等,还建造起了大型的海港码头。

在灯塔上南望,雾气蒸腾中依稀可见对岸是蜿蜒的山林。娜丽莎说,隔海相望的,是俄罗斯岛。俄罗斯岛处于日本海西北部彼得大帝湾内,长约 18 公里,宽

13 公里,面积 97.6 平方公里,大部分地区被阔叶林所覆盖。该岛海岸线曲折,多优良港湾。岛内最高点为俄罗斯山,海拔才 291.2 米。晴天的时候,放眼南望,一片郁郁葱葱,连绵不绝。为了二〇一二年在俄罗斯岛举行 APEC 领导人非正式会议(该会议场地后成为远东联邦大学新校区),二〇〇八年九月,时任俄罗斯总统梅德韦杰夫签署法令修建俄罗斯岛跨海大桥。大桥跨东博斯普鲁斯海峡通往俄罗斯岛,将符拉迪沃斯托克的大陆部分与俄罗斯岛连接起来,交通一年四季畅通无阻。这座跨海大桥竣工后成为世界上最长的斜拉索大桥,中央跨度达 1104 米,总长度为 3.1 公里,也成为符拉迪沃斯托克的标志。如果不是大雾天,站在灯塔上还可以看见俄罗斯岛跨海大桥,它宛如巨龙腾飞,巍峨壮观。如果是夜晚,灯火辉煌映照海面,画面更让人震撼。

俄罗斯岛原名勒富岛,"勒富"为满语,汉语的意思为"熊"。历史上该岛原属中国,一八六〇年《中俄北京条约》签署后,按照条约规定,该岛属于"旗民渔猎之地",不在割让范围内,现属俄罗斯滨海边疆区管辖。这个就不多说了吧。有时候,历史是一把锥心的剑。

海水拍打着粗粝坚硬、犬牙交错的岩石,海浪轻轻涌来,又柔柔退去,像是在抚摸婴儿入睡般温柔,不事喧嚣。海水深蓝纯洁,掬一捧海水在手心,沁凉爽滑,真恨不得喝上一口。窄小的海滩上,随潮水涨落的细沙,粒粒可数;无数来自海洋深处的生物,鲜活生猛,海胆、海星、彩色的贝壳,更是俯拾皆是。在清透的海水中随便掀起一块石头,就会有一只只小螃蟹飞快地蹿出来往另一块石头下钻去。李航抓起一只海星,我则发现一只彩色的贝壳。捡起来,在手中把玩一下,然后又都把它们放回海里去。娜丽莎指着一只海胆说,在这里,海里的生物非常多,游人来了,都很惊喜,但很少有人把它们捡了带走。我欣然。是呀,谁会忍心把如此纯净的生命带入尘嚣甚上的生活?也因此,在海滩上、在岸崖上,才有野草依依,才有细小的野花自在无忧地开放,遍身沾染着海水和雾水,湿润水灵,显出一派艳丽自由的生命景象。也因此,这个海洋中央的石岬便始终保持着生动与活力,耸立的灯塔虽孤独却从不寂寞。

不知何时,一个俄罗斯游客带着三条毛发浓密的狼狗来到了海滩,它们体态壮硕,却并不凶猛,在我们身边摇头摆尾。张洪波曾经在远东大学留过学,说得一口流利的俄语,但也是第一次来看灯塔,十分兴奋,见狼狗围绕着自己玩耍,兴致更高,举起海胆和它们互动起来。白色灯塔、海洋交汇的浪声、温柔的花草、四五个人、三条狗,使这个海洋中央的石岬一下子生动起来,构成了一幅人与自然和谐共生的美好图画。

雾气消散了许多,海面上,一艘挂着俄罗斯旗帜的轮船正自金角湾向阿穆尔海驶去,几只渔船随着海水起伏悠悠摇晃。海湾四周低山、丘陵环抱,岸崖陡峭,我突然真切地体会到灯塔存在的意义。灯塔不只是航行明灯,更是这片海域安全的守护神。所以,尽管这里远离市区,风大浪急,但一年四季都有人在这里活动。夏天,这里是帆板爱好者的天然练习场;冬天,这里是"海象"们的乐园。俄罗斯人把冬泳者称作"海象",意指他们非常适应冰冷的海水。到了七八月份,海豹出没,为灯塔不知疲倦地表演,仿佛是代表万物感恩灯塔无言的守护。

依依不舍往回走,走回到铁塔处,再仰看铁塔,原来是一座高压输电线塔,足足有十几层楼房高,四排双线电缆线飞架海上,延向南北陆地方向,给人牢不可摧的感觉。仿佛是要呼应灯塔的白身红顶,铁塔也被漆成红白相间的颜色,在蓝色的海洋中十分壮美。站在铁塔下往码头看去,我们来时的路竟显现成弯弯的月牙形状,洁白的浪花为月牙镶上了银色的蕾丝边环。

踏着月牙砂石路一边欣赏堤边水石一边漫步,返回到码头时大雾已完全消散。此时向海中望去,梦幻中的图画便映入眼帘:海面柔如绸缎,海水宁静湛蓝,海岸线洁白如雪,天空辽阔,鸥鸟自由飞翔。一条尖形陆地以狭长的砂石路形状蜿蜒着伸向海水中,越来越纤细,直到海的中央。一座洁白塔身、红色塔顶的灯塔就矗立在海的中央,这就是托卡内夫斯基灯塔,精巧奇绝,祥和美丽。

我好想留下来静静地凝望这一切,在美妙的海潮声中,感受大自然神灵般的力量,深思它和我们生命的渊源。我深信那海中央的灯塔会照亮我的灵魂,照进历史的海。

古道边的茶岭

◎ 王剑冰

一

一芽新茶，随着一滴露珠落进竹篓。最早的春风，带来了纳溪独特的茶香。那种气韵芬芳的清气，浓浓地飘过了大江南北。

采茶女身穿蓝紫色的衣裳，聚在碧螺似的茶园里，开始了"特早茶"的采摘。而这个时候，北方还是一片萧瑟甚至皑皑白雪。

第一次听到纳溪，以为是纳西族的纳西，却原来与民族无关，而与溪水相连。"纳"带有着哲学的意味，而且收纳的是水，海纳百川的感觉。也有人说，"纳"或是羌语，"大"的意思。无论怎么说，都是好的意象。

去过铁观音产地安溪、黑茶产地白沙溪，现在又来到特早茶的纳溪，著名的茶产地，同带有一个"溪"字，可见水的润泽多么重要。来纳溪要过一条长江，还要过一条沱江，两条大江共同构筑了纳溪的氛围。

纳溪茶多，到处是茶园，那茶在高高的山冈上，望着一条天上来的大江，似乎都吸入自己的心里。那些采茶女，一代代的，不知经过了多少辈。当年马帮踏出的茶马古道，还是那样曲曲弯弯，通向遥远。

二

三月，从泸州坐了半小时的车，一路钻山过水来到梅岭。

梅岭很古老，以前这里设关建寨，管辖不小的范围。不仅蜡梅盛开，还有众多的古茶林。村书记胡学丰说，《茶经》就有纳溪梅岭产茶的记载。

现在，这一带山山岭岭都种满了茶树。让你觉得茶也会挑地方，那种土壤，那种温度,那种湿度,都适合自己的气韵和气质。于是茶就结伴来了,各个品种都有,自在而愉快地把自身的特点发扬光大。

我采下一根嫩芽,看那洁净光滑,细嫩中泛着黄绿的喜爱,禁不住放在了舌尖上,立时就感到了一股清爽与清香。我说,就这样新鲜着泡水喝不行吗?

胡学丰也采了一芽在嘴里,说,行啊,茶是可以直接吃喝的,村里人过年就这么过。可是要想让外边的人喝上新茶,就得经过一系列加工。

胡学丰说,泸州市每年都搞茶产业技能竞赛,茶农会带上制作的新茶去"斗茶"。一是检验自己的手艺,二是互相取取经。我说都说茶养人,梅岭的人天天被茶养着,一定长寿吧。胡学丰笑了,说,像张金生、许星才他们,八九十岁的可不少,朱中云,一百零一岁了。

绿色的茶园周围,是黄色的油菜花。好似农家特意织就的花布,大片地展现在蓝天下。

不大的一块水田,田里已经泛绿。一位老妇一动不动地坐在地头,望着远处的大山。她身边的女孩,时不时跟她说上一句。阳光打在她们身上,现出好看的剪影。

我上前搭讪,原来女孩是老人的孙女,大学毕业进了一家茶研所。我跟女孩说,来到纳溪,才知道特早茶,这个"特早"怎么讲?

女孩说,纳溪处在北纬二十八度线,无霜期长、回暖早、水资源丰富,就成了全球同纬度茶树萌发最早的区域。每年二月初,就可以采制新茶了。实际上,在我们乡间是叫"除夕茶"的,这个"特早",就是在春节就能喝上新茶。

这样说来,这里的农家,无论现在还是以前,都是穿着新衣享用着最新的早茶。那该是多么幸福的事情。

跟老人聊,老人听不大懂我的话,老人说的,我听着也吃力,但是,从一段段话语中,还是觉出了这是一位有故事的老人。大概是听我夸她的家乡好,夸她的身子骨硬朗,夸她年轻时一定像山茶花一样迷人。说的这位九十二岁的老人高兴了,才打开她心中深处的秘密之门。这秘密连她孙女知道得也不详细,但这个女孩还是一句句把我听不大懂的故事,完整地"翻译"出来了。

奶奶不是这里人,她是跟着男人来的。男人原来是马锅头,也就是马帮的头人。那人走南闯北,见多识广。可马锅头从没有见过这么清纯的女子。女子家开着一个小客栈。女子也就给父母当个下手,洗洗碗,倒倒茶。

马锅头乐意到这家落脚,总会找借口要这要那,女子总是不厌其烦。马锅头很是称心,也就时常会带来点小礼物,都是女子稀罕的东西。不是一只发梳,就是一条丝带,女子把发梳别在发髻上,把丝带拴在腰间。后来,女子就跟着马锅头跑了。马锅头把她带回了老家,怕她再被别的什么人拐跑,就歇业不再奔波,做起了田里的营生。

古道就在不远的山下,村里的茶也会通过古道运往永宁河口,再经永宁河入长江去往更远。说起来梅岭这里有不少的优越。村里的人,不是迫于无奈或特别的本事,一般不会走上那条古道。因为大都是顺着古道往上去,将货物从很远的大山运过来。

女孩很欣赏当年的奶奶,觉得奶奶的生命很有意味,大山的女子,就该让自己盛开一回。

女孩"翻译"的时候,还时不时地加上一两声感叹。

问女孩现在梅岭都有哪些品种,女孩说有"乌牛早""福选九号""中黄二号",还有"峨眉文春"什么的。这些茶都属于二月特早生种,持嫩性强,产量也高。女孩告诉我,整个梅岭有十万亩茶园,每年的产值差不多有十亿元。

听了让人欣喜,这可真的是实现了绿水青山就是金山银山的愿望。

在一家家茶田里,能够看到一家老小采茶的景象。一个满头花白的老太也在忙碌,不远是她的儿子。儿子有四十多岁,一边采茶,一边和老人说话,显得很和谐。

老人说,儿子是个孝子,天天守着自己,哪里也不去。家里没有媳妇吗?媳妇前些年去世了,因为家里有个老人,一直也没有合适的上门。儿子听了,就叫着母亲,说去地头上歇歇。可能不愿意听母亲扯这些。

这个山头与另一个山头中间有一个缓坡,一个女子的茶田几乎就在山头上。女子叫杨云志,四十来岁年纪。有两个孩子,儿子在纳溪读高中,女儿小学三年级,就在村里上学。

绿色的茶田层层叠叠,就像大山的纱裙。人们往往先采上边,那是阳光最先光顾的地方。采完上一层,再下到另一层,等把自家茶田全部采摘一遍,新的茶芽就又出来了。如此不断地循环采摘,直到五六月份,才告一段落。

采下的茶叶留不住,立时就会有人收走。一天下来能采多少?云志说,怎么也要有五斤吧。实际上,早春二月出的是单芽,她还会雇上一两人帮忙,再往后,出的芽多了,雇的人会有五六个。

算下来,她一个人加上雇人的收入,每天有六百左右的进项。这样一个月也还是可观的。干到五月份,会有多少?云志没有说话,旁边已经有人说出来,七八万吧。

看来这些茶农的小日子还是不错的。不仅如此,每家每户的,还为周边解决了不少就业问题。

杨云志跟我说着话,两只手并没有一刻闲着,一会儿工夫,小竹篓已经有了不少收获。

三

一个山坡上,小路将茶田分成了两块,两个女子一人守着一块在忙着。我走进左边的茶田,跟忙着的女子打招呼,她抬起头,热情地回应我,手却在翻舞。

她将长发绾起来,用一个发卡夹着。竟然也染了棕红的头发。山里的女子,也要赶一赶时髦呢!

女子原来是从外地来帮工,家离这里有几个大山远。她们那里没有茶园,种的都是经济林木,桃、梨、苹果啥的,所以外出打工的多。在这里一天挣个两三百元,活儿也不累,比跑到更远的城里强。

女子说,等到家里的果树该收了,采茶的活儿也差不多做完。那个时候,这里的人还会去帮着摘果。

我说,你们一边采茶,一边可以听听"喜马拉雅",她说,什么拉雅?

我说就是听听故事什么的,免得寂寞。她笑了,说,这是你们来了,平时我们姐妹会聊聊家常,说说自家的鸡毛蒜皮,高兴了,也会唱一嗓子。

是吗?都唱什么呢?采茶调、川剧,什么都唱。我说能来一段吗?她说,那多不好意思。

看我在等着,她还是小声哼唱起来:

采茶要到山上来哎,山上太阳暖洋洋哎。二月里来过新年哎,新年家家新气象哎——

调子是老调,词却是新词。问她还有别的吗?我希望听到原汁原味的采茶山歌。

她果真来了一首:

妹子采茶上山坡耶,坡上茶田绿油油耶,采了新茶为哪般哟,采了新茶献阿哥哟——

真的是原汁原味。听我夸她唱得好,那边的女子抢过话头说,人家可是乡里民歌队的呢!

哦,厉害! 女子三十出头,不白不黑,细细条条,干起来很麻利,差不多每天都比别人多采一两斤。

我走到另一头,去跟接话头的女子打招呼。问她怎么称呼,她爽快地说,人家都叫她李嫂。

李嫂的女儿考上了大学,上的就是茶学院。回来过吗?李嫂说,回来,回来的还勤,回来就带走好多茶,说是给同学和老师分享。今年过年,女儿说,妈,我要给你个大大的惊喜。这丫头,原来她带回来个男朋友。

李嫂说,那小子是城里的,对咱这大山什么都感兴趣。那时还没过春节,俩人就跟着我下田采茶了。小子一手下去就连芽带叶采了一把,把个闺女笑得咯咯的,说他采坏了茶树。小子也不恼,一会儿就学会了,俩人还比赛,看谁采的多。

除夕那天,家家都泡上了新茶,小子说家里也不缺茶,但从来没有喝过这么好喝的茶。过年了,我给他们俩一人一个大红包。

我说,女儿毕业回来,是要和男朋友一同来发展吧?李嫂说,可不是,那小子家里也支持,他们几个同学已经商定好了,要成立一个公司,专门推广纳溪的除夕茶。

问起给李嫂帮工的女子,李嫂说,你说小梅呀,小梅可能干了,已经在我们这儿帮工几年,早就喜欢上了我们这里。说起来就是生活不大顺,老公常年在外打工,时间一长,走心了,找了个相好的,连家也不回。小梅就跟他离了,小梅不愿意人家看见她说长道短,就年年来这里帮工,二月里干到快春节才回去。我们都劝她,让她想开些,现在这社会,两口子能过就过,不能过就分开,分开了自己的路还得走。

我身后有人说,李嫂,你怎么不帮帮人家?李嫂说,是呀,看着小梅不错,她又喜欢我们这里,前些时,就给她在村里找了一个。男的人很老实,老婆死了,一直没娶。小梅乐意吗?李嫂说,好像还乐意,人家也有自家的茶田。

我说,如果成了,明年人家就自己干了。你可就少了个好帮手。李嫂说,我这人就这样,人家对咱好,咱也得对人家好。你看,这段时间小梅可开朗多了。

离别李嫂,顺着山坡走下去,看到水田里浮动着一群鸭,还有两只白鹭时起时伏。上到坡顶望去,是一幅壮阔的翰墨,一幅由一双双巧手绘制的锦绣。

前面就是茶马古道了,道路两旁不断传来鸟的鸣叫,那是各种鸟儿的大合唱。其实,刚才在茶园就听到了,只是没有在意。这时还想起一件事:李嫂给小梅说的那个对象,是不是我先前见到的,跟母亲一同采茶的那位?

四

下起了丝丝缕缕的小雨,茶田更绿了,周围的油菜花也更亮起来。那些房屋,错落地隐在这里那里,不时传来一两声鸡鸣狗吠。

茶园是古老的文化传承,现在,经常有人顺着古道上来,来看山,看茶,看人们的小生活。学生们也来研学,学习茶知识、茶历史,学习如何采茶制茶。

胡学丰说,他们收获可多呢,回去还会写了作文寄过来。村民们也都把来人当成自家人,教你采茶,让你到家里吃饭。

从高处望去,大地像一只巨大的手,指缝间淌着一条条河流,那一圈圈旋转的茶田,像是大地美妙的指纹。

森林深处

◎ 王国平

二〇二三年八月，跟大兴安岭撞了个满怀。

一头扎进森林的深处，发现这个世界以另一种妖娆的身姿，展现在眼前。

按照自然资源分布和行政区域划分，大兴安岭山脉被辟为内蒙古大兴安岭林区和黑龙江大兴安岭林区。我们这次的目标是内蒙古大兴安岭林区。从呼伦贝尔一路前行，途经根河、得耳布尔、莫尔道嘎……"得耳布尔"意为"宽阔的河谷"，而"莫尔道嘎"是"骏马出征"的意思，这么一解释，画面顿时就敞开了，旷远无垠，奔腾不息。路上还见了"得上""根白"的指示牌，一打听才得知说的分别是从得耳布尔到上护林、从根河到白鹿岛的路。这些名字第一次闯入脑海中，也刻印在脑海里，时不时被翻检出来，摩挲，回味。

到大兴安岭有回家的感觉，森林散发的气息让人有天然的亲近感。可为何这么快就远走了呢？距离去大兴安岭已经两个月了，仲秋的一个午后，我猫在北京的一间斗室里，开始"纸上谈兵"，真是有点恍惚。我想把自己最想说的话放在文章的开篇，请大家接受我的一声劝告——来大兴安岭吧！

来大兴安岭，处在森林深处，首要的感受是呼吸这事多少有点不太一样。

我家里有一个"创意灯具"，通上电源，用小小的遥控器操作，灯或亮或灭，没有什么特别的。只是遥控器上有个按键，两个红色心形图案叠加，写着"呼吸"二字，按一下，灯具有节奏地明暗交替。这是工具化、机械化地模拟"呼吸"，所谓"创意"仅此而已。

在内蒙古大兴安岭，呼吸当然不需要借力，是实实在在的，是不拐弯的，是身心舒畅的一个通道，也是一次充分的犒劳与奖赏。高达百分之七十八的森林覆盖率，八百三十七万公顷的森林面积，十多亿立方米的活立木总蓄积，多么厚实的背景,为身处其中的每个人的呼吸护航。

一个人呼吸的质量与成色,跟他所处的位置相关。河边的呼吸,融入了两岸花草树木的气场,犹如河流涌动时激荡起的涟漪,萌动着青涩的生命力;海边的呼吸,是一个清理身体的过程。记得当年采访百岁高龄语言学家吴宗济老先生时,他说及自己刚降临人间,就患上了严重哮喘,这是一道坎。有位中医出了个主意,说吹吹海风或许可行,这样肺部可以吸收带有盐分的水。于是,他的父亲就派人每天清早抱着宝贝儿子到山东烟台的后海沿吹风。老人享有期颐之年,与幼时的这场海边“呼吸工程”或许有一定的联系。河边的呼吸、海边的呼吸,都是岸上的呼吸。森林中的呼吸,请允许我借用一个生造的词来形容——“森呼吸”,这是被彻底包裹的呼吸,是全部沉浸其中、完全置身其中的呼吸。身处大都市,比如早晚出行高峰的地铁里,一个相对密闭的空间,很可能是人与人交换呼吸。在大兴安岭,人是跟一棵树、一群树、全部的树交换呼吸。树的呼吸,将人的呼吸淹没了、消融了,人在森林的怀抱中无拘无束,无挂无碍,自由遨游,没有争夺,没有区隔。人在森林中的呼吸,就如同重返婴儿时代,找回天然的匀称、知足的安稳,找回人类幼崽刚刚接触世界时那种由衷的欣喜。“森呼吸”,必然是深呼吸,是自在和惬意的呼吸,是具备生命质感的呼吸。“森呼吸”,深呼吸,生生不息。

大兴安岭的“森呼吸”是需要条件支撑的,也是需要捍卫的。二〇一五年三月三十一日,历经连续六十三年的开采,内蒙古大兴安岭国有林区全面停止天然林商业性采伐。停伐的仪式就是在根河林业局举办的,这里建有停伐纪念地。我们看到弯把子锯和斧头被绳子给绑上了,它们曾经在一棵棵大树前很威武的,现在被强制性休息了。“最后一棵树”是个景点,躺在地上的这棵树,是一个历史性节点的象征。还有一个小型的露天博物馆,陈述着岁月的印痕。曾经的森林工业生产是个什么流程呢?一共九个字。“采”,就是采伐,单人拉的叫“弯把子锯”,两人手拽的叫“大肚子锯”;“集”,将木材从砍伐点拉到运材的装车点;“装”,以前是人抬肩扛,后来使用绞盘机架杆装车;“运”,有河溪流输、冰道运输、牛马套子运输、森铁运输、汽车运输等不同方式;“卸”,贮木场生产作业的首道工序;“造”,利用造材工具,按照一定的价值将原木截成一定长度的木段;

"选",将原木产品按照一定的材长、树种、材种规格进行分选;"归",按照不同的树种、材种、材长、径级、等级分别归拢,做到两头齐;"销",就是木材销售了。如今,这些内容都"上墙"了,属于历史知识和经验总结,被送入回忆的轨道。

"大兴安岭是全球变绿的重要力量。"这句话,刻在当地一家酒店的墙上。也就是说,如果我们在哪个地方遇到一个好天气,可能就有大兴安岭这片大林子的贡献。

大兴安岭人说,自己以前"砍树",后来"看树",现在是"看树"。第一个"看",是看护的意思;第二个"看",取欣赏之意。两个"看",其实是相互叠加的。不好好看护,哪有心情和底气来欣赏?没有欣赏的心境,何以看护?

给我们的"温馨提示"中有这么一条:"请勿随意折取采摘林间植物,切勿品尝食用陌生野果、林菌。"在会议手册上见到这个内容,是头一回。

在林区,经常能看到一些富有规劝意味的标识牌。比如,"树活一张皮,需要您的呵护""人怕伤心,树怕剥皮""人要脸树要皮,文明就是你"……一句赶一句,恳请不要觊觎树木的皮,为树木留下一条命。

"为了家花的美观,破坏自然景观,家花开得再好,心情也不会太好。"大家都说,一朵花能给人带来好心情。但这朵花是怎么来的?这个先决条件要弄清楚。这一句,就像是在谈心,公与私、大与小的关系,让一个生活化的场景说透了。

"金莲花儿虽是宝,不做药材也挺好。"人最好不要那么"实用主义",老是惦记着什么都要拿来"用"一下。就让金莲花儿"无用"一下吧,那么大手大脚盛开一回,彻头彻尾为天地留下一缕清香。

大兴安岭是一个自足、自洽、自在的系统,而且是顺时针有机循环的。一棵树,自然地老了,倒下了,那就躺在原地,回归泥土。但是枯倒木并非从此就"躺平"了。它们的内部组织呈现海绵状,保存着相当于占自身质量五至七成的水分,这是自个儿给自个儿留了一手,是可以"续命"的。大兴安岭的枯倒木又遭遇困境,部分地面三十厘米以下就是冻土,根系下探力不从心。上下不行,没有关系,那就左右开弓,倒下的树依然横着生长。是的,在森林深处,生命力是显在的,也是顽强的。

问题是,大兴安岭每个年度留给一棵树生长的时间太不充分了。"冷"是这里的一个标识。"五十八"这个数字与根河紧紧贴合在一起。因为这里的极端低温是零下五十八摄氏度！年平均气温也在零下五摄氏度左右，全年无霜期不足百天，被称为"中国冷极"。中国冷极，真是冷极了。根河还有个冷极湾，河谷湿地的河流走势，竟然形似草书的"冷"字。大自然以河流为笔墨，在大地上进行艺术创作，就这么有灵性，当然也是任性。

季节的天平在这儿是倾斜的，不曾公平公正过，还那么地理直气壮。上了年纪的人，常年不脱棉裤。老人离不开棉裤，如鱼儿离不开水，真是怪事。"洒水成冰"还是个冬季旅游展示项目：端上一盆冷水，使劲向空中抛洒，在空中做抛物线运动的水，被超低气温捕获，瞬间成冰。一眨眼的工夫，洒出一盆水，收获一串冰。就像一个魔术。

被寒意架在脖子上的大兴安岭的树，都在静候一个窗口期，每年也就三个月左右的时间。一旦感知到大自然发出的信号，哪怕很微弱，大兴安岭的树也会支棱起来，敲着锣、打着鼓，夜以继日，加班加点，吮吸大地、阳光、雨露的营养，让自己再强壮一圈。这个时候的整个森林节奏当然是欢快的，甚至是激昂的。长大是一件光荣的事，值得大肆铺排。窗口期倏忽而过，大兴安岭的树就沉寂了。它们将汲取的能量积攒起来，站成队，排成排，携手抵抗那太过结实的冷，抵抗一眼难以望到头的冷，领受寒意的捶打、暴击，来一场贴身的肉搏。

每一棵树都是幸福的、可爱的，也是伟大的，还是威武的。

大兴安岭有多少棵树？无以得知，反正是树和树依次排开，没有尽头。莫尔道嘎国家森林公园还有个"一目九岭"的景点，站在观景台上极目远眺，只见山连山，岭连岭，岭外有岭，真是一片岭海。内蒙古大兴安岭林区还有九十四万公顷是从未开发的原始林区。树那么多，并不让人厌烦，而是让人感觉眼前的景致太喜人了。叶圣陶一九六一年到过大兴安岭，在文章中提及乘坐小火车看树的经历，"车窗外就是树木，树木外边还是树木，你说单调吧，一点儿也不，只觉得在林绿之中穿行异常新鲜，神清气爽。古人栽了几棵梧桐或者芭蕉，作诗就要用上'绿天'，未免夸张。这时候我倒真有'绿天'的实感，要是掺些想象的成分，竟可以说映人衣袂都绿"。我们在莫尔道嘎也乘坐了观光小火车，速度很慢，给人留出时间看树、赏绿。在森林深处，与一棵树对视，彼此是平等的，很用心地交换着"礼物",当然是精神意义上的。人毫无保留将心事告诉树,树忠诚守卫人的秘密,故而有"树洞"一说。望着一片林子,与温热的翠绿拥抱,身心舒坦,时间的步子也明显慢了半拍。

古人有"望峰息心"的说法,想必"望林息心"也是成立的。

森林深处,基本上没有手机信号,也没有网络,后来我们一行人还遇上停电和停水。这下好了,"人为"的都卸下,"人为的人"退场,"自然的人"开始上岗。

躺在森林小木屋的床上,我就想,这是一张位于森林深处的床。森林是人类文明的一个摇篮。我就躺在摇篮里。空气是温润的,四周宁静无声,世界似乎回到了原生的模样。应该干点什么呢?好像什么也不用干,就这么待着,把自己交出去。

随身带着学者程虹的著作《宁静无价——英美自然文学散论》,有一个小节的内容是"森林:天然的游乐场"。她写道,在英美自然文学作家的心目中,"森林树木已经成为大自然的化身,成为与令人躁动不安的现代化都市的鲜明对照物。树木所具有的已不仅仅是其物质价值,而是其无法估量的精神价值。希望看到满目的绿意,希望能够与树沟通已经成为不可剥夺的一项人权"。

与树沟通是人的权利,何尝不是一项义务。

那天和五岁的女儿文文一起在北京的龙潭公园闲逛。走着走着,突然她说:"爸爸,我们来抱树吧。"这是什么意思?我的第一反应想到的是"报数",思维还停留在那个经典谐音梗笑话里:军训时教官让报数,一二三四……有人一脸蒙,迟疑地走到一棵树前,紧紧抱住。女儿还没有完全被信息和知识"规训"。她的身上,藏着人类原初的情感。我的那部分已经遗失了。我很感动,觉得这是一个真正的好创意。我们两合围抱树,一棵树接着一棵树,感受着树的体温和气息。我们很欢乐,玩着一个太有意思的游戏。

拥抱大树,收获心静。在一个闷热的夏夜,美国作家斯科特·桑德斯难以入睡,起身来到院中,双手环抱着一棵大树,心中顿感安慰,"因为那感觉如同拥抱着他久经风霜的老祖母"。

到森林深处"抱树",是不是可以成为一个旅游项目?

乐于游戏,是大自然赋予人的一项能力。在大兴安岭,我还玩起捡石头的游戏。森林深处,有小河小溪,石头分散两边,湿漉漉的,大方袒露自己的质地。英国画家安吉·卢因与一位作家合作推出了一本《卵石之书》,她在"序言"中说:"卵石同最最渺小、最不起眼的植物一起,定义了整个风景。"石头原来是组建风景的一个核心要素。我们往往在平时就错过了身边太多的美好。

捡石头,看形态、色泽和手感,也看眼缘。从莫尔道嘎带回家的一块石头,猪腰子形状,深褐色,放在灯光下看,两端是半透明的,隐约间有一缕清亮存焉。这块石头就在我的书桌上,它是森林深处的一声问候。

在大兴安岭森林深处看日出,见证这一天太阳问候大地的情景让人难忘。位于得耳布尔林业局生态功能区的卡鲁奔山,是看日出的好地方。凌晨四点左右,我们起床,从山下的康达岭林场帐篷和集装箱民宿区乘车出发,十几分钟就到了山上的观景平台。前一天,就在这个观景平台上,我们眼见的是一大片的湿地,还有远近或清晰或朦胧的山峰。"层层叠叠的山峰连绵不断",这几乎是写景时自动生成的句子,到这里不适用。山与山之间是断裂的。有的小山包自个儿独立出来,有点旁逸斜出的意思。大兴安岭人给这小独山取了个新名字,"单不楞"。此刻,太阳行将升起,昨天洋洋洒洒的湿地,有些浑不懔性格的"单不楞",都让云雾给罩住了。眼前的世界都简化了,云雾之上,东方的一抹亮色正在酝酿,谋划一个高光时刻。日出原本是一个"规定动作",是一项既定的制度性安排。太阳却不这么认为。它将日出设定为一个"自选动作",每天变换着新的行头,规划新的图景,于是这个光影游戏让人百看不厌。说日出是个光影游戏也不太对,其实这是一件很庄重的事。日出是生命的欢歌,是向整个世界发出的使命召唤:新的一天就要正式开始,好好迎接吧。日出时想必是有声响的,一首有节奏、有旋律的交响乐,恢宏、壮丽,当然也可能是无规则的,噼里啪啦,"时间在扯皮中度过,作品在混乱中诞生",经历一场摄人心魄的搏斗,终于突出重围,跳跃出来。那个瞬间,我取下眼镜,想着还是让眼睛与清晨柔软的光线亲密接触。还能干什么呢?还能说什么呢?感觉自己已经离开了"此时此地",到了"彼时彼地",想了很多。具体有哪些内容,又说不上来。

二○二三年八月二十四日,我记住了这个日子。这一天,我在大兴安岭的森林深处迎接太阳。

回程，我们步行，在一片白桦林里穿行。阳光洒在身上，很亲切，像老友重逢。

　　太需要如看日出这样与生命相关的仪式了。大兴安岭可能是完成这些仪式的最佳选项之一。如果你同意，那就请来大兴安岭深呼吸，请来大兴安岭抱抱树，请来大兴安岭捡石子，请来大兴安岭看日出，请跟大兴安岭交个朋友……

山藏

◎ 朱 强

一

山路像一枚弯钩,轻轻地甩进了深山。

我有意地把车窗玻璃摇开,连绵的绿色连接了古老深长的岁月。土地里像有一个巨大蒸笼,伴随着呼呼晚风,各种撩人的气息纷纷涌向肺腑。

群山荡漾的色彩在暮色中快速沉陷,没过多久,灰色的暗影中便什么也看不见了,山的起伏在车轮底下逐渐显现。偶尔是一个急转弯,汽车喇叭在山道上像怪兽似的发出一声吼,夜被撕开了,多少峥嵘的岁月就隐藏在这起伏与转折里。九十年前,红军从前面的一道包围圈冲出来,子弹都耗光了,到最后只能和敌人拼刺刀。沾满了鲜血的刺刀被积蓄在胸中的怒火向敌人刺去。天昏地暗,刺刀也弯曲了,不得不用脚将刺刀踩直。

尸横遍野,漫山的树木都带着血色。留守在苏区的战士已毫无退路。仅存的地图,字迹模糊,上面还沾着斑斑血迹,除了简单几个地名,并无更多信息。满目的丘陵,将大地团团围住,到底去往哪才有出路?很难想象,如果没有向导,将有多少突围的战士误入敌人的包围圈。千钧一发之际,有一个声音在战士们中间小声地传开了:翻过前面的山梁,就是油山。那里有我们的同志负责与大家接应……

此时,我们距离油山镇仍有十几公里的夜路,中间还隔了一个镇子,此镇名曰大阿。镇上一个朋友,得知我们路经此处,早已备好丰盛晚餐。为我接风的朋友,到了快退休的年龄,他在镇上中学当了一辈子教师。人生的重要经历,都发生在这个方圆不足十公里的小镇上。他的儿子,现在又继续了他的老路,医科大学毕业以后,回归故里,成了小镇上的一名医生。

大阿镇不过是油山前面的一片场院,生活里的密语都隐藏在后面的深深屋舍,那里才有构成故事的层峦叠嶂。

为了让思绪充分地进入历史发生地,与山里人的生活撞个满怀,当夜,我们把酒店订在距离油山墟不远处的一家民宿,房间在二楼,裸露的红砖墙,只是简单收了灰缝,天花板也未曾粉刷。而今人们似乎越来越崇尚一种错位的居住空间,比如将老旧厂房改造成民宿、工作室与咖啡馆。房子后面,是走马垄水库,水库负责远近几个乡镇的农田灌溉。以前灌溉都是靠水渠引水,一旦山土塌方,渠道下游便堵塞淤积。但现在都改成了暗埋水管,水像血液似的遍布周身。庄稼因喝上了"自来水",整块田土都丰盈活泛起来。

二

次日一早,院子里已经有人在干活了。一老一少的两个女人互相配合,在给洗好的白色床单拧水,水从扭紧的床单中哗哗地流到地上。地上太阳的光斑闪射她们一脸。年轻女人额头上美人痣正好在光线中凸显出来。两人用客家话说些家常,比如焖鸭子锅里要丢几个蒜头,香气才出得来。年纪大了,不能吃那么饱,七分饱就够了,过饱容易得富贵病。看样子,应该是一对婆媳。感情和睦。我从屋子里出来,其中的一个女的,问我怎么没上墟呢,今天可是农历初九,油山墟会聚了整条长坑里的新鲜事。相比起日子的藏,墟就是日子里的显,显山露水,大显于市。平日沉陷在生活海洋里的各种物件借助墟的力量又一件件地浮出了水面,琳琅满目的物品让人惊叹农民默默地耕作和劳动之后,居然能够结出那么多沉甸甸的果实。大米、香油、黄豆、头牲……百货咸集。世界的物质性被无限地放大了,私人生活就是通过这些实实在在的货品才得以被人看见的。

门前是一条水泥路,它镶嵌在山坡和水田的绿色中间,也为一些人和故事的进进出出做好了铺垫。路显然是通向墟镇的,远远的市声,嗡嗡一团,那是由无数的对话、笑声、喷嚏、打情骂俏组合在一起的混合音。路上陆续有赶墟的山民返回了。有人手上拎一吊肥肉,估计是拿回去炼荤油的。山里人习惯炒素菜时,舀两勺荤油到锅里,清素的食材表面,裹着一层肥荡荡的香气。来自饥饿年代的特殊记忆,呼啦一下地冲上了脑门,心里五味杂陈。特别是荤油拌饭,流逝了的大把的日子又在熟悉的味道中一件件折返了。

来到墟市,辰光才七点一刻。城里人的早晨刚被一声哈欠撞开,但墟已开张了好几个时辰。人们兴致勃勃,情绪高涨,街面上摊位随意布置,仿佛是艺术家的即兴之作。摊子普遍都小,小至两张草纸或一个簸箕。里面盛着藕、山桃、荸荠、山芋、干笋或白条。有一种扁圆形鱼干,乡里人谓之"饿佬"。这种鱼毫不畏生,相比起精于世故的头脑,它简直天真未凿。客家人喜欢把各种食物晒干或腌制保存,这与他们勤俭持家的传统不无关系。当饱尝过大量的战乱与饥荒,居安思危、克己节欲的思想也就在他们的潜意识里沉淀下来。我们在墟市上来回闲逛,山民穿着打扮像在开一个盛大的服装会。有人穿一件皱巴巴的牛仔夹克、蓝色中间都已经明显泛白了,有人蹬一双老掉牙的解放鞋,露出的大半截棉袜上尚有一个破洞,有人身披的确良花格子衬衫、有人套个 T 恤衫,有人戴礼帽,有人戴棒球帽,还有人头上扣一顶青斗笠。总之,装扮五花八门,年代与年代相撞在一块。有一个老妇人,头上缠块蓝色头巾,满头银发,就像时间里的秘密被包裹起来。腰是佝偻的,脸部与手上的褶子和拐杖的纹理如出一辙。我看见她紧锁眉头,天光从她的眼睛里反射出来,是深不见底的蓝色。我的心顿时被撞了一下。好像一块封藏了几百年的记忆被无意中读到。偶尔腰或者肩膀也被什么轻轻一撞,但力量都近乎温和。弯腰或蹲下身子,拿起一个物件,摩挲或者端详,总之墟市上没有什么东西不能碰。摊主沾着泥土的手,热情捧来一个山桃,红彤彤的,接过来觉得有一种滚烫东西传递到身上。摊主咧着嘴笑,那种笑,在别处都已经失传了。笑的内容,让你想起你的老祖母,表情非常安详、松弛。我有意地靠近去,希望距离他们能够再近一点,呼吸到他们身上的泥土味、汗味与鱼腥味,美好生活总是有气味的,这个庞大的气味里,收藏了万物的浪漫情致。

太阳已挂上山梁,墟市眼看就要散了,人人又将藏入生活的暗部,成为身份模糊的人。大概也就在这时,卖早餐的店主,满面红光的屠夫,挑担子的菜农以及沉默寡言的修锅底的匠人,他们的身份在我的眼里竟变得恍惚起来。其面孔背后,好像都被另一个神秘身份主宰。也许是我多虑了,他们除了农民,还能是什么呢。年轻人也许为了生计,农闲时,经亲友介绍,到周围的城市务一份零工。成为工地上的泥水匠、写字楼里的清洁工、风里雨里的外卖小哥。但是一旦到了春种秋收的时节，他们就得无条件地回到地里，跟在父辈们后面，深一脚、浅一脚，蹚着泥水，老老实实地恢复自己内在的身份。在这些身份中间，好像也并不是没有一条清晰界限，农忙时，他们亲近泥土，农闲时，投奔城市。年轻人头脑精明，开始在直播平台大显身手。总之，他们与世界的关系越复杂，能够获得的外部力量与空间就越多。没有哪一种身份不可示人，他们心性光明、勤劳奋斗，目的只是想把生活过得更好。

但时间再往前呢，回到二十世纪三十年代，兵荒马乱中，他们的祖辈却在普通人的身份中挑起了一副特殊的担子。

三

一九三五年四月，敌人清剿的重点，已转向了油山。国民党不仅对游击区实行经济封锁，还在山脉的主要墟镇、村庄，建筑碉堡，驻扎军队，拉上电线和铁丝网。粮、油、盐生活必需品都被严格控制，目的是把山中的红军游击队的生活来源彻底地切断，企图将他们活活地困死。

春天了，山下的油菜花纷纷炸裂，蹿出嗤嗤的黄色火苗。万物生发，漫山的马尾松、红豆杉、毛竹、木荷、香樟和不知名的树木交错重叠。凝重的树影从空中落下，阴森森的。寒气让人打出了一声喷嚏。幸好响动及时得被春鸟覆盖，免于暴露目标。柳莺和山雀乱啼一阵，像跳跃的音符。敌人派出了搜山队和探子潜伏于各处。他们还特别雇用了一些盲者，专门在山的一个豁口负责听风。游击队可能一声咳嗽，立马就会有大量蛆虫般的敌军围上来。紧接着，机枪在林中一阵乱扫，子弹在叶片上嗖嗖地狂叫，寒光凛凛的刺刀也向着草垛里一阵猛刺。野兔和松鼠受到惊吓，蹬腿蹿进了更加茂密的灌木丛中，敌人一阵徒劳以后，想出了更阴毒的招数，他们在村里找到地主婆，手里拎个饭菜篮子，用一种尖声尖气的声音满山地叫喊："同志哥，我是翠花，给大伙送饭来了。"但这种拙劣的伎俩，在游击队面前往往不攻自破，因为村民们送粮食向来都是悄无声息的，他们把行迹藏在大雾或者夜色中，身体像一个忽明忽灭的幽灵。

无论敌人怎样设计设伏，游击队总有对付的妙招。每逢撤退，他们故意将鞋子倒穿。爬山时，排成一队，脚印套脚印地往山上爬。踩倒的野草，赶忙扶起，以免被敌人发现。敌人抄西山,游击队就扔几口破锅到西山上。总之,绵延起伏的山岭就像是一个用来和敌人捉迷藏的游乐场。但苦恼的是山里缺衣少粮,饥饿有时候比孤独更可怕,饥肠辘辘时,肚子里像有一面鼓在擂。

所幸,山里蕴藏丰富,春笋、蕨菜、苎麻叶、鼠曲草……应有尽有,万物皆备于山!条件允许,野菜可以水煮,情况紧迫,直接干嚼。咬得菜根,百事可做!无论是苦味还是甜味,好歹让灼烧的胃有了幸福的满足感。

有经验的战士,一眼就认出了路边的鼠曲草,其叶子颇似鼠耳,上覆有白色绒毛,客家人也称之为"黄花梦""田艾"或"白头翁"。每至清明时节,女人们将篮子里的鼠曲草洗净晾干,然后剁碎蒸熟,和上糯米粉,揉成一颗颗翡翠般透亮的青团。单调的餐桌上,也多了一抹亮色。不过,战争把原本平静的生活都搅乱了。孤灯下,一个年迈的母亲正在思念他久出未归的儿子,一个行将分娩的女人,正心心念念着她深爱的丈夫。可这个被情感牵系的人,却毅然地选择了扛起枪。他宁愿在深山里忍痛挨饿,也不愿做一个背信弃义者。事实上,他完全可以选择放下枪,重新拾起锄头,在祖辈耕耘过的土地上,继续前人的老路。但那样,他的命几时才轮得到自己做主?现实情况是,即使在丰年,农民的脸上也看不出丝毫喜色,因为地多不是自己的。一年辛苦,换来的收成少不了被地主剥削。荒年时,他们甚至还要卖妻鬻子,才能吃得上饭还得了债。

理想从来都不会无中生有!尤其当它关系到残酷的生存斗争,理想就成了光芒万丈的宝塔,换谁都不容动摇了!人类对如何生存得更好这个命题,始终是怀有执念。有人说,哲学就是怀着乡愁的冲动到处寻找家园。对于这些背井离乡的年轻战士,他们岂忍心与亲人割断联系,但如果不能勇敢地奔向战场,他们又怎能够找到理想中的家园?

四

日当正午,热闹云散,城市只留下环卫工人在街心挥动扫帚。扫帚的沙沙声应和着田野里的鸟鸣与风声。万籁俱寂。适才所有的景象都像是小说家虚构出来的。楼上的窗户里传出小儿啼哭声。电视机的声音清晰在耳。人们把买来的肉烹饪成一道道客家美食。远近已经听得到乡亲们在一张桌子前划拳行酒令了。自从土坯房拆除以后，农户们都盖起了两三层楼的自建房。住所也由简单的平面变得颇具有空间意味。人们在一楼会客、用餐、饮茶。二楼、三楼通向的是一个个散发着私密气味的房间。生活在不断地叠加中被赋予强烈的仪式感。枪响的年代已经远了，人们又与眼前的时代达成了新的契约。

午饭时当地人会端出了一盘油炸马蜂。据说在饭店里马蜂是论个卖的。马蜂凶猛的性情早已经被沸油滤去了。剩下的是金黄酥脆的外表，佐以姜丝、蒜泥、腐乳调制的辣椒酱，味道特别爽口。从陈毅元帅当年的回忆录中，读到这道别具一格的菜品，惊喜莫名，复杂的情绪就像沸油似的翻腾起来。"大树窠里，马蜂多得很，搞个竹篾背斗，护着头脸，把蜂窝一烧，马蜂飞去了，然后将幼虫搞下，把来一炒，跟蚕蛹一样香脆……"生死攸关的时刻，没想到革命者的内心仍然这么从容，此时还拥有能够尝出蜂蛹香脆的味蕾，背后是需要多强的精神定力！

断粮以后，游击队员们只能靠山吃山了。大山对人的恩情从来都是不分厚薄的。山把这些失散之人接纳下来，锤炼他们的筋骨，磨炼他们的意志，苦难让一个人变得更加坚强，也让他有更多的时间去迎接革命的波澜壮阔。

我看了一眼墟镇后面沉雄的山色，流淌的绿色中，蓄满了山的力量。看山会把人的胸襟看宽阔。将深山和墟镇连接起来的，是一条条深不见底的长坑。不知道它们可以通向哪。长坑宽阔处，零星地散落着几个屋场。房屋依山建筑。中间聚居着一个或者几个大姓，他们多是五胡乱华后，从中原大地迁居到南方的客家人，"太原遗风""紫阳世泽""南阳世家"的门匾清楚说出了家族来历。家族之间，世代恩怨所结，到最后，彼此都互为整体。每当长长的唢呐把成片的梨花、油菜花吹得满是闹腾或悲怆，人们知道自己又该去随份子了。

眼前的这条长坑，从圩镇方向蜿蜒出来，以前是沙土路，大风起兮，灰尘漫天，如此环境，山民们倒也习以为常了。孩子们风乎舞兮，把迎接纷飞的尘土直接当作了生活里的一门有趣的游戏。这种沙土，多是由卵石风化而成，呈现出很强的酸性。不太适合作物生长。而多少辈人，就是在与这块红土的交往中倾尽一生。他们的血泪故事里，都掺入了这种橘红色的土。后来，沙土路铺上了水泥，裸露的红褐色山体，也被橙园与竹林覆盖了，清亮的路面，被雨水一遍遍地洗过，映出青青的山色与天色。

当年，红军依托周围的几个屋场，秘密地进行地下活动，谁也说不清山里到底潜伏了多少游击队员。有人说，凡有树木摇动之处，就有游击队。但这种话，显然是没有依据的。但老朱的奶奶李桂花却将这一幕幕看在了眼里。李桂花将这些往事作为遗产传给了老朱。老朱津津乐道从前的事，成了油山往事的一名精彩的讲述者。

长坑中有个叫老屋下的屋场，老朱家世居于此。见面时，他从一扇不锈钢的大门中转出来，他背着手，不苟言笑。衣服却紧紧地扎在腰带下面，脏兮兮的皮鞋，感觉像是在地里刚忙过农活。他家的新房子已经建好了，外墙贴木纹瓷砖。一旁的土坯房却没有拆，这种民居，在赣南颇为常见，当地人谓之四扇三间，或五扇四间。殷实人家，内部通常还会造一个天井，取四水归堂之意。好处是冬暖夏凉。坏处当然也有。雨天泥水下注，需要用澡盆承接屋漏。村里将这些旧房子粉刷一新。唯独西北角的耳房，受到主人特殊照顾，保留了由无数个日子堆积起来的沧桑陈旧的外表。壁上依稀可见当年鏖战留下的弹痕，这些深浅的弹痕，多么像留在一个有故事的人脸上的疮疤。老朱的奶奶李桂花当时就住在这间房里。李桂花当时也还年轻，但却不是弱柳扶风的丫鬟小姐模样。她成天绷着绑腿，一袭黑衣，头发齐耳根。人们只知她是老屋下朱家的儿媳妇，却不知她背地里暗藏着地下交通员的身份。岭上刚泛出鱼肚白，她便从这间窄小的耳房来到对面的灶前，客家妇女天亮的头件事，便是清洁灶台，她先将畚箕口对准灶门，再用小木耙子从灶膛下耙草木灰，将草木灰倒入灰屋，当作庄稼的肥料。没多时，她便把灶膛烧得红通通的，灶火先得用松枝引，松枝里有油脂，火旺。劈好的干柴架在上头，火势上来了，灶膛里噼啪作响。客家人生活里的温暖与希望通常就由满灶膛的好柴提供。

老朱引我们到屋后的竹林，竹林的地势要比前坪高出一截，竹林里造了凉亭，地砖铺就的曲径，可以通向竹林的各个角落。一阵风过，满地的竹影摇动，枝头、地上的竹叶也似乎获知了什么指令，潇潇作响。只要是有条件，本地人在后院里都要种上一些竹子，这片竹林也被看作家里的风水林。赣南人钟情竹子，图的却并非一个"雅"字，文人们津津乐道的"无肉令人瘦，无竹令人俗"的境界，普通人通常可望而不可即。人们种竹子,主要是因为竹子有用。显示出入画之姿的青青绿竹,一旦进入柴米油盐的日常生活,就成了各式各样实在又耐用的农具,竹篾或竹筒被制作成竹筐、竹箩、畚箕、秧夹、竹戽斗、竹苦围、竹槌、竹尖担、竹扁担、耙篦、抠箍,以及晒谷的谷笪和抛网捕鱼的竹排……总之,竹子的那股淡淡清香早已经渗透到客家人的呼吸与梦境里了。人们钟情竹子,也是因为人们热爱由竹子编织而成的幸福生活。

在竹林里走累了,还可以在石凳上小憩片刻。我和老朱随口聊些话题:稻子亩产量多少啊,孩子读书难不难啊,村里有几成农民在从事脐橙种植啊,果树的病害防治有什么好法子,外出务工与单纯从事农活的年收入对比……老朱的手贴着现实的脉搏稳稳地按下去,我与他共同感受着现实农村深沉有力的律动。

现在,他的手又轻轻地举起来,对准眼前的一棵搂粗的香樟,我猜测又要有什么传奇故事要冒出来了。

老朱说他的奶奶李桂花就是在这棵树下救了一个人的命。当时,那人脸色青紫,衣服上补丁摞补丁。但是帽子上的红星却光彩熠熠。其实类似的红星在李桂花的绣盒里也有一颗。眼前的这个男子汉显然是被毒蛇咬伤了。也不知是什么力量支撑着他,他强忍着剧痛,来到村后边的这片竹林。沉重的步子想多迈出一步,但眼前的天地迅速就暗沉下来,像跌入了一口漆黑的深井。李桂花看在眼里,眼眶都湿润了,一切似乎都看明白了,她的心怦怦直跳。难道村里正在搞连坐法,私藏游击队员要杀头她会不知道?然而,她没有迟疑,是客家人本性里的善良与仗义让她奋不顾身。

死生虽大,但如果丢了立身的"义",活着的意义又在哪儿呢?这个陌生人最终被一间漆黑的阁楼接纳下来,草药与食物,让他的体力得以恢复。在处境最艰难的时刻,陌生人被客家人持续的暖意包裹。这些热情洋溢的面孔也因此构成了深藏他们身份的另一重深山。

从竹林里出来,我又撞见了那扇斑驳土墙。土墙距离地面三米高的位置竟然开有一个小门,木门紧闭,门板黑乎乎的,也不知道里面到底封藏了什么。不知道这么高的位置开门有什么用。老朱说,其实后墙当初是紧挨着山的。后来因为建房,山往后退了十余米。现在看似不符合逻辑的东西,如果换一个时空就变得顺理成章了。在前木门和后山之间，铺设了一条两米长的板桥。人们将大山所馈赠的木梓、松塔、鲜笋、酸枣、木耳、地皮菜通过板桥抵达锅碗瓢盆的鲜活日常。而游击队员与山民之间的深沉友谊就建立在这个窄小的木门里。通常，大门都是用来迎接远客的，然而真正的生死之交，却是通过这扇特殊的小门来确立的。我站在这面普通的土墙前面，深情地望着那个空中木门，我似乎又看到了那刀光闪亮的鲜血迸溅，匆忙的脚步声正破空而来，通过此门，村民们为游击队源源不断地提供粮食、御寒的冬衣、食盐、药品、情报甚至弹药，帮助他们度过了一个个饥寒交迫的日子。

　　历史，通常就凝结在这样的一些寻常之物中，物永远是无声的。如果不是因为有人讲述，谁也不知道里面到底发生了什么。对于那些镌刻过特殊记忆的物件，它们往往拥有更恒久的生命，且这种生命是值得眷念与珍重的。

五

　　一天中，我在油山的长坑中漫游，无数的劳作者在山里忙碌，绿色中，他们的背影摇曳出诗的浪漫。我用眼睛看，用耳朵听。新的天地，农民对土地的爱，较之过去，似乎更加地深沉热烈了，因为经汗水浇灌换来的收获总算是自己的了。

　　晚霞像布匹似的，攀在对面楼顶的不锈钢栏杆上，好像随时可以抓过来擦脸。山上深深浅浅的绿色表面，荡起了一层金色白沫，像陈年老酒一阵猛烈的摇晃之后浮起的细密酒花。朋友说，那是木荷树。五月也正是木荷花怒放时。大片的混交林中，木荷撑起高大优美的树冠，像森林里的一群瞻望者。老辈人说，木荷性阴，大概是因为这种木制中含有大量水分，木沉如铁，十分耐火。它也因此被作为南方森林里的天然防火墙。就在群山与屋场中间，视力不及的大片虚空中，一些不知名的鸟和昆虫正在交换信息，蜜蜂振动翅膀的嗡嗡声在风中汇聚成一条结实的绳索。为了储满一个蜜囊的蜜汁，这些劳碌的身影，也不知道寻访了多少朵花，与多少热爱生活的人擦肩而过，一只工蜂在采蜜季节的寿命，其实是非常短暂的，大概仅有二十天。但是，生命从来都不是用天数来衡量短长的。那些牺牲的革命者，年纪很可能只有十几岁，他们还没有经历过完整的人生，就永远地倒在了深山里。有限的时光，让他们经历了无数场战事，如果生命也有重量,那他们的重量与满目的青山应该是对等的。

油山把原本光滑平坦的土地变得皱褶纵横,像一部金光灿烂的大书。

山色在傍晚天空的掩映下,呈现出花岗岩的纹理,这是一张有故事的脸,脸被无尽的岁月磨洗着,皱褶里嵌满了远行者的苦难与坚毅。那些留守在大山里的红军战士,他们尽管没有随红军主力奔赴漫漫长征,但在精神的层面上却堪称另一种远行者。他们潜伏在敌人重兵围困的内部,高擎革命的烛火在人间赶路。星星之火,正借着客家山民们提供的柴,不断壮大。军民之间,都被双向奔赴的豪气与善意感动。

农忙时节,游击队赤着脚、光着膀子与山民们一同犁田、插秧、收割稻子。秧苗青青,稻穗金黄,细雨中黄鹂鸟婉转如仙乐。水田里黝黑朴实的面孔中央,目光清亮。战士们在劳作中与山民结成朋友与兄弟。大家汗流浃背,忙碌让他们忘了彼此。恰当此时,浩茫的心事与美好的憧憬也以悄悄话的形式在水田里叙说开来……

因为我们热爱自己的城市

◎ 陆　梅

　　无锡距离上海太近了,朋友说,来无锡就是回家。我随手查百度,来回切换百度地图,发现太湖像个佛手涵容托举着几座城市:苏州、无锡、常州、宜兴、湖州。苏州、无锡又深居其中,惠及更多太湖恩泽。太湖水系发达,河港纵横,蜿蜒曲折后下游有汇入黄浦江的,有贯通盐铁塘的,"黄浦江在米市渡以上又有三支,北为斜塘、沏河、拦路港,与淀山湖相通;中为园泄泾,上接俞汇塘;南为沏港,承杭嘉湖来水。米市渡以下至吴淞,长 113 公里"。——熟悉的河湖名又和我生活着的城市以及老家松江勾连起来了。尤其米市渡、沏港、盐铁塘,这些兼作地名的河港、渡口,也是我记忆里丈量世界的一个个初发地,带着家园般的亲切。

　　现在,我追随源头溯流而上,来到了"百川归一"的太湖岸边。我有一个制高点,88 米高的灵山大佛脚下。虽是脚下,也站成了一座山,加上三层石头基座通高 101.5 米。佘山海拔 100.8 米, 是"上海境内第二高峰,上海陆地第一高峰"。我也曾在佘山的半山腰俯瞰过上海,天空辽阔无边,苍茫平原隐伏着密密麻麻的树路和房子。这是一个庞大的都市圈,佘山之于上海,首先是一处海拔标志。而此刻大佛脚下,我看到了一条清晰的中轴线,顺着中轴线一路往前,就是烟波浩渺的太湖。中轴线南北向,大佛北踏青峰,南面太湖,左右两边绿树成荫,撒落着一处处胜境、美景,古刹、梵宫、精舍、禅意小镇……倘若不是身临其境,哪会相信这里就是无锡!我脑海里的无锡是温婉儒雅的古城,虽也傍着太湖,可是更古老的京杭大运河穿城而过,使依河而建的民居安然泰然。

　　灵山当然也属于无锡,但是地图上看,它更像一片狭长飞地,城市西南端的神经末梢。它被碧波太湖水包孕着,长久以来,一直是人烟稀少的荒僻之地。大佛落成的一九九七年，开始慢慢聚起一点人气。记忆中我和大佛的第一次照面就是那时候留下的印象。周边太空旷了，风过四野，大佛寂然，到此一游的人们除了仰之弥高，登高望远，抱一抱佛脚，再无其他余兴了。然而此刻，我看到的是一个风光秀美、视野开阔的度假胜地，可居、可游、可食、可赏，以自驾游的眼光来打量，也是一处身心舒展的佳美之地。

我在灵山住了两晚，一晚在梵宫旁的灵山精舍，一晚在拈花湾的禅意酒店。两天时间，白天参观，晚上夜游，品尝了梵宫的素宴，体验了禅食的过堂，有惊喜有喜悦。尤其梵宫内美轮美奂的穹顶、壁画、沉浸式史诗音乐剧，过眼尽是璀璨夺目的艺术珍宝，身处这样一个艺术殿堂，没有谁不会被美震撼、被音乐涤荡。熟悉的感觉在域外游览时也曾有过，可这里是无锡、是中国啊。

梵宫的美究竟还是太奢侈太惊艳了，只能用来仰望。我脑海里可亲近的美在低处，在身边。比如推开灵山精舍的房门，一股沉静的木头质感的气息一下将你裹住，房间小小，家具简单，你的眼睛被窗外扑面而来的绿吸引了去，透过竹帘子半隐半现的贴心，深呼吸——"扑面临头，受用一绿，幽窗开卷，字俱碧鲜。"张岱的话跳将出来，呼应你此刻的心情。欣悦的是，它为你而准备，每一个有缘入住的旅人都能感受到的美。推开庭院的门，地板台阶处一角白石子枯山水，好比是一个间隔，提示你身在何处。抬眼间，那些修竹、桃李、杨柳、杜鹃、梧桐、三角枫……高低错落在灌木、山石和更深的树林里。如此修美景致环绕着精舍的角角落落，走到哪里都是美。

在一个叫拈花湾的禅意小镇，眼前也是各种绿意纷披，地上、墙上、篱笆上、庭院里、几案间……虽然时节已进入秋分，但是江南层次丰富的绿还是那么灵动生机。生活在华南的文友是个植物迷，遇见不识的江南草木总要停下脚步，翻出手机识花程序拍照指认，大花六道木、沿阶草、棣棠花、络石、南天竹、马鞭草，还有各种蕨类……江南植物这么多，真要逐一识别，行色匆匆哪里够呢。我们在一整面"爬山虎"前站定——简直不敢认，真是爬山虎吗？叶片大过手掌，密密实实铺成一道绿帘子。"也许、可能是吧？长势这么旺……"我这个江南人也开始疑惑。"等等，扫一下！"文友再次举起手机"识花"。

惊叹的是搭建竹篱笆和铺植绿苔藓。这个山水小镇，分布着很多精致精美的客栈,有客栈就有庭院,每一家风格都不重样,但是它们都会"呼吸"——秘密在那些篱笆和苔藓里。篱笆要有"空灵的禅意""艺术的质感""天然的美感""竹制品的韵律感",以及"建筑本身需要的功能性"。要求太多了,原本简单的辅助材料,却成了一项复杂工程。施工队伍换了好几拨,搭出来的竹篱笆就是不能让人满意。拈花湾的创建者几番寻觅,最后花重金从日本找来两位七十多岁的匠师,老匠师做竹篱笆已三十多年,一辈子只专注做这一件事,还都是竹篱笆的"非遗"传人。两个老人手把手教大家编篱笆,从选竹、分竹、烘竹、排竹,到编织手法、竹节排布技巧、结绳技法……每一道工序都是艺术创作,光打结的麻绳就选了三十多种、结绳技法十几种。我们的行游时间太短促,来不及推开一家家院门,天就暗下来了。好在有照片,我在光影充沛的景致里看到了竹篱笆的墙,竹篱笆的院门,竹篱笆长长短短、疏疏密密的小径,阳光下花树的影子、枝叶的横斜、草木舒展的飘逸,呼应着客栈的曲径通幽。

还有苔藓,它们比竹篱笆还要不起眼,但是散布在庭院、池边、溪畔、树根下的苔藓,是"营造禅意最重要的因素之一"。那些绿茸茸的苔衣满目青黄滴翠,你只觉呼吸清凉,背后其实都有一双悉心呵护的手。它们走出遥远的大山,经历数个月的适应期,然后苏醒存活,成为拈花湾的土著精灵。夜晚,华灯初上,我在光影、水幕和枝叶间和它们撞见,倏忽一闪,心怀喜悦。

随着漫漫人群去看光影秀,AI虚拟和真人实景美如诗篇。俯仰之间,时空漫漶。你眼前所见,是光影营造出来的柔美与绚烂。那个星空下的机器人,有着仿真的忧伤表情。音乐缓缓流淌,倏然一刻,夜幕下闪出星星点点的光,幻化成几个字:拈花微笑。我也跟着微妙一笑,心念清净,一种自在无为的身心安宁。也许,这就是禅的要义。我们在城市里都活得很累、很紧、很辛苦,偶尔出离的放空多么难得。就像今晚,行脚在熙来攘往的游兴人群里,一边厢,五层塔楼上光影璀璨,古装女子曼妙舞蹈;一边厢,一堆年轻人席地而坐,安然埋首抄经。这一动一静在同一个时空里,实在是妙趣得很,倘用一句诗来形容,可以是王籍的名句:"蝉噪林逾静,鸟鸣山更幽。"——原来虚浮的嘈杂和充实的恬静并不一定是冲突的、互不相容的,我们所求的静,不是物理意义上的静,而是体现着心境所内蕴的生命力的静。这么想来,多像一种禅的趣味!

在一家叫萤火小墅的庭院里喝酒吃烧烤。文友们难得一聚相见欢，不觉间有点微醺。净了手出门，清凉的风一吹，酒醒了大半。我这样一个不擅饮的人，居然也酒不醉人人自醉，不禁哑然失笑。夜幕下，人去塔空，街巷各处虫声唧唧，星星一闪一闪，天地间静极了。笙歌散尽游人去，一弯新月，如钩。"这塔真静啊！是木头的吗？"同伴没醉居然比我还"醉话"。两人梦游般飘过去，双手抚在塔身上，"木头的啊，难怪这么好看……"四目相对，不由哈哈。这也是禅吧——"此中有真意，欲辩已忘言"。

终于明白此地为什么叫"拈花湾"了，这个太湖岸边完全无中生有的小镇，既不是城，也不像村，它就是一片飞地，一处放任身心的禅意港湾——禅意、禅趣、禅修、禅悟……所有和禅有关的体验，都是这个小镇的主题，是创意和开发这个小镇的灵山人的"发明"。这很不容易，在中国，太多的"美丽小镇"面目相似，开发保护古村落的行动和实践也有内生动力，眼前这个拈花湾小镇，很真实很梦幻，美得叫人心生欢喜。所谓禅修禅悟，不就是年轻人的心灵所求吗？我们说禅，没有那么玄奥，也并非赶时髦，禅于当下的我们，就是一种人生态度和生活方式。也许从佛学和哲学里所得的，化用在尘世间，才是禅的本真义。好比佛家言："青青翠竹，尽是法身；郁郁黄花，无非般若。"（《大珠慧海禅师语录》），我们在自然草木中也能够体悟智慧——你看，"木末芙蓉花，山中发红萼。涧户寂无人，纷纷开且落。"（王维《辛夷坞》）；"纵浪大化中，不喜亦不惧。因尽便须尽，无复独多虑。"（陶渊明《形影神赠答诗·神释》）；"独怜幽草涧边生，上有黄鹂深树鸣。春潮带雨晚来急，野渡无人舟自横。"（韦应物《滁州西涧》）……那些我们一时想不通、放不下的困惑、欲念、羁绊、争胜、焦虑、紧张、慌乱、茫然……在古诗文里都化作了禅的意趣和智慧。所以，从根本上说，禅是一种生命体验、一种生命样态——抄经是禅，静坐是禅，望月是禅，喝茶是禅，平常心是禅，古诗文里更有禅。我们很容易从中国古典诗歌里找到处世的哲学、修身的方法，以禅入诗也构成了中国传统文化的一个重要特征。

在一个画展上读到一段话："人们大多认为，艺术就是生活。在我看来不是。我觉得艺术紧邻生活。艺术证明仅有生活是不够的。这就是为什么我利用物品来承载艺术。"这是法国艺术家贝唐·拉维耶今年在上海举办首展时的一个观点。这给我启发,我们认为的艺术是什么呢? 艺术和生活究竟是怎样一种关系? 也许它跟禅一样,如果自外于普通人的生活,艺术也只能向着玄奥成为"艺术家"和一部分人的私享。但是,如果艺术"紧邻"生活,那么艺术还更在美的发明者、发现者和体验者那一边,就像我们感受到的禅的活泼泼一样。

无锡灵山的拈花湾小镇就是一个活泼泼的美好案例,它的每一处细节都在告诉你:美不是一次性的消费,美是有灵魂的,当你感受到美被用心被善待后,它投射在你心里的涟漪是一种唤醒,唤醒你对美的珍重和对所有美好事物的重新打量。这份喜悦心情有点像法国诗人兰波的一首小诗《黎明》:"我遇见的第一件好事,在白晃晃的清新小径,一朵花告诉我她的姓名。"

拈花湾不是个案,我发现这两年出现一个新现象:很多生态资源好的乡村,民宿建得越来越漂亮,不仅艺术,而且高级,不仅生态,而且现代;而城市呢,比如上海竟然有了"修复荒野"的行动和长远规划,"万物各得其和以生,各得其养以成",——乡村更现代更艺术,城市更活力更生态,朝向一个共同的目的,怎样更好地生活。在一些风景优美的小城和乡村,因为有了艺术家的入驻,寂寞民宿开始积聚起人气,比如江西景德镇的 "浮梁艺术节"、浙江桐庐的 "大地艺术节",更有"乌镇戏剧节""平遥电影节"等,美轮美奂的乡村美术馆、年轻艺术家的驻留创作、斑斓缤纷的展览展演、美食和节气体验、环保行动⋯⋯被艺术焕活的在地文化,正在塑造着乡村的未来、人与自然的和谐、城市和乡村的关系。

所以你看,真正活泼泼的艺术,不单单紧邻生活,还更是发明了一种生活。艺术和生活的关系互为依存、互相渗透。多么好啊,"因为我们热爱自己的城市,而不是展翅飞翔的自由。我们为自己守护好,它的宫殿,灯火和河流"。

院子里的树

◎ 杨　鸥

　　走在院子里，占据主要空间的是绿色的树。从春天一直到秋天，它们一直在那里。绿色生生不息，深厚博大，就像用胸音歌唱的中音，低缓深沉，绵绵不绝。

　　春天里花开了一茬又一茬，你方唱罢我登场，热烈奔放。花开过后，院子里的树是一夜之间变绿的，原本光秃秃的树枝上变魔术般变出一树绿叶，好像人穿戴整齐走出来，焕然一新。树穿上了衣服，变得茂密了，树枝间不再通透。院子里触目都是绿树。走在院子里，满院子的树都在哗哗地展示着新装。树的变绿在宣示，春天的装备配置齐了。树不急不慌，步步为营，像运筹帷幄的将军，任花儿喧闹够了，谢幕了，然后，绿树掌控了全场，整个天下都是绿树了。满院的绿色就像开进的队伍一样不动声色驻扎下来。从此，每天走进院子，就看到它们。绿叶携手并肩遮蔽了上空，形成绿荫。绿色是植物中面最广，也最长久的。花儿匆匆来了又匆匆谢了，只有绿树稳健地站在那里。

　　绿色的树虽然规模庞大，却沉稳低调，并不张扬，默默地陪伴过往的人，给人带来抚慰和安宁。绿树是长久的陪伴，满院的绿色让人心安，好像有了保护伞，挡住了日晒雨淋。游移的目光也有了着落，绿色总是赏心悦目的。

　　在钢筋水泥的都市里，绿树是我们与自然对话的重要通道。绿树见缝插针地在钢筋水泥之间落户，也会形成规模，有了林荫道，亲切地向人招手。在我们院子里，绿树占据了半壁江山。而绿树总是谦和的，静静地立在那里，当人抬起头看到它们，它们总在那里。如果没有了绿树，世界该多么荒芜，人该多么寂寞。

　　小树林里的鸟叫声也更多样了，原来只有叽叽喳喳，现在有了清丽婉转的鸟叫，高高低低响成一片。鸟儿是树的亲密伙伴，从一棵树上飞到另一棵树上，鸟儿是动的，树是静的，一动一静相互形成对照。鸟儿在不停的动之中，很少身材臃肿,鸟儿的身材都很好,流线型的弧线,优美流畅,就连麻雀的外形也是玲珑紧致。鸟儿是敏感的精灵,稍有风吹草动就飞走了。鸟儿往往隐藏在绿树间,偶尔惊鸿一瞥看到它们的身姿,有惊艳的感觉。鸟鸣声现在成了常态,树多的地方鸟鸣声也五花八门,以至于人们对鸟鸣声习以为常了。原来很少听到鸟鸣声,自从绿化环境好了,以后鸟鸣声逐渐进入了人们的生活。有一天忽然发现鸟鸣声就在我们身边。

树好像一团一团绿色的云把院子包围。走在院子里,触目是绿色的树,让人心旷神怡。我喜欢在院子里走,主要还是喜欢院子里的树。树只是给予,很少索取,诚实守信地站在那里,简单纯粹。树让我读到大自然的信息。在城市钢筋水泥的丛林里,我们为生活奔走,难免有些累,而树默默无言,忠实地守护着你。我们离自然远了,树让我们和自然得以沟通。"绿树村边合,青山郭外斜。"人和树自古以来都是相依相伴的。

在都市里,我们能看到的自然的踪迹还有云彩,它们高悬在天空,不受高楼的阻挡,自由自在地变幻着形状。绿树和云彩,给我们干燥的生活带来温润和滋养,带来大自然的信息,也给我们多了一种别样的陪伴。远方的大自然,就这样和我们息息相通。什么时候,我们能去远方,去大自然的怀抱呼吸新鲜的空气,放飞心灵。人的本性,还是与自然相通,向往自然。如陶渊明的诗。

"久在樊笼里,复得返自然。"但都市里的人还是习惯都市便捷的生活,回到自然并不习惯。虽然向往自然,但又离不开都市。绿树让我们在都市和自然间找到平衡。

树的家族很庞大,每天看到这些树,却叫不出名字,就像常见的人却不知道名字。自然界的很多树,很多植物,我不认识它们,它们也不认识我。有一天,看到树上挂起了标签,让人认识了这些树的名字。人与树也讲究一个缘。比如院子里的那棵核桃树,树叶是大大的椭圆形,像摊开的手掌,树冠伸展得很开,足有五六米,好像搭起了大棚。看标签知道这是核桃树。每天在院子里走,就走过这棵核桃树下,核桃树好像我的一个老朋友。树上挂起了绿色的圆圆的核桃。这是树的果实,硕果累累,谦虚地隐在绿叶丛中。这又是绿树的奇迹,变戏法一样变出了这么多果实。树原来不光给人观赏,给人阴凉,还能提供果实。树是那么慷慨无私。树的美主要在品质,树内外皆美。那些形容树的诗,跳荡着迷人的音符:"碧玉妆成一树高,万条垂下绿丝绦。""东风夜放花千树。""晴川历历汉阳树,芳草萋萋鹦鹉洲"……

院子里有一排高大的白杨树,走在树下好像小辈走在长辈身边,脚步轻快。院子里的人来来往往,树却一直站在这里。今天站在这里,明天它还在原地等你。图书馆前面那条路上,从路口看过去,一排树的树冠像团团泼墨一般悬挂着。小公园里的五棵梧桐树展开巨大的伞盖,遮掉了小公园的半个天空,树似苍穹,笼盖公园。还有一棵雪松舒枝展叶像鸟儿张开翅膀。我坐在小公园里,一只尾巴长长的鸟落在我对面的梧桐树枝上,左看右看动个不停,然后飞走了。小公园里还有垂柳、杨树等,风一吹发出浑厚的沙沙声,这是从树的胸腔深处发出的轰鸣声,是树的歌唱,一个深邃博大的树的世界。高高低低的树环绕着小公园,好像在聚会。树的面目各不相同,垂柳像美髯公,杨树像挺拔的士兵,槐树像婆娑的舞者,梧桐树像稳健的绅士。

槐树花开的时候,一嘟噜一嘟噜白色的槐花好像雪花一样缀满绿色的枝头,在树下走过,会闻到阵阵馥郁的香气。玉兰树春天的时候会变戏法一样变出一树花蕾,然后是一树繁花,花谢后一树椭圆形的绿叶出来了。秋天的时候,院子里银杏树叶子黄了,醒目地把自己和其他树区分开来,好像在说,我来了,我就是我。银杏树在秋天里骄傲地黄着,向世界播撒着明亮的金黄。有一次看到五号楼前一棵枫树,叶子红黄相间,一束阳光穿过大树,大树通体发光,华彩焕然。秋天里的树,精心地给自己装扮上缤纷的色彩,等待着被看见。走在院子里,不经意间就会看见路边的一棵彩色的容光焕发的树,也许这是它们告别的方式。

秋冬交替时节,树们开始落叶,脱下旧衣裳,准备来年换上新装。落叶告别树枝恋恋不舍,但又义无反顾。树的告别仪式很浩大,强劲的大风吹过树梢,哗啦啦作响,如千军万马奔腾,很有声势。又像热烈的掌声,呼应树的谢幕。整个世界都哗哗地漫舞着落叶,好像发放宣言书,一向沉静的树这时变得喧哗。树的换装要经过漫长的冬天,叶子掉光后,树的枝干完全裸露在寒冷中,经过寒冷的磨炼,来年才以焕然一新的面貌出现。树的换装就像蝉的蜕变,是一个艰难的历程。原来树的繁茂是从苦寒中来。

早上去院子里，地上铺了厚厚的一层黄色的落叶。风大时，黑背白胸的喜鹊们都栖息在树林中的空地上避风，在铺满落叶的地上走来走去。没风的时候，有时一片落叶像鸟儿一样从树上飞下来，落在地上。那棵枫树下落了一圈金红的落叶，好像树褪下的彩色衣裳。

冬天里树都裸露着枝丫，看上去没有区别。只有松柏还稳健地绿着。低矮的冬青被蒙上了绿布，还有一些低矮的树的树干被绿巾裹起来，好像打了绑腿。树也怕冷吧？

到了来年春天，院子里绿树又换上了新装，成了绿的世界，绿色成为主角。绿树披着满树的叶子沙沙响，好像在和人打着招呼，在说，我们回来了。绿意丰茂，绿意在护佑着院子，走在院子里，好像和老朋友重聚，让人欣慰，似乎世界原本就该是这样的。

树的四季也是有声有色，精彩纷呈。

有生有灭，起起落落，万物在时间的长河里繁衍生息，有自己的生长规律，树也如此。

每一朵花都有个性

◎ 高维生

白三叶

阳光下，土名"白三叶"的白车轴草，叶柄举着小白花，香气四溢。沼泽山雀的叫声充满快乐之情，家雀儿傻大胆的飞过，留下熟悉鸣叫。

我在河边山坡地上，见到了白车轴草，眼前景象令人难以相信，以为是人工种植。我多次遇见过白车轴草，说不清次数。在野地，山脚边上，河岸边，毛毛道两旁，只是面积大小，从没有见过这么大阵势。

昨天来到屯子住下，放下拉杆箱，就奔向河边，发现大片的白车轴草。对它不感兴趣，认为是哪一户人家种植，没有什么惊喜，觉得与大自然不和谐，甚至是一种伤害。我没有过去欣赏，向相反的方向追鸲鹆，这里是它的领地，已经听到鸣声，尚未望到身影，从声音来判断不会太远。我向树林中望去，阳光透过枝叶筛落，光线打在草丛上。普通翠鸟声响起，发出单声的节奏，悠长动听。河边的山坡地生长着各种野花，鸡腿堇菜、千屈菜、唐松草、蚊子草、黄花菜、峨参、辽藁本。野花争先恐后开放，色彩艳丽，因看到白车轴草而心情欢畅。

晚饭在炕上，方桌上摆着马蹄叶，打饭包，酱炒黄花菜和鸡蛋，凉拌柳蒿芽，猴腿菜炒肉丝，一杯高粱小烧。几口小烧进肚后燃起情绪，和房东聊天，了解屯子周边的情况。我问起河边的白车轴草是哪家种的，房东笑着说这玩意儿谁种呀，它是天然野生，这样大面积，一般地方很少见。

房东土生土长，对这里的山水熟悉，他说白车轴草蝶形花，球状花朵，散发清淡的花香。花期长，五月开放，一直开到十月才谢。白车轴草是中草药，镇上门诊所老中医说，它清热凉血和安神镇痛，可以祛痰止咳。白车轴草中的多糖，吃了以后能提高免疫力，也能降血压和血脂。时常有药贩子，来收购野生的白车轴草。

房东的述说，把白车轴草说得趣味浓厚，他卷起旱烟，现在人很少抽这种烟了。烟装在塑料袋中，我问房东为什么不抽现成的烟卷，既方便又省事。他说旱烟抽几十年，已经习惯了，味道纯正，烟卷不能相比。我是在房东的烟气中和他唠了一晚上，直到月亮升起，眼睛困得睁不开。躺在炕上回味白车轴草，心想明天，第一件事情就是去看望它们。这是深刻的教训，做任何事情不能武断地下结论，凭自己的经验。我对长白山的植物，只是皮毛的了解，必须多听当地人讲解。在长白山山区，我多次见过白车轴草，多年生草本植物，茎贴地面匍匐生长，叶柄直立，小叶心形，花色美观。

早上 7 点多钟，吃过早饭后，我和房东说了一声便急忙去富尔河边会见白车轴草。出门前检查相机电池的电量，带好手机和望远镜。屯子在半山腰，毛毛道沿着山势通向山底下的河边。

我在白桦树林停下，望着挺直的树干，树皮灰白色，带给人感官上的愉悦，回溯到文化的根源。树下的空地，长着委陵菜、青蒿、月见草、萹草、小蓬草、益母草、飞廉、小棘针、蒲公英……我看到一朵花上，有两只密林熊蜂，体形大而粗壮，体毛浓密，挺着肥胖的肚子，大口吮吸花蕊中的蜜汁，它们是白车轴草主要的传粉者。

我瞅着密林熊蜂，挥手就能轰走它们，但可能会惹来麻烦。它们生气后，对我发动攻击，双方展开较量。我不想破坏眼前的情景，每个物种在大自然都有自己位置。为了自身生存，与另一种个体成为互为依存的生物链。自然界中的生物链，其变化及相互关系，影响生态平衡状况。

我不会打扰密林熊蜂，观看它们忙碌的样子也是享受。过去对白车轴草不在意，它太普通了，随时能见到，不需要费力气寻找。

在红尾伯劳的鸣声中，我离开白桦树，告别白车轴草和小可爱的密林熊蜂。沿着毛毛道，来到了富尔河边草坡。金黄色大苞萱草花色鲜艳，舌片蓝紫色的马兰，淡雅美丽，淡紫色的打碗花，在草丛中笑着。

我看到白车轴草，昨天只是看了一眼，就往相反的方向走去。听了房东讲述，今天特意拜访，沟通彼此情感。还有十几米远，内心的激动不知该如何表达。

跳入眼中的黄花

黄花跳入眼睛中,转移注意力,在沙梨沟的山脚下,看见假还阳参。冷不丁遇上,不仔细看,还以为是蒲公英。它们同属于菊科,是多年生长草本植物,具有药用价值。

沙梨沟是朝鲜语地名,翻译汉语为胡枝子沟。从山名分析,字面大意就是山上胡枝子多,难怪当初起这么个名字。

我快要接近,远望948米高的沙梨沟,线条粗犷而简洁。山势险峻,岭脊蜿蜒起伏,山上草木青翠而茂盛。面对朝鲜族语的山名,看一眼顶峰,想揭开山的神秘。

假还阳参边上树墩子,不知什么时候被人砍伐留下的。民间有句话:"进山不坐伐木墩,找个依靠歇歇身。"树墩是山神爷的饭桌子,不能随便乱坐破坏规矩,宁可找棵树靠着。我想休息会儿,借此欣赏假还阳参,等待向导过来。我只好找块石头,坐上去硌屁股不舒服,总比站着强多了,缓解一下双腿,马上要登山,还需要它卖力气呢。石头面不平,只能凑合着坐,双腿弯曲,身体重心转移。

我大喘几口气,使心静下来,眼睛没有闲住,观察假还阳参,黄色花舌成为视觉中心,这是大自然的杰作。我走得身上出汗了,双肩包放到地上,胸前相机未摘下,而是端起来,对准假还阳参。从取景器中透过镜头,画面层次感强,假还阳参的舌状花,在山野中生长,自由而快乐,不是人修饰出来的美。

假还阳参色彩绚丽,视觉冲击感强,寻找合适的拍摄角度,也是最难的,必须有精准的选择,否则拍出的效果不好。山花带着野性更能体现美,它不是工作室中出现的灵感,有人采用蒸馏水烘托气氛,花费灵巧心思,用花瓣与枝条拼搭花的意境,在镜头里呈现人工景象。他们远离大自然,在水泥空间中进行二次创作,用人工和自然光交织的光线,表现所要的色彩。

我在镜头中观察假还阳参,食指没有摁快门,松鸦拖得尾音很长,嘎嘎的叫声传来,在山中回荡。被当地人称为"山和尚"的松鸦,喜欢在树丛间游荡。我从取景器上移开,向山上望去,不知在哪棵树上。

我四处瞭望不见松鸦影子,也听不到它叫了,围绕假还阳参寻找更好角度,拍出满意的镜头。枝头黄花密集,茎细而分枝多,顶端的花如同黄火焰燎起激情。沙梨沟作为背景,枝叶呈现野性的气质,在天地工作室不必用人造光。自然光不是固定光源,经常会发生改变,随着时间变化拍出来的效果,不受人为控制。我在镜头中注视假还阳参,和苦荬菜相似,容易将二者弄混淆。

假还阳参单花瓣个头小,不如另外的花水灵饱满。它喜光不耐阴,根系发达,生命力顽强。它是长白山区中草药,具有清肠排毒、消炎杀菌作用。富含丰富膳食纤维,能够促进肠胃蠕动,清洁肠道堆积的垃圾。

锡嘴雀扯嗓子嚷嚷,一身棕褐色,在树林中不容易发现。我没有搭理锡嘴雀,凭着双腿,追不上它的飞翔,听到鸣声就算见面了。

七月时节,我住在五凤屯大姐家,每天早起,去朝阳河岸边散步。有时飘着淡雾,河面上撒落阳光,使流动的水波光闪动。

家雀儿叽叽喳喳不停地叫唤,小家伙无处不在。我呼吸湿润空气,走在河边小路上,草打湿裤腿,有几滴露珠钻进鞋子里。从路边经过时,看到假还阳参的黄花,感觉好看极了。

向导从远处举着黄花,不知是假还阳参,还是野菊花,他摇着黄花。我指点身边的假还阳参,意思是在拍照,实在太漂亮了。我们用肢体语言表达对花的赞美,无声比大声喊叫,更能传达内心的情感。

带玉字的花

当我接近时,它正在开放,白色筒状花朵下垂,姿态柔美动人。因叶子如竹,根茎似玉而得名玉竹。

上午9点钟,经过一个多小时车程,来到了珍珠门。屯子在半山腰,富尔河曲折向东流,穿越珍珠门水电站。我放下随身的拉杆箱,未在借住木屋待一会儿,和房东打声招呼,便急忙去看富尔河。《清史稿》中记录:"富尔河合古洞、黄泥、蒲岑诸水注之,为上两江口。"沿岸多高山密林,陡峭的山崖,河水资源丰富。

去富尔河边,要走下124个台阶,两边长满蚊子草、鸡腿堇菜、峨参、辽藁本、唐松草。房东老陈看到黄花菜,几步走过去把它采下来,黄花菜能炒肉,用鲜黄花和鸡蛋炒酱。野菜有着自然的清香,和酱的豆香经过热油炒,滋味悠长。房东老陈摘下大黄花,他说中午能做一盘菜了。沿着河水向东走去,山坡上树木茂盛,长着各类植物。

鸡腿堇菜举着淡紫色花,中华蜜蜂辛苦忙碌,地上有黑蚂蚁赶路,不知是发现食物,还是回家路上。我看到树叶上卧着不认识的蛾虫,下午两点在微信上发照片,二十分钟后,朋友回复是绿尾天蚕蛾。它是林木上常见的害虫,翅粉绿色,前后翅中央,长着椭圆形眼斑。外侧有一条黄褐色波纹,后翅尾状特长。它能把叶子全部吃光,仅残留叶柄。

富尔河平静,听不到水的流动声,草丛中有黄莲花、牛蒡、玉竹、花南星、橐吾、狭叶荨麻。花朵下垂的白花较为与众不同,不等我胡猜何种花,房东老陈说这是长白山区的宝贝,好吃的野菜,又是中草药,当地人叫"山铃铛""山苞米"。

玉竹的块茎幼芽甘甜,略带苦味,口感柔和。玉竹的嫩芽含多种维生素,地下茎含大量还原糖。采回家中焯过之后,炒菜或做汤,蒸熟后晒干,炖排骨佐以玉竹,使汤甜骨香。

长白山是玉竹主要产区,家乡朋友知道我血糖高,快递两桶"长白山玉竹根茶",包装朴素,带着山野气质。

玉竹是药食同源的食材,这种野菜花长得特殊,玉竹两字好听,读过的人容易记住。玉是古人心目中美好的代表,汉字中的珍宝,差不多都与玉有关。将竹子和君子放在一起,于是就有了"梅兰竹菊"。两种珍贵东西结合,成为山中名贵野菜。

我登上山坡见到玉竹,而不是文字所记载的。玉竹是鲜活的生命,带着喜悦的心情,倾听它的心语。玉竹筒状的花朵展现形态美,给人美的享受。林中不能坐,蹲下身子关注玉竹,从一片叶子来观赏。我按照修辞的格式,调动自己的移觉,将视觉、嗅觉、味觉、触觉和听觉,不同感觉融合,相互挪移转换。

我被玉竹迷住,忘记在山中有蚊子和小咬偷袭,胳膊上叮了大包,痒得不停地挠。蹲得时间长了,腿有些麻木,不忍心离开。房东老陈在下面招呼,说前面有更多好看的野花。

走下山坡,来到富尔河边,望着横在河水上的水电站。这儿是富尔河中下游,河深水稳,两侧石壁陡峭生长怪树,有着天然的奇石,景象盛大壮观。水中盛产的河蚌含有珍珠,粒大圆润,所以清朝专门饲蚌采珠。

单调的叫声响起,房东老陈说松鸦来凑热闹了,它多栖息树顶上,藏在树叶丛中,在树枝间跳来跳去。我想回到玉竹边上,摘几朵花回到住处找瓶子插入。

在珍珠屯的几天中,每天都在观察花的不同变化。

长蓝翅膀的花

我们在富尔河边,每个人举动不一样,有的向河中眺望,有的不停地走动,有的观察野花。不管什么样的表情都在期待,盼望中华秋沙鸭的出现。等了这么久,不见它的影子。

下午4点钟,天色不早了,山里天黑得快,夕阳在峰尖下坠。家雀儿飞越河面,向对岸林中奔去,归林鸟儿心情急切,赶在天黑前,回到窝中与家人聚在一起。中华秋沙鸭再不来,我们只好带着失望离开富尔河,等待明年春天。渴望是痛苦的词,漫长等待中化作强烈的愿望,随后变成绝望。

我看着富尔河,伤感和夕阳似的浮现出来,有些舍不得离开,中华秋沙鸭搓磨人。我来之前做了准备工作,推演相遇的情景。为了追寻它,一次次追寻,还是以彻底失败而告终,也许美好的东西充满期待,同时给了绝望。

失望中大家商量,结束今天的行程,以后再来看中华秋沙鸭。沿着富尔河边往东走,河边植物丰富,珍珠梅、旋覆花、鸭跖草、茶条枫、小蓬草、葎草、盒子草、野艾、槲树、千屈菜、狗尾草。我看到深蓝色的花瓣,蝴蝶翅膀般的讨人喜欢。鸭跖草的花苞呈合掌状,内外两层各三枚花瓣。外轮分为三片,花瓣上面的两瓣是蓝颜色,下面一瓣为白色,花朵中间雄蕊,姿态可爱。三个雄蕊好看,昆虫被黄色和白色吸引,它起着引导作用,造成的视觉和感觉,勾起来者的欲望。其目的就是吸引传粉者,但不产生花蜜,昆虫能获得花粉。鸭跖草的花与众不同,它有三个雄蕊与长花柱雌蕊,这种结构有利于繁殖。短雄蕊不育,只有很少花粉,雄蕊是可育的。雄蕊才是鸭跖草花朵里的主角,专门生产活性花粉,承担传宗接代任务,当昆虫埋头大吃花粉,腹部和翅膀上就会沾满花粉。在下一朵花上进餐,完成异花传粉。

有一天,清晨4点钟,我走进长白山碱水湿地公园,这里还未开工建设,保持原生的样子。我听到鸟儿鸣声,满眼中是植物的绿。鸭跖草、白车轴、茵陈蒿、广布野豌豆、茵陈蒿、狼尾草、地肤、野艾蒿、月见草、葎草,还有山刺玫、绣线菊、五味子、黄连木、紫椴、云杉、枫杨、水葫芦、蒙古栎、白桦树。我见眼睛到老相识和它们寒暄，没有停下脚步。鸭跖草在草丛中，蓝色冷得强烈，灼人眼睛。

我在长白山区不止一次见到鸭跖草，没有觉得多么漂亮，有什么惊奇。因为经常见到，就少了好奇心。

我在富尔河边遭受失望打击，和鸭跖草碰面，望着蓝色小花，有着温暖的安慰。我摘了朵鸭跖草，人称三荚菜。名字蛮有意思。它是地道的长白山区中草药，具有清热泻火，解毒，利水消肿功效。此外，当作蔬菜食用，也能做出多种菜肴。清炒鸭跖草，菜洗净后，锅中热油至七成，煸香蒜头后，加入鸭跖草翻炒，加盐即可。腐乳鸭跖草，油锅内加腐乳两块，拌碎入鸭跖草，翻炒至腐乳融化，鸭跖草变色后，加少许食盐入盘。蒜泥鸭跖草，洗干净的鸭跖草，倒入热油中，大火翻炒，放盐和蒜泥。鸭跖草深蓝色的花瓣给人以安慰，缓解极坏的心情。

我带着花离开大地，留着泥土温度，花中汁液尚未干涸。坐上越野车告别富尔河，没有多余的话，目光表达所有情感。在绝望中还是期待将来，与中华秋沙鸭见面，只有等待来年。

北京的鸟

◎ 王海滨

好像没有哪一个城市像北京这样拥有这么多的乌鸦。

冬日的黄昏,在北京喧嚣热闹的西单购物中心,南起长安街北到灵境胡同,五六百米长,两侧的树上会聚集满满的乌鸦,黑压压一片;华灯初放时飞来,黎明时分四散而去。

乌鸦为何喜欢车水马龙的西单呢?有人戏说乌鸦也喜欢繁华,更有人开玩笑说乌鸦也喜欢聚人气。

除去西单,在冬日的故宫、公主坟、天坛、奥林匹克国家森林公园,甚至是北京师范大学、北京交通大学等地也会看见成群结队的乌鸦。

乌鸦在很多人眼中是不吉祥的一种鸟。英国女作家 JK.罗琳在她风靡全世界的《哈利·波特》系列中以及近几年的新作《神奇动物去哪里》系列中,都数次写到乌鸦,但凡乌鸦出现一定意味着悲伤和死亡,乌鸦的叫声被喻作死神的脚步声。

但实际上乌鸦却知道反哺。《本草纲目·禽部》记载:"慈乌:此鸟初生,母哺六十日,长则反哺六十日。"大意是说小乌鸦长大以后,会找食物喂养失去捕食能力的老鸟。

北京之所以乌鸦多,有两个原因,一是北京城里原来有很多满族人,而满族人是善待乌鸦的,因为乌鸦曾经救过清太祖努尔哈赤的命:传说努尔哈赤被明兵追击,无路可逃时,躲进一条沟壑之中,没想到一群乌鸦落在他的身上,遮挡住了追兵的视线,帮他躲过了追杀。所以在清朝,乌鸦被皇族视为"神鸦",他们对乌鸦非常友好,甚至还专门在"索伦杆"(祭天用的)的顶部凹槽内放入碎肉、谷物供乌鸦进食;另外一个原因就是现在的北京绿地覆盖面积增多,这些乔木是乌鸦愿意栖息的地方。故宫、天坛等地虽然没有什么高大的乔木,但是高大的建筑物同样代替了乔木,而且晚上安静的环境也满足了乌鸦对栖息地的要求。

另据自然资源保护部门统计,在北京的乌鸦有三种:寒鸦、大嘴乌鸦以及小嘴乌鸦,它们都有一个共有的习性:恋旧。也就是说,如果此地以前是它们的野生栖息环境,那么即使建造成了城市,它们也会再次栖息,不会迁走。这可能也是北京乌鸦多的一个原因。

无论是什么原因,北京人对乌鸦的存在都习以为常,从没发生过驱赶和虐杀。即便行走在树荫下,身上被溅一两滴不雅之物,也都见怪不怪,报以微微一笑,至于停靠在树下的各色车辆,十之八九会经常被遗留一两摊污物,也是习以为常。

在北京还有一种鸟儿,数量也很可观,那就是喜鹊。如果说乌鸦在北京的分布还算比较集中,那么喜鹊的分布则比较的平均,任何一个社区,随便一方绿地,但凡有一片草坪,所有的灌木丛中,都可以见到喜鹊的身影。在北京的喜鹊也有三种:花喜鹊、灰喜鹊(又叫山喜鹊)、红嘴蓝鹊,前两者最为常见。要在城区见红嘴蓝鹊得去百望山或者香山,很多。相较乌鸦而言,喜鹊在中国民间象征着喜庆吉祥和幸福安康,所以艺术作品中常见"喜鹊登枝""双喜临门""喜在眼前"——双鹊中加一枚古钱叫"欢天喜地"——一只獾和一只鹊在树上树下对望叫"喜上眉梢"——鹊登梅枝报喜,寓意都非常美好。

喜鹊多,和人类的互动就多。春天里,手机里的软件上时常会看到人和喜鹊友好互动的短视频:北京东城区一位大妈在风雨中救助了一只落难的喜鹊,结果喜鹊康复后懂报恩,天天来探望恩人,准时准点;朝阳的某位大爷早起遛弯捡拾了一只奄奄一息的小喜鹊,捧回家悉心照料,让小喜鹊起死回生,等小喜鹊痊愈后,大爷想让它重回蓝天,结果小喜鹊就是不离开,把大爷当作了至亲,同出同入,即便飞上蓝天,一声召唤,也立马飞回……这些人和鸟和谐共生的视频拍摄得真实生动趣味横生,又暖心喜庆,很博眼球,浏览量颇高。

在北京,除去乌鸦和喜鹊,人们更愿意谈论的是鸽子。从后海北岸的宋庆龄故居到四九城星罗棋布的大街小巷,都可以见到鸽子俏媚灵动的身姿,在诸如完全讲述北京故事的《城南旧事》《夕照街》《邻居》《老炮儿》《头发乱了》《霸王别姬》等诸多电影中,一定有鸽群翩然翱翔的镜头,它们成群结队地掠过红墙碧瓦,穿梭在北京城上空,与之对应的是鸽哨的悠扬。电影人说,这是最富有老北京风情的画面和声音。

——鸽哨又名鸽铃,作为一种民间风物,已有上千年的历史。是装在鸽子尾部的一种哨子,鸽子飞翔时发出响声。据一项详尽的调查显示,全国有不少地方都能制作鸽哨,但只有北京的鸽哨制作水平无论声响效果还是品种类型,都最为精致。究其原因,就是北京人爱玩儿、会玩儿、懂玩儿。

养鸟就曾是老北京人四大爱好之一——花、鱼、虫是另外三大爱好。《燕京杂记》里说:"京师人多养雀,街上闲行车有臂鹰者……"

从清代八旗子弟,到老北京的爷儿们,从文人墨客梨园名优杏林国手到车夫轿夫贩夫走卒,都有好养鸟的。当然,他们养的鸟儿有所不同:文人多养百灵、靛颏、红子一类;体壮者多养画眉;撂地卖艺者则多养交咀儿——红交嘴雀、"老西儿"——锡嘴雀,又名蜡嘴雀,这两种鸟经过对其训练会飞出去叼硬币,再回到饲养人的手中,是原来北京人最喜欢饲养的宠物鸟。

那些鸟儿玩得好的人常常被称作"鸟儿爷"。邓友梅先生笔下的落魄八旗子弟那五爷就是一位鸟儿爷,自己都没吃没喝了,还提着鸟笼子满大街地瞎转悠;老舍先生的传世名作《茶馆》里有位常二爷,自己的命就要没了,可他还没忘了"看我的黄鸟儿",也是其中一位。

有人说,玩鸟儿是一种身份是一种地位的象征,北京人常说的那句"什么人儿玩什么鸟,武大郎专养夜猫子"就是这个意思。

也有人说,玩鸟其实也是北京人一种生活态度的呈现,只有那些认真对待当下的人生、满足于现状生活优哉游哉者,才有心思把玩鸟儿。仔细思之,好像的确是这样。

还有人说,喜欢养鸟,除了图个乐儿外,也是为了养心健身。

"养鸟遛鸟,遛的是鸟,练的是人,心变宽了,体变壮了,日子过得就豁亮。"

首演于一九九三年的北京人艺经典剧目《鸟人》则说,玩"鸟"是一种"排遣",也是一种"寄托",或更是一种"修行"。

无论如何,玩鸟儿的习俗已经淡出了北京人的视野。原来在老北京的茶馆是玩鸟之人聚集的场所，现在是绝对见不到这种情形了。更没有"斗鸟"的了。只有在二环附近一些老社区，大清早倘或会看见一两位老大爷提着鸟笼在遛，遛得是知足常乐，也是和谐安康，烟火气十足。

玩鸟儿的少了并不意味着北京人对鸟的关注度在下降，人们依然对鸟投入了极大的关注和热心，所以近几年来在北京的鸟类越来越多。二〇〇一年北京一出版社出版的图书《北京野鸟图鉴》详细记述了北京较常见的 270 余种鸟类的名称和习性；而到了二〇一九年，据有关部门统计，仅在北京奥森公园内观测到的鸟类就达到了 307 种，占全市鸟类数量的一半以上。

有一天，上小学的女儿突然问我知道北京的市鸟是什么鸟吗？我一时语塞，女儿得意扬扬地朗声说：

"雨燕。"

然后，女儿骄傲地告诉我，雨燕每小时飞速可达 110 公里，是鸟类中飞行最快的一种。而且，当暴风雨到来之前，雨燕会掠地面低飞，所以，雨燕可看作天气变化的一个标志。

不久前，在北京会议中心召开了一个全国性的会议，一位来自京外的朋友发现会议中心院中的小湖上居然有几对野鸭和几只大雁在栖息，感到颇为好奇：

"野生的禽鸟居然在大都市中生活？！"

几位北京本土的与会者却很淡然：

"这有什么好奇的呀，在北京有很多这样的地方，紫竹院啊，北大未名湖啊，颐和园昆明湖啊，都栖息着野生鸟禽……"

写到这里，忽然想起今天在微信朋友圈看到的两则图文并茂的消息，内容都与斑鸠（又名野鸽子）有关：一个朋友是第十八天打卡，记录自家露台上一对斑鸠的日常生活，这对斑鸠孵化出的两只后代正羽翼渐丰；另外一个朋友则异常兴奋地宣布一对斑鸠在他家书房的空调箱上安家落户，进入了孵蛋的过程。她欣喜地写道：

"小斑鸠睁开眼倘若第一眼看见我，会不会把我当作亲人呢？"

只要我在拉依亚提坎

◎ 杨永康

　　一出托克逊就是一望无际的灰白色沙垄与沙丘。也有青绿色植物,比如盐爪爪、木地肤、小蓬、盐生木等,在沙垄与沙丘间留下青灰色的影。让人震撼的是一种"柴"类植物,灰白色的枝干骨头样散落一地。太像骨头了,很细碎的骨头,无法拾起的骨头,深深镶嵌于沙垄与沙丘的细碎间,形成一道道弧线,一波接一波,到达弧线的极远处。常有不知名的小型爬行动物或生物留下神秘的印痕,宛若它们的脚与趾,宛若十字、剪刀、人形。是的,人形,侧身,由许多个小圆点连缀而成,有清晰的头与冠,及下垂的流苏。手臂前伸,类似感叹号。两腿向前迈动,长长的尾巴拖在地上。一截木头在顶端兀立着,有黑色的孔洞,有大火焚烧之后留下的浓重投影。

　　再往前,开始出现人类的踪迹,几面暗红色的广告牌在一面山坡上有序排列着,周围全是裸露着的植物茎秆,背后是荒漠,太阳下泛着灰白色的光。沿灰白色的光再往前就是我们要去的拉依亚提坎。一阵嘈杂声之后我们就在这里住下了。一切都比想象的要快。又一阵嘈杂声之后我们差不多就走遍了整个村子。是的,除了一望无际的沙垄、沙丘就是小小的拉依亚提坎。不用花太多时间就能走遍整个村子。我去得最多的是一个爱心超市,凡是拉依亚提坎的贫困家庭都可以在此领取生活用品,东西全由爱心人士捐助。包括衣服被褥、日用品、文具、儿童玩具、图书等。居中有一个并排靠在一起的白色货架,上面堆满了各种衣物,彩色衣物居多。印象最深的是在一个不起眼的小角落里,摆放着一双海蓝色的小棉靴,使初来拉依亚提坎的我感到格外的暖,格外的温馨。

　　爱心超市旁边才是一个真正的超市,里面有三个货架,全是油盐酱醋之类的生活用品。每次去都可以看到一截橘黄色塑胶管子从货架上面一直拖到了水泥地上,好像永远要拖在地上一样。感觉是个网店,墙上有一张烦琐的价格对照表,第一栏就是特价三轮摩托车。经营者是两位戴黑绿色头巾与粉色头巾的大妈,来买东西的人不多,每次去都看到两位大妈坐在一起,低头绣制一件带花边的小马甲或者小坎肩。

这么说吧,没有几天我就熟悉了这里的一切,包括两位大妈与一个叫卡努尔的男孩。男孩一直安静地坐在一个快餐店门前的一张木床上,穿红色圆领绒衣,胸前有一个大大的白色字母,裤子是有卡通图案的花裤子,红色胶底鞋,两腿交叉着,膝盖上是一本识字课本,右手中是一只白色的圆珠笔。卡努尔身后是一辆停放在街边的红色蹦蹦车。蹦蹦车过去是一片灰绿色的玉米地,玉米地过去是一片叶子在哗哗作响的杨树林,杨树林过去就是一直变幻着的无垠沙海了。最好称它们为海,海才是沙漠真正的模样。傍晚的时候整个沙丘包括整个沙海都变成了一种青黑色,极像一个一直旋转不停的巨大"螺旋",极具质感的"螺旋",所有的纷繁一下子销声匿迹。只有一柱光莫名裸露在那里,像巨大的空洞。

早晨来临,沙海又是另一副样子,夜晚一度消失的那些植物又开始哗哗作响。只能这样称呼它们了,很难说那就是一种植物,实在太纤细了,甚至无法触摸到它真实的枝干,只能看到一种淡淡的影。淡淡的影消失之后,一切又重新回到纷繁的色调。黄昏来临,一切又重新被巨大的"螺旋"所淹没。走几公里、几十公里,都不会有例外。是的,走多远都不会有例外。偶尔会有一株小小的植物留下长长的影,这应该就是白昼止步的地方了。一场来自塔克拉玛干深处的寂静就此开始。寂静过后,又是新的一天。

沙海真正让人迷惑的就是这种不断变幻着的夜与昼,你很难界定它们的存在,也很难界定它们之间的秘密更替。幸运的话可以在它们的边缘地带碰上一片青绿,或者一片金黄。应该是小叶杨,从细碎的叶片看应该是小叶杨。确实金黄一片。开始我认为不过是一种幻象而已,太像幻象了,金色中突然出现一条灰白色的路,两侧全是叶子金黄的树。有一段极像一条干涸的河,太像干涸的河了,到处都是因干涸凝结成的暗灰色。暗灰色尽头是一棵叶子婆娑的沙柳,沙柳下有一个灰色木头搭建的简易草棚子。

有时候真的搞不清它们何以会突然出现在这里,而它们确实出现在这里了。从外面看过去,是几间窝棚,有长长的木头围栏,中间向外敞开着。喊了几声没有回应。窝棚的一侧隐约有一辆暗红色的小汽车停在那里,上面覆盖着浅黄色的草。再过去是一片一人多高的灰白色高株牧草,牧草后是一个只搭建了半边的草棚子。喊了几声,也是空无一人。我有点泄气,正打算返回的时候竟然听到几声小羊羔的"咩咩"声。再听,好像又听不到了。

走几步又可以听到"咩咩"声了。这次听清楚了,绝对是小羊羔的叫声。循声走过去,是一个小小的篱笆围起来的简易窝棚,几面差不多都敞开着,外侧有简单的木头围栏,小羊羔应该就在里面了,我猜想。探头去看,围栏中是一只白色的成年山羊。看见有人过来,抬起头,隔着木头围栏定定望着我,可能是搞不大懂对面的这个陌生人何以要这么定定地看着它吧!确实是一头成年山羊。应该还有小羊羔,那叫声应该是一只小羊羔发出的。向里,出现一个透着光的简易棚子,稀疏的篱笆墙透着细碎的光,光的沐浴中静静站立着一只白色的小羊羔。光的缘故,小羊羔通体都被一种洁净照亮。

那会儿"咩咩"叫的应该就是这个小家伙了。小家伙见我看着它,又叫了两声。完全可以确定,就是它了。小羊羔身边有一个鼓鼓囊囊的白色塑料袋,应该是草料袋子。我打开看了,里面是一种青稞状的颗粒。我掬起几粒来,放在小羊羔的嘴里。估计小家伙饿了,竟然没有一点陌生与客气。吃饱了,打了个响鼻。应该是响鼻。我用手抚摸了一下小家伙红红的鼻子,小羊羔喉咙里发出一阵快乐的"咯咯"声。确实是"咯咯"声。

越过小羊,是一个只有半边篱笆墙的院子,墙下放着一辆灰土色平板车,上面是一个方形的木板,算是车厢,下面是结实的橡胶轮胎。平板车后面是一个沙柳围起来的棚子,柳枝更严实,并用泥巴抹了缝隙,有木头的门框。进去之后发现是一座鸽子的窝棚,里面的木架上有一个灰土色的塑料盆子,盆子向里倒立着,一只雪白的鸽子在盆子顶端站立着,地面上是几个满是灰土的塑料盆子。

绕过去看见两间土坯房子。一间外表很平整,一间是直接用泥巴垒起来的。应该有人住的,我向里喊了一声。应声出来一个穿长袍的大妈,袍子上全是密集的菱形图案,有深紫色的,也有深蓝色的。大妈怀里抱着一个光着头的小孩,小孩穿红色上衣,蓝色短裙,浅灰线裤,面无表情地望着我。村部给我们分发了常用的语言对照变表,比如玉米叫阔那克,鸽子叫卡普托,棚子叫帕尔内克等。我按对照表上的话说了一通,大妈一句也没有听懂。

　　大妈一直站在院子里对我微笑着,我当然不好意思去她家了。不过可以看到她家土坯房子前面褪了色的门框与浅紫色的纱式门帘,帘子上面绣有红色花朵。门的一侧是一个小金属牌子,另一侧是一个粉红色心形塑料框镜子。镜子下端是一个褪了色的小塑料凳,塑料凳子旁边是一小块菜地,里面种有白菜。应该是大白菜,因干旱叶子上有灰白的皱褶与纹理。我想详细看看这里的白菜是不是与内地的白菜一样,院子外面传来一声咳嗽,随之出现一个穿方格衫的男子。男子嘴里刚点着了一支烟,猛吸了一口,然后向我站立的方向"嗨"了一声,算是跟我打了个招呼。应该是跟我打招呼。我正要上前打个招呼,一阵手机铃响了,那男子随即被什么人叫走了。院子里又重新空荡荡的了。大妈已经回到了自己的屋里,我决定独自走走看看。

　　绕过这户人家,出现一个更大一些的院子,这里绝对是一户人家,院中有砖块围起来的小小炉台。地上放着一把铝壶,因为烟熏火燎,已经完全变成了黑色。铝壶旁是一张很矮的木床,床上铺着绿色的毯子。我张了张嘴巴,就在我的喊声还没有完全散发出来之前,前面那个穿方格衬衫、抽烟的男子又转到了这户人家的院子里。

　　我问了这家人的情况,进了土坯房。这里确实是一位当地村民的家,共两间,一间靠窗有一张很大的床或者火炕,铺着深红色的毯子,底色是深红色的,繁复的花枝是浅绿色的,床头的一侧是一个浅褐色有好多小门的柜子,上面摆满了被褥之类的东西。另一间空着,有一扇木质的窗,向外打开着,可看到一株枝干灰灰的树。窗子的另一面挂着一个桃红的挂毯,图案中有三个长颈花瓶,里面是枝干细长的花。共四重,底下的一重是绿色的,第二重是粉红的,第三重是绿色的,第四重也就是整个花枝的顶端,只有一朵花,是粉红色的。奇异的是另一个花瓶,整体呈浅绿色,中间有光芒似的叶子,花枝全是紫色的,两侧有风轮似的花朵,顶端的花朵更像一个巨大的风轮,绿色。

　　就在我仔细打量挂毯的时候,一阵"咕咕"声吸引了我的注意,循声看去,眼前出现一个更大的院子。确实是一个更大的院子,正面是一溜土坯土屋,土屋后面有一棵枝叶婆娑的杨树,泛着青青的绿。一侧是一溜水泥房。另一侧是一大堆木头,应该是从旧房子上拆下的。没有看到人,只有一群鸽子在院子里觅食。因为有人来了,它们都扑棱棱飞到了土屋顶上。有灰色的,有黑色的,也有白色的。有一只白色的在空中翻飞了好长时间,最后特意对我"咕咕"了几声,应该是对我,然后收拢翅膀落在一个土疙瘩伸出的部位上。

短暂的打量与凝视之后,我们即对彼此心中的想法与气息有了许多感知。我指的是土屋顶上的这群一直在对我"咕咕"叫着的鸽子。它们有惊人的感知力。还有惊人的捕捉力,每天我都要去一片金黄色杨树林的,小家伙们好像都约好了似的一大群在我头顶翩舞、翻飞。开始我以为它们只是偶尔才这样的,或者刚好被我碰见了,之后发现它们差不多是在我每次经过树林的时候这样,且每次都要在我头顶发出一阵好听的哨音。我能做的就是及时对这种美好做出回应,我专门买了一条红色的丝巾,这样就可以保证它们的眼睛能在塔克拉玛干大沙漠的极深处一下子发现我。

按利维的说法,鸽子的视网膜先天非常发达,荧光屏一般。尽管如此,我还是不能保证它们的眼睛在浩瀚的塔克拉玛干大沙漠中一下子就能发现并识别我。有了红色丝巾肯定会容易很多。

有一天我去一户人家做客,坐在主人的毯子上喝了一整天的奶茶。作陪的客人不少,有说有笑的,就忘了鸽子的事,也忘了佩戴红色丝巾的事。走出那户人家的时候,我惊喜地发现那群小家伙们居然就在这户人家门前的一辆褪色的拖拉机车厢顶端整整齐齐排列着。原来这些小家伙一直在外面等我。见我出来都兴奋地"咕咕"了起来。太难以置信了,个个精灵一般。

这一点我已经屡试不爽,只要我在拉依亚提坎。是的,只要我在拉依亚提坎,我们之间就一直保持着这种难以置信的默契。后来我也不用再佩戴什么红丝巾。无论戴与不戴,小精灵们都能在一望无际的沙漠深处准确捕捉到我,感知到我。我曾看到一项研究,近百种飞禽有穿越整个塔克拉玛干的非凡能力。但应该只有这群小家伙能在浩瀚的沙漠深处捕捉到我。是的,即便我短暂离开了拉依亚提坎去阿其克考其克,我们心灵间的这种深深感应也从未有过改变。

阿其克考其克应该就是斯坦因考古笔记中的比勒尔孔汗,斯坦因在此发现了一座椭圆形古堡。

"这里,在一块红柳较少、仅有些小沙丘的平原上,我发现一块被泥墙环绕、挤满房屋,大致为椭圆形的地域。泥墙的痕迹多处可见,而房屋十分简陋,但全都保存完好。"(斯坦因《踏勘尼雅遗址》)。

已经无法看到那个"保存完好"的椭圆形古堡了,满目都是触目惊心的废墟,已经崩塌的泥巴土墙,风化成条状的木头,已经衰朽很久了的树的枝干,深陷沙中的屋顶。更多的人类痕迹深埋沙中。有一段篱笆墙只露出一段隐隐的基线,已经无法感知到完整的生命了。即便斯坦因再来也是如此。最震撼的是几棵树桩,已经被烧焦,还在夕光里裸露着当年焦炭色的风采。它们应该被烧焦过多次的。那么我们看到的是不是同一个烧焦呢?

有一段废墟应该是一座塌陷的建筑,建筑的木头架子肋骨似的排成了长长的一行。有一个木架子还在等待进一步塌陷,在暗淡的光里神灵般挺立着。后来者肯定没法像斯坦因那样幸运,斯坦因有那么多的发现,我们只有肤浅的感触了。

斯坦因确实是幸运的,在这里发现了一块八英寸长、四英寸宽的佉卢文书,上面有佉卢文九行。还在此发现了一件奇异的物品——一张柔韧的树皮条,里面写着一行非常潦草的字,应该是婆罗谜文。斯坦因还发现了一座塔楼的残墙与一个泥制的火炉台子。塔楼高十八英尺,厚三英尺半。我看过残墙与残楼的照片,应该有一间房子那么高。泥制的火炉台子已经残缺,即便残缺也足以让整个比勒尔孔汗都是暖暖的。

比勒尔孔汗按地理方位应该就是后来的阿其克考其克。

凡是第一次去阿其克考其克的人都会被眼前巨大的虚无、巨大的毁灭给镇住了。我第一次去就是如此,当时确实非常震惊,也非常窒息,如此就没法欣赏古堡、废墟,包括虚无的美了。再去就能坦然面对了。是的,再去就能坦然面对了。坦然的时候那些让人窒息的废墟就会呈现出一种迷人的灰白色,每时每刻都在消亡着的灰白色。偶尔还会出现一些片状图案,有一块极像鳄鱼的头部,上锷下颚都张开着,眼睛是一个白白的圆点。有一块极像一只在水面腾跃着的恐龙,浑身灰白,有灰白色的头,灰白色的尾巴,尾巴部分差不多是身体的两倍还多,呈波浪形,腿部很短。奇异的是其周身因为风蚀与钙化形成鱼鳞般的肌肤。

深处又是另一番景象了,沙上的光影形成的一道道迷离的水波纹,是否就是专家所说的月形纹?水波纹中心是两头巨大的白鲸图案,有很清晰的鱼鳞,就好像刚刚汇聚到这里一样。一个因为海水浸泡太久已经身形破碎。再往里因为光线的作用,一切又变成一种青灰色的小小幻影,很像人类在浩瀚沙漠中对自我的感知与认知。

应该就在这时候,我再次看到了那群欢快的小精灵在我头顶留下美丽的印痕。原来它们一直在阿其克考其克上空翔舞着,翻飞着,为我。

那些日子我差不多迷上了这群欢快的小精灵,它们总是在我出现的地方欢快的温馨着我。

例外的时候也是有的。有一天我在一片很大的枣林里迷了路,突然起风了,很快就演变为遮天蔽日的沙尘暴,整树整树的大红枣儿在沙尘中飞舞着。这种枣树的树冠都不大,根本遮挡不住我。我只能躲在一棵稍大的树冠下了。好多枣子飞了起来,我也飞了起来,我感到我的双脚已经离开地面。好在旁边有两棵粗壮的胡杨并排挺立着,我幸运地被卡在了它们之间。这得感谢胡杨粗粝的皮及我的肩,它们硬是把我死死地卡在了那里。我的双脚、双腿一直在离开地面几英寸的地方飘浮着。

那天的沙尘暴实让人惊骇。我查阅过拉依亚提坎的沙尘暴记录,这里因为位于西风与西北风的交汇处,经常是风沙弥漫。年沙尘暴天数达四十多天,浮尘天气多达一百五十天。即便在整个塔克拉玛干这里也是主要风口之一。看来遇上了也蛮幸运的。

随后我还去了塔克拉玛干深处的安迪尔兰干与亚通古孜兰干,曾有几条古老的河经过这里,现在已经干涸。这两条河的上游就是托格拉克河与吐朗胡加河,我希望它们能为拉依亚提坎,包括亚通古孜,提供更丰沛的径流量。我还反复研究过拉依亚提坎每年的降雨量,我希望拉依亚提坎每年雨水丰沛,气候湿润,这样拉依亚提坎及整个塔克拉玛干的大白菜会更鲜脆嫩绿。

之后就是离开拉依亚提坎的日子了。

离开之前我再次想起那片金色的杨树林,只是手头有事情要忙,没有再去那里。有一件事我要在这里对可爱的小精灵们说一下，我已经利用这段时间读完了两个考古报告，一个是关于安德悦的考古报告，一个是关于尼雅的考古报告，都是专业考古队撰写的。安得悦考古报告中一个温馨的物件引起了我的注意，是一把白色的小木梳。我脑海中当时即闪过一念，如果用这把白色的小木梳去梳理小精灵们白色的羽毛，那多么美妙啊！是的，实在太美妙了。

二十世纪八十年代末九十年代初，塔克拉玛干"综考队"，对安得悦东、西遗址进行了考察发掘，西遗址发现的唯一一件遗物是一把白色的小木梳，形制不同于现在的木梳，两端都有梳齿，一端梳齿间距较大，一端梳齿较细密，中间有两个圆形孔洞。而尼雅考古队在尼雅也发现了几把小木梳，应该是三把，都是单面的，梳齿都残缺了。有一件小木梳的梳齿特别长。关于这把木梳的颜色，考古报告语焉不详。我真希望这把小木梳也是白色的——鸽子白。

为确定它是白色的，我决定去一趟尼雅。尼雅距离拉依亚提坎并不是很远，穿过亚通古孜河就是。我决定选择一个星夜，星夜最适合去神秘的尼雅。尼雅的星夜一定是亮亮的，我看过一张尼雅画片，画片中是两个在浩瀚星空下紧紧依偎在一起的"石人"，每个"石人"的脸上都满是数不清的小孔洞与沧桑，刚好有两颗流星从"他们"的头顶划过。这一幕让我非常动容。

我就这样悄然出发了。我一直没有忘记那群带给我那么多温馨的小精灵。我只有一个想法，在它们醒来之前到达迷人的星夜，到达尼雅。

鸟巢

◎ 辛　茜

以前，一直以为燕子唱得少说得多，和我一样只喜欢议论好天气，吃什么东西，到什么地方玩，总之唠唠叨叨，无话不谈。后来发现，燕子虽小，却是筑巢的高手。不像生活在安第斯山脉的红鹤，虽然身形高大、一身火红、舞姿妖娆，却只用泥巴垒成粗糙简陋的棱锥体，把自己的蛋与被淹的土堆隔开，靠一双长腿站着孵化。

据说，燕子的筑巢手艺来自喜鹊。喜鹊在北方常见，是真正的泥瓦工、艺术家。它的巢一般筑在树冠丰满、稳定的枝杈间，外观粗糙无序、枝条纵横，内部却别有洞天，从开始衔枝，到初步建成需两个多月，再加上内部工程，大约费时四个月。

多年前，画眉、老鸦、麻雀、斑鸠、燕子都曾请教过喜鹊，但只有燕子耐心地听完了喜鹊细致入微的筑巢方法，其他几只仅听了一半，甚至连一半都没听完就飞走了。所以画眉的巢，简单得像个圆饼。麻雀的巢，仅在圆饼旁堆了些青草，老鸦和斑鸠的巢更简单，只是几根小棍搭起的木架子。

燕子的巢离人很近。有时候，在屋旁大树上，有时候在屋檐下。有时候，竟毫不客气地贴在人家房梁上，让喜欢和感兴趣的人，得以近距离观察它离去时的姿态，飞翔时的曲线，并参与人们的生活和劳作，用歌声让人们忘记烦恼。

但更多的鸟不满足于就近筑巢、捕捉昆虫，或者翻看每一片树叶上的幼虫度日，而是不远千里万里、成群结队奔赴远方，去食物更充足，更有吸引力的地方觅食。比如每年三至九月来自南方的候鸟，就会在天高水阔、气候宜人的青海湖流域，淡水充足的沙柳河、泉吉河、哈尔盖河河口、布哈河中下游，水草丰美、人畜不易进的泉湾、甘子河、那尕则滩涂生儿育女。

和草原上的牧民一样,美丽而短暂的春天令候鸟没有多余时间。为了表现自己,更为了向异性示爱,雄鸟爆发出的激情、色彩和歌声,像无数出奇的光束,穿透晴空,让陷入情网的雌鸟春心萌动,意乱情迷。它们原本在湿地、草原、树林、灌木无忧无虑地玩耍觅食,可一旦有了伴,有了爱,便又心甘情愿地变成了终日忙碌的建筑师。

来到青海湖滨的斑头雁、棕头鸥、鱼鸥、棕头鸥、鸬鹚、灰雁、普通秋沙鸭和燕子一样勤奋努力,筑巢技术虽不甚精湛,但熟练的编织技巧和计算能力,完全弥补了编织材料极为简单的缺憾。几根苔草、几条短枝、沾在草皮上的一缕羊毛,都能让它们各显其能,用各自的喙和脚爪,甚至胸部,为家人营造避风遮雨的港湾。

春夏之际,蛋岛和海西皮相连的鸟岛,鸟窝遍地、鸟鸣不绝。不到半平方公里的区区之地挤挤挨挨、热闹非凡。营养丰富的白藜、冰草、镰形棘豆、早熟禾、灰菜、牛尾蒿生长旺盛,海西皮东北缘,高出湖面三十多米的鸬鹚岛上,数不清的柱形鸟巢引人瞩目,它们是恋旧的鸬鹚一次次返回旧巢,衔来树枝、杂草、苔藓、根茎,不断修缮加高的温床。

鸬鹚以青海湖裸鲤为食,不但有足够的耐心精心筑巢,还是捕鱼的高手,能在瞬间叼出一条裸鲤,塞进自己容纳三四条鱼的喉囊。平时,鸬鹚羽毛泛黑,神情凝重,雕塑般立在峭壁之上,沉默不语。但是到了繁殖期,这雄性的鸟儿竟会在一夜间,射出情窦初开的磷光,羽毛华丽、两眼炯炯有神,而与它面面相觑的对峙,竟有一种无法抗拒的敬佩之意在我心中滋长。

一阵冷风吹过,阳光将深蓝色湖水划成碎片。一只少见的白尾海雕,和我一样发现了这只漂浮在湖面的鸬鹚。它数次俯冲而下,将湖面撞起阵阵水花,可跃起时,嘴巴里依然空空如也,只有点点水珠自羽毛滑落。倒是那只伶俐的鸟儿,顷刻间再次出现在对面的鸬鹚岛上,骄傲地蓬松着羽毛。只要有可能,白尾海雕更喜欢捕食小型哺乳动物,当然也会将目标锁定无助的雏鸟或啮齿类动物。而此刻,对这只鲜艳夺目、正值繁殖期的鸬鹚发起攻击,实属罕见。

一个阴霾散去的下午,斑头雁携心爱伴侣来到青海湖滨,打算栖息在蛋岛附近的草滩、水洼地带。当它们意识到这里的禾本科、莎草科、豆科植物及少量水生动物,能保证它们的生活来源,便开始启动筑巢这项艰巨的工程,地点就选在比较干燥的砾石和沙土之上。

它们先是取来黏泥轻轻拍打,做成一个椭圆形的凹饼,再衔来几根枝条围在旁边,捡些柔软的青草铺在巢底。对于缺乏工具,不如昆虫灵活,不如松鼠那样,有一双巧手可以协助的斑头雁来说,筑巢需足够的耐心,精雕细琢,除了用喙和脚编织材料、加固黏合,还必须靠自身躯体不停地旋转,胸部挤压,筑成大小适中的圆形空间。这项吃力的工作一般由雌鸟完成,结束后,雌鸟还会拔下身上最柔软的羽毛铺在青草上隔潮。最后,经过夫妇俩的共同努力,小船似的鸟巢只剩下一些巧妙而细微的隐蔽工作,比如粘上白色、绿色地衣,或五颜六色的杂草,为的是尽可能让自己的家,变得更似偶然出现的自然之物,与大自然共浴天日之光。

幼鸟出世,雌雄鸟恩爱更甚,柔情蜜意,难分难舍。日日轮流为幼鸟寻食,夜夜厮守相依相伴。清晨,斑头雁在水边漫步,头部的棕黑色斑纹,为它平添了几分优雅。为安全起见,斑头雁尽可能融入群体,绝不单独相处,但它们的飞行能力非比寻常,以每小时 60~80 千米的速度飞越珠穆朗玛峰,对它们来说并不是一件太难的事。

灰雁也叫大雁,性格机警,不易接近,但声音洪亮,为了不易被人发现,只在僻静的水边、沼泽地、河湾、沙洲、泥滩地,用水草和芦苇就地编织鸟巢,觅食小虾、小螺和少量昆虫。

鱼鸥和棕头鸥,总是那么随心所欲,在空中划出流畅的弧线,一猛子扎进浪涛,叼起一条条裸鲤,对它们来说是一件轻松的事。它们栖息在湖泊、河流、沼泽、湿地及环水岛屿,即便干燥少雨,即便被沙砾覆盖,那形似新月的沙岛上,也有它们来回穿梭觅食的身影。鱼鸥和棕头鸥的飞行能力不相上下,互相争食,很难相处。只好分别集群筑巢,不相往来。但它们却共同遵守着诚信和秩序。巢与巢之间,不足一米宽的界限是留作共同散步、休闲、交流的公共领域,谁也不越界筑巢,谁也不进入对方领地强占它巢。

假如细心观察,你会发现每一种常见的鸟类,都会在一生当中做出几件不同寻常的事,每一次的飞行都具有特殊意义。它们有舞会,有表演,有愤怒,有竞争,有残杀。它们也会坠入爱河,会倾诉,会生气,会悲伤。但同时,它们又是生物界,跨越地球表面,在栖息地破碎环境下,与脊椎动物,尤其同陆生脊椎动物一样物竞天择,拥抱温情的野生动物,不论陆地分布的物理阻隔带给它们多少难处。在此期间,我们完全可以观察到它们筑巢的过程,它们的飞翔,它们觅食的本领,甚至细细端详它们和蔼、机灵、生动的面容,不像住在屋檐下的燕子,几乎让我们永远看不清它那张瘦小的黑脸。

苍鹭与黑颈鹤是适应水边生活的涉禽。筑巢方面,它们没法与燕子、鸬鹚、灰雁、斑头雁相比,编织技术相对简单,基本借身边的水生植物起掩护作用。身高一米左右的黑颈鹤,全身灰白,颈部着黑,头顶红若朱丹,尾羽短而有力,是唯一栖息在青藏高原的鹤,也是发现最晚的高山品种。每年三月中旬,黑颈鹤从越冬地云南中甸和贵州威宁,长途跋涉至青海玉树隆宝滩、诺木洪、巴音郭勒河、青海湖、扎陵湖等地,二十多天后又迫不及待分散开来,与心仪的配偶在人烟稀少,草籽、蕨麻、沙蜥、蛙群丰富的湖泊、河流、沼泽栖息,选择离水面不能太低,安静偏僻的深草区,或者地势较高,相对安全的干草墩,用周围的杂草和其他干枯的水草编织鸟巢,和雌性黑颈鹤轮流孵蛋,等待小黑颈鹤破壳而出。

四月的一天,城内的柳叶才上枝头,湿润的黄河边已是青丝缠绕、杏花点点。我驻足停留,四处遥望。心神不定中,见绿叶葱茏的树梢间,呼啦啦飞出几只俊俏的苍鹭,鼓起裙裾般的羽翼在青蓝如洗的空中飞翔。急促盘旋后,在我艳羡的目光中,一只苍鹭掠过河面,落在微微颤动的细枝上,身后隐约可见竹篮般敞开的鸟巢。

孵卵期的苍鹭在巢内格外小心,一动不动。落在树枝上的雄性苍鹭,体态挺拔、目光犀利,仿佛看穿了我的心思。我不着急,耐心地等待着。午后,天高云淡、静谧无声,那只雄性苍鹭终于放松警惕,离开哨位隐身于密叶。这让我备感新鲜,感觉到苍鹭的机智。就在不久前,我还意识不到,鸟类的视觉与嗅觉、听力与触觉多么敏锐。

自古以来,人类从未停止过对鸟类的模仿,对鸟类感官的探求。人们时常在思索,作为一只雨燕,发出悠长而尖厉的鸣叫,是什么感觉?作为一只帝企鹅,潜入漆黑的深水中,又是什么感觉?后来经过长时间研究得知,鸟类的行为由感觉系统控制,和人类十分相似。捕食、进食、享受、爱情,任何一种感觉的缺失,都会让鸟类生活黯然失色。

如今,无数候鸟往返迁徙的事例足以证明,许多鸟具备指导它们迁徙,找到准确位置的磁感,安身立命的方法。对苍鹭来说,不远千里来到相对偏僻、视野开阔、食物充足的黄河岸边,在一棵枝叶繁茂的白杨树上繁殖育幼,一定有隐情、有无奈、有观察,有深思熟虑。但大部分时候,人类依然低估鸟类的感官,以为它们只是羽毛华丽、敏感脆弱、鸣叫不绝的飞禽,却不知它们与人类颇为相近的社会化关系、小群体生活,让它们具备了足够的勇气和安全感,并懂得互相关心、彼此照料。

冬去春来,苍鹭与配偶保持着长达十几年的繁殖关系。但它们对爱情的忠诚,没法与斑头雁、灰雁相比。习惯于群体生活的雄性苍鹭风流倜傥,偶尔出轨是它们的天性,但丰富的情感生活,并不影响它们用心用情照顾家人。

下午,雄性苍鹭纷纷离巢,箭一般冲向天宇,枝叶稠密的树冠上,十几只鸟巢悄无声息。我静静地观察着,我能感受到鸟巢内甜蜜的生活,觅食归来的雄性苍鹭与爱侣的窃窃私语、耳鬓厮磨,贴住即将破壳的幼鸟时倾注的感情,也能意识到那只少言寡语、密切注意我这个外来物的雄性苍鹭,一颗毫不松懈的戒备之心。

黄河水縠纹皱绿、柔美清凉。同人类相似,两只眼睛似乎永远朝前看的鸟类只有鸮型目,比如依赖双眼视力获得景深直觉的猫头鹰。但更多的鸟类,如蓝马鸡、斑头雁、鸬鹚、渔鸥、云雀、燕子、金雕、游隼、大鵟的眼睛,长在脸的两侧。而且,眼睛后面还有两个比人类眼睛多出一个视觉中心的视凸,这就使鸟类有了人类无法企及,比起四足动物还要深远、敏锐的非凡视力。

在高原,我见过游隼收拢翅膀,向下俯冲,自由落体式的精彩瞬间;见过长尾山雀在枝条间跳跃,一眼看到树皮上的一只小昆虫,快速捕捉进食的动作;体验过一只猫头鹰,在黑暗中分辨事物的快速反应能力。更何况,苍鹭的两只眼睛在它狭窄俊秀的面孔上占据了很大部分。于是,我私下判断,它的视力是同类中的佼佼者,像游隼,像鹰,像鸬鹚,像云燕,不仅具备两个视觉中心的视凸,而且有极好的侧向视野,还有更加宽广的视野,无须环顾,便可洞悉全部。

一天下午,我独自在林中漫步,迎面见到一枚壮如风帆的鸟巢立在孕育新叶的白杨树上,无所畏惧地面向天宇。我久久地仰头凝视,闻听喜鹊低声的长鸣由远及近,不由得将世间人情芜杂之事抛到脑后,对袒露在晴空下的这个神秘浪漫的鸟巢,对精心营造它的艺术家产生了一种特殊的感情。

早春的夜,北风呼呼作响。黎明时分,远山苍凉素净,鼠兔、旱獭、荒漠猫还在洞中睡觉,麻雀微微睁开双眼,又懒洋洋地闭上了。在这迷茫的日子里,燕子却无忧无虑地唱着,笛音似的歌喉清脆生动,既温柔,又强劲。

与蒲县的云纠缠

◎ 景　平

一

车驰入蒲县的时候,就跌进蒲县的云里了,跌进了云的故乡。

蒲县的云是堆在天上的雪。天肯定是觉得人在地上堆雪人堆不出它的想象,索性把雪堆在了天上。这样,天居然就堆出了少男少女牧虎的图像和雪熊雪狗逐鹿的形象。云天里,少男少女放牧着老虎,老虎和雪熊雪狗一起追逐雪鹿,自由自在奔跑在雪的原野……我想天肯定是有一种思想的,因而拿了云来堆雪人,雪,就堆出了天上人间,然后,就让高高的天上人间看着地上的人间天堂。

蒲县的云肯定是天天堆着这样的雪景:今天堆着少男少女、雪熊雪狗,明天堆着雪山雪原、雪鹿雪虎,后天堆着雪树雪林、雪鹤雪鲸……地上多少事物多少人,它都轮换着堆呀,堆呀,堆……直堆得那些事物、那些人,都成了熟人熟物,成了地球村里或者宇宙村里熟悉的乡亲乡邻。即使离开多少年,它们再遇到再见到的时候,依然相熟相亲,这样,久而久之,地上的人间天堂也熟悉了穹庐里的天上人间。

其实,人看着蒲县的云的时候,蒲县的云也看着地上的人;人想着蒲县的云的时候,蒲县的云也想着地上的人。人注定是心里藏了许多的云,因而跌进蒲县的时候,就看到了蒲县许多的云;而蒲县的云,既然已经堆了世间许多的人,那么,它注定心里也藏了世间许多的人,因而人走进蒲县的时候,它也就看到了曾经见过的许多的人。

人和云、云和人,人想云、云想人,人走进蒲县的时候,或蒲县的云看见人的时候,人与云就发生了量子纠缠。

人心里有云,眼里就有云;人心里没云,眼里也就没云。这心事,云也是知道的。因为，人既如此，云也如此。

二

　　蒲县的云肯定是去过许多地方的，也见过许多地方，只是，许多地方什么把云遮住了，那些地方的人就没看到蒲县来的云。

　　蒲县的云肯定去过临汾，去过太原，去过北京，甚至去过东京，去过伦敦，去过纽约……它肯定看见过许多人，但许多人没有看见它。也许因为心里没云，也许因为被什么遮住，也许因为不认识它。不管看见没看见，云肯定是去过许多地方，去过许多地方又返了回来。那么，我去过的地方它肯定去过，我没去过的地方它肯定也去过。它也许 N 次地看见过我，而我，却第一次在蒲县看见它。

　　甚至，蒲县的云是去过地质时代的云，去过洪水时代的云，去过尧舜禹汤时代的云，去过秦汉唐明时代的云，只是，你没见过它去的时代，所以你没见过它。最早是没有你也没有人类的时代，所以你也没见过那个时代。你这会儿看见蒲县的云，你就看见地质时代的云，看见洪水时代的云，看见尧舜禹汤时代的云，看见秦汉唐明时代的云。看见蒲县的云就看见了过去，这是你遇到的幸运。

　　也许，你心里装了许久许久的女子你在蒲县的云里看到了，你心里装了一生一世的恋爱你在蒲县的云里看到了，你心里装着的许多许多的故事你也在蒲县的云里看到了，甚至你在夜里做过的许多梦和白日想象的许多意境，你都在蒲县的云里看到了……你心里装着什么你就会在蒲县的云里看到什么。尽管隔了高高远远的空无，也隔了浩浩荡荡的蔚蓝，然而你和云、云和你是量子纠缠一样纠缠在一起了。

　　要说，这可是一件玄乎的奇怪的事情，其实，知道了，你也不觉得它就是玄乎的奇怪的事情。

　　因为，蒲县的云，不只是和你纠缠在一起，蒲县的云，和地上的人，和人植的绿，都纠缠在一起。

三

　　人说，天上一颗星，地上一个人；天上一片云，地上一片绿。这是天地人之间的一种神秘感应。

蒲县的云,天天看着地上的事情,看着,想着,云觉得自己和地上的事物越长越像,像地上的一片草地,像地上的一座森林,像地上的一片庄稼。地上的绿,也天天看着天上的事情,看着,想着,绿也觉得自己和天上的事物越长越像,像天上的一片云影,像天上的一条云河,像天上一望无际的云海。就像人间少男少女一见钟情,然后相恋相许,然后终身相爱,然后相濡以沫,日日夜夜、夜夜日日,就彼此越长越像了。

天上的云和地上的绿,它们相互纠缠着;或者不只是纠缠着,而且是彼此交互着;或者也不只是交互着,而且是竞相融合着。就是说,天上的云纠缠着纠缠着,忽然变成了雨,和地上的绿亲近、拥抱、融合,一同升华;地上的绿纠缠着纠缠着,渐渐变成了汽,和天上的云亲近、拥抱、融合,一同升华。然后就你中有我、我中有你了,然后就你变成我、我变成你了,然后就你就是我、我就是你了,于是云里就有了绿,绿里也有了云。

云看见绿的时候其实也看见了风,风起于青蘋之末,青蘋起于水土之上,水土起于天地之间……青蘋滤净了水土之尘,水土就净了;水土滤净了地面之尘,空气就净了;空气滤净了雾霾之尘,风就净了;风滤净了高空之尘,云就净了……风净了,云就成了干净的云,天就成了干净的天,天地就成了干净的天地。于是,云在天上看绿,绿再远也成了可接近的云;绿在地上看云,云再远也成了可接近的雪。

但云毕竟站在透明辽远、明亮的高处,它看到了极远极远的空间里的地方,也看到了极远极远的时间里的地方。

它在那些地方发生过了亲近,也发生过了拒绝;它在那些地方看见过了混沌糊涂,也看见过了澄澈清明。

风在静静吹

◎ 李治本

车在沪渝高速公路上行驶，车速越快，风速也越快。风始终紧随着车，车也一刻不停地往后甩着风。从车窗向外看风景如同看电视，景物在一个框框里飞驰而过，旅途疲倦的感觉随风消散。扑面而来的风，带着泥土的芬芳、花鸟的姿色，还有独特而又朴实的青涩，一路风举云摇。

风是人生的写照，人生是风的一生，风轻云淡的日子，明丽古朴的三峡人家，在清风中默数着每一寸时光放慢的日子，锦绣的家、透彻的风充塞着我的心湖。

一

夏季的风，裹挟着长江温润的气息，弥漫在山水间，清新自然中盈满了风色美妙之韵。群峰叠嶂，壁立千仞，奇石、绝洞、幽谷、题刻、古桥、溪流、雾霁、花蕾，人文荟萃，钟灵毓秀。这些鲜活的自然和历史的表达，融合了三峡生态文化的精髓。巴风楚韵的传统，既壮美雄奇，又幽深秀丽。

自然山水有机组合的山里人家和水上人家，一见如故。山有山的巍然，水有水的灵秀，山水相连，朝云暮雨，清荣峻茂。去山里人家要经水路，到水上人家要走山路，水路环环，山路弯弯，"山水有相逢，来日皆可期"。

无论你是喜欢山还是喜欢水，三峡人家都会带给你，当然还有那和煦的风。风是三峡人家的常客，流动着空气，吹拂着万物，丝丝呼唤，息息生存。一年四季，风有从北方来的，有从南方来的，也有从别的方向来的。由于三峡人家与其他人家的地理属性不同，因而吹到这里的风也变得多样且多情，不乏冷风、热风、干风、湿风……在不同季节里调节着温度、湿度和硬度。一股东南风慢慢悠悠地从幽深的巷子里吹来，不一会儿，天空下起了毛毛细雨。有东南风的日子，天一般都会降雨,风和雨虽是两种自然现象,但都是由空气流动而形成的。滴落在石板路上的雨水溅起层层水花,透着一股清凉,夏日的三峡人家就是这般湿漉漉、凉爽爽的。

两山相峙,一座座独具土家族风格的深棕色飞檐斗拱楼阁的民居,在遮天蔽日、重岩叠嶂之中傲倨,有着中和平易、含蓄深沉的艺术之美,独特的自然风貌和民俗特色,属于典型的湖北方山式建筑,始建于明代中期。这种以木结构为主的"杆栏式建筑",简单、灵活,适应当地的地理环境和气候条件,同时还融入吉祥如意、民间故事等文化元素。久远时代的地质与神话,巴人部落的农耕与传奇,皆植根于此。

通往三峡人家的栈道,蜿蜒曲折,跌宕起伏,"山塞疑无路,湾回别有天"。一湾清溪,曲涧铺展,映漾着古老的青瓦长廊石桥。石桥两侧爬满了藤蔓,枝条畅茂,翠绿葱葱,风吹藤摇,盈笑客欢,有着五百多岁高龄的石桥也显得生机勃勃,活力益然。每当晨昏,青瓦长廊里挤满了人,他们操着不同的方言,说着所见所闻。

溪口的山崖,好像一带状石岭从山顶直冲而下,临江面时高高翘起,活像一条巨龙。当地人称这条溪为龙进溪,溪的岸边形成了一条具有江南水乡特色的历史文化街区,古韵悠悠,新风袅袅。人们纷至沓来,看山观水,畅怀观远,安闲自在。漫步古街,脚边不远处便是溪流,既是水乡,便一定有风。丝丝细风不疾不徐地吹着,穿过幽巷,掠过水面。高悬的门楼、翘角的飞檐,在岁月和风雨中虽耗损了当年的风光,但样子仍然如初。这里的居民仍保留着许多传统的生活方式,他们最爱吃的酱菜、腌制肉随处可见。一种乡愁的思绪油然而生,我仿佛回到了故乡,回到了悬悬在念的童年。古街的记忆,在流逝的年华里发酵,让怀念越来越清晰。

古街错落在悬崖之上,一座座民居悬若日月,历经岁月安然无恙。栖息于临溪而建的茶楼,在升腾的茶雾中细品着采花毛尖,任清清浅浅的苦涩甘甜在舌间荡漾,充溢在齿喉,甜润在心田。山水的坚韧与清秀,人文的隽永与含蓄,在这柔曼的空间里散发出特有的气质,茶韵浓浓,叶叶香气宜人。窗外溪水潺潺,精致的古帆船、乌篷船帆影点点,三两浣女泛舟水上笑意盈盈。迎风招展的船帆缓缓而行,渔夫挥动着双臂撒网捕鱼。灵敏的鸬鹚高昂着锐利钩形的嘴巴立在船尾,那双穿透水面的大眼睛如同黑宝石一般晶莹剔透,发出深邃的光芒。两岸桃花杏花绽开,百草丰茂,宛如中国隋代绘画大师展子虔的《游春图》。一对祖孙石峭立山巅,左边形如慈眉善目的爷爷,右边形似酣睡的孙子,相视而笑,莫逆于心。

山水之美与人文之韵的契合,一种宁静与宏大的祥和,消弭一切喧嚣与纷杂,游目骋怀,信可乐也。

二

山水孕育着四季,春花灿烂,夏水流萤,秋风和缓,冬日暖阳,与亿万年嶙峋岩石叠合,创造出三峡人家的奇险峻美。自然界所有的物产似乎都是为了某种目的而生长,为了创造某种价值而存在。

层层岩体铺展在长江两岸,构造出天然屏障,阻隔着江水的奔腾。水平岩层地貌经洪水冲刷、长年风化,陡峭险峻,苍凉雄浑。赤褐色的山,橙黄色的沙,在余晖的夕照下,沉郁凝重,壮阔绚烂。这些岩石,包括非构造变动成因的原生构造和构造变动成因的次生构造,分布在三峡崇山溪流峡谷之中。从非构造变动常见的变形现象来看,有卷曲层理、压模、滑塌断层、滑塌褶皱、碟状构造、砂岩墙等;构造变动的成因则体现在褶皱、断层上,但也可在沉积物尚未固结或半固结状态下发生。

闻着岩石特有的味道,触碰亿万年的真实,我们难以想象,这片美妙的岩体经历了多少磨砺和孤寂,历经了多少沧海桑田与斗转星移,才雕琢出今天的模样。它们在特殊的地理环境和构造中,其形状、颜色、纹理和体现的韵味极其丰富,一个个酷似鹰、虎、兔、海龟等动物和山峰、峡谷、河流、佛像图案,仿佛一座宏富的艺术宫殿。

惟妙惟肖的奇石,自然中的自然相,在三峡人家宛若缕缕清风灵动可人。引人注目的小桥流水人家造型石,形状独特而奇葩,色彩繁多而艳丽。这块巴掌大的椭圆形奇石,俨然三峡人家的地理标志,“见一叶而知深秋,窥一斑而知全豹”。大自然鬼斧神工的奇妙造化,总让人惊叹不已。

房前屋后、窗台客厅摆放着各种大大小小的奇石,看得我们眼花缭乱、心醉神迷。征得民宿主人同意，我收藏了一块形似三峡人家特产的五花腊肉石，摆放在书桌上。五花腊肉石经过切割打磨，两侧显露出的特殊纹理层次细腻，是民宿主人从溪边捡回来的，成了我爱不释手的藏品。每每看着五花腊肉石，总会想起民宿主人那热心肠、豪爽大方的样子。

民宿主人一边与我们喝茶，一边把藏石缘由娓娓道来。他喜欢奇石源于儿时经常坐在石头上吹风，有时吹着吹着就进入了梦乡，还梦见过石头跟自己说话。奇石以其独特的造型和图案展露着大自然的精华，任凭风吹雨打，坚不可破。

极目远望，山崖上四块灯影石活像唐僧师徒西天取经，传神逼真，奇妙无比。每当夕阳西照，晚霞浸染，灯影石就像我们儿时看过的皮影戏，形象生动，撩人心弦。四块天然灯影石中，最负盛名的是沙僧石，矗立在绝壁之巅，重达一百多吨，看似头重脚轻，摇摇欲坠，却稳如泰山。巨石底部的支撑面积仅有两百多平方厘米，也就是说每平方厘米要承载半吨重量。当年郭沫若顺江而下，瞭望灯影石，情不自禁赋诗："唐僧师弟立山头，灯影联翩猪与猴。峡尽天开朝日出，山平水阔大城浮。"民宿主人告诉我们，景区为这块沙僧石投了两千万元保险，奇石如金闻所未闻，我们可是开了眼界。

灯影石不远处有个蛤蟆泉，立着一块巨大的石头，像一只张着嘴巴的蛤蟆，背上有口泉水。我们仿佛看到，蛤蟆石渴了，转过身去开怀痛饮。它一个屁股一张嘴，两只眼睛四条腿，可爱极了，整天在那里胡思乱想，盼着游人来观赏，在它背上投硬币。就在这时，蛤蟆石对岸的擎天石柱似乎在向我们招手，高高在上却又平易近人，示意我们放慢脚步，与之畅叙，合影留念，风中的相视一笑，竟是人与自然的和谐共生。

三

徜徉奇石之间，与时光叙事，与建筑对话。古色古香的民居充满着生气，南来北往的人聚在这里，看山心静，观石心宽。这里最能治愈人心的不仅是山石，更是风和水，风含情水含笑，将心放任于风水间，所有的不知所措，都能慢慢释怀。无意间，我在书架上看到刘小东先生创作的史诗级油画巨作——《三峡大移民》，"作品以其典型性的表现风格和深刻的现实主义精神，以及多重社会学意义成为时代最为重要和极为稀有的画作"。这部二〇〇四年出版的画作,缘何在这里见到?

翻开泛黄的油画集,一幅幅作品真实地再现了三峡移民的状况。一九九三年,三峡百万移民工程正式启动,中外水利建设史和工程移民史上前所未有,这个感动世界的奇迹定格在这丹青妙手的画集中。敬祖坟最后一炷香,老屋吃最后一顿饭,亲朋好友做最后的告别……舍小家为大家的感人故事成为时代烙印,情深所忆,一生难忘。

沉浸在移民的浪潮中,回想起当年一幕幕感人的画面,民宿主人眼眶湿润了。他从箱底翻出一本《人民画报》。这本二〇〇一年第五期的画报,在层层油布的包裹中完好呈现。封面上是位身背包裹、怀抱酣睡婴儿的中年男子,一双眼睛饱蘸深情的目光,神情专注地回望着故园,刹那,那份离乡的愁绪凝结心头。身后的游轮正拉响着起航的笛声,等待他的将是告别生养自己几十年的故土。

封面人物正是民宿主人儿时的伙伴,他们同一天从三峡库区云阳县乘游轮离开,之后再没有见面。时隔数日,当他看到儿时伙伴的照片登上画报时,喜出望外,遂将画报珍藏起来。当时这位儿时伙伴移民山东,民宿主人自己落户广东,"两东"之地一南一北,彼此音信全无。珍藏这本画报,是激起自己对这段岁月的追溯,感怀当年惊天动地的壮举,也是出于对儿时伙伴的牵念和对故土的眷恋之情。

时光的隧道里,总有些人、有些事给我们烙下深深的记忆,这份记忆成了永远的乡愁和内心永生的情结。每逢佳节,他时常翻出画报,独自坐在门前的石磴上朝着故土方向望去,儿时的梦境已无法醒来,内心怅然若失,唯有盈盈的清风拂去心中的尘埃,掸去心中的苦闷。清风仿佛是一剂聊以慰藉的良药,风干了眼泪,吹散了满腹的辛酸。风在微微的飘荡中把乡愁留下,把思念放大。脑海里不断浮现,离开故土的那天,风整整刮了一夜,人离开了,风留下了,留在了日思夜梦的故土。当江水淹没那片深情的土地时,那股风便开始在滔滔江面上悠悠地吹,带着乡愁与故土、与青山、与山石、与天空窃窃私语。

蜿蜒奔流的长江,像一条弯曲的人生路,充满着坎坷又驻留着希望,在中国版图上犹如跨越东西的彩虹,西起重庆市奉节县的白帝城,东至湖北宜昌市的南津关，全长 193 公里，自西向东依次为瞿塘峡、巫峡、西陵峡。我曾从重庆朝天门码头乘船，走完了三峡全程。四天三夜的行程，我对三峡有了印象。瞿塘峡像一道闸门，巫峡似一条迂回曲折的画廊，而西陵峡则是处处急流险滩。

长江流域是我国重要的文化发源地，三峡人家便是这片土地的杰出代表。它以山为刚，以水为柔，奇在变化中，美在险峻里。无论你何时走近它，它都会用柔柔的清风迎接你，把最美的风光映入你的眼帘。历代文人墨客寄意抒情，吟诗留痕，一首首意境深远的诗、一段段三峡人家的情，如同无尽的江水涓涓流淌。我不由得想起北魏地理学家郦道元的《三峡》，恍若胜日寻芳，梦里寻幽。

"自三峡七百里中，两岸连山，略无阙处。重岩叠嶂，隐天蔽日。自非亭午夜分，不见曦月……每至晴初霜旦，林寒涧肃，常有高猿长啸，属引凄异，空谷传响，哀转久绝。故渔者歌曰：'巴东三峡巫峡长，猿鸣三声泪沾裳。'"文随物赋形，情随景迁，区区不到两百字，前面写山后面写水，动静相生，是一篇优美的山水名作。

文人灵性之笔将三峡人家的人文情怀、山明水秀展露无遗，深厚的文化底蕴和秀美的自然风光，让更多的人愿意留在这里，包括这位移民广东又辗转到此的民宿主人。如今的三峡人家已不再是曾经狭义上的称谓，而是宽泛意义上的表达，它不是一家人，而是融汇南腔北调、南人北人的大家族。

三峡人家的存在，有着生活的归宿、生命的意义。这份意义，从灵山秀水和婆娑风月中释放出来，仿佛悠悠的季风在山谷夹缝中游来荡去。四季分明的三峡地区，属于亚热带季风气候，雨量充沛，气候湿润，滋生着万物，催生着山野杜鹃。

通往车八岭的路

◎ 长江澜

通往车八岭的路,正通往春天,通往生命的密码,通往人类的过去、现在和未来⋯⋯

小土路·世界圈

车八岭的低调,就像世人皆知明星,却不知科学家和英雄一样。

从韶关高铁站到车八岭,还有两个多小时的车程。而从始兴县到车八岭,仿佛穿越"八万大山",穿越一片秘境,穿越一片原始的美。

时值阳春三月,山花妩媚,万树犹新。车子沿着蜿蜒的山路前行,视野越来越逼仄,"走一步看一步"。

透过车窗,渐渐的,天空仿佛被大山着了色,蓝中带绿,绿中带幽,这幽似乎还能流动,直流淌进车了里,清凉清凉的。司机说,车八岭的温度要比外面低两度。

下车时,已走进一片浩瀚林海,走进一片深绿,走进一片宁静与深邃。大山的气息扑面而来,山风清凉,不知名的鸟的叫声,悦耳又悦心。这里是车八岭保护区入口社区站,长长的仿竹栈道与森林秀美的妆容在幽静如镜的山谷河流中倒映出一个"平行世界",如梦似幻。

"车八岭——世界生物圈保护区"的标志牌竖立在一片绿茵之上,让人顿觉这里的山、这里的水,这里的每一株植物和每一个动物,都"身份非凡"。

俯仰之间,不觉感慨,车八岭,这个神奇、神秘的地方,这片被誉为"物种宝库 南岭明珠"、有着十多项世界级和国家级荣誉的绿土,是怎样从一条弯弯曲曲的"小土路"走向了"世界圈"?

保护神·"华南虎"

"要知山下路,须问过来人。"

世人只道儿女情深,而他却许青山到白头。他叫饶纪腾,曾被称为车八岭的"第三只华南虎"。

时光逆流到二十世纪七十年代,通往车八岭的是一条步行小土路,像微细血管一样隐没在车八岭这个庞大躯体的丛林荆棘中。那个时候的车八岭是安静的、不被打扰的。后来,全面采伐木材的时代大潮卷来,小土路变成了"木材运输大道",从此斧声阵阵、刀光锯影,参天大树一棵棵轰然倒下……

"太可惜了!"时任县委副书记、主管林业的刘创发出了痛心的第一声,意识的觉醒让他想到"曲线救林"……

不久,车八岭迎来了一批"天外来客"。圃一踏上这片土地,他们的表情是惊讶的,目光是惊喜的,他们发现这里仍保留着具有丰富物种的原始次生林和相对健康的生态系统!这里还保存着专家眼里可贵的一切!

"一定要建个保护区保护起来!"广州华南农学院六十八岁的徐燕千老教授强烈的呼声在森林里回荡……自此,徐燕千老教授与车八岭仿佛发生了"化学反应",他带着专家无数次走进车八岭,调查、研究、核对,形成强有力的论述报告……他成了车八岭的"保护神"、车八岭的"伯乐"。

于"在面对国家建设的需要和摆脱贫困落后的需求时,一切必须为发展让路"的巨大矛盾中,始兴县委县政府痛下决心,采纳了徐燕千老教授及其他专家的意见。一九八一年七月,车八岭自然保护区建立了!二十六岁的饶纪腾从木材加工厂厂长的位置调过来负责保护区的工作,开始了自然保护的漫漫征程……

初到车八岭,住的是杉皮寮,吃的是野菜,只见青山不见人,仿佛自己也是一只野生动物。然而,这仅是生活和工作上的苦。车八岭自然保护区的建立,不只是与伐木财政收入的矛盾,更是拉开了长期与盗伐林木现象作斗争的序幕。尤其是全面禁止砍伐后,保护区内建筑的门窗被砸烂,监测器材被毁,标语、宣传牌被撕、被砸,道路被堵,车子被放气、扎轮胎,巡山时还常被围堵……饶纪腾曾在处理冲突时被弄伤了,住了一个月医院……

星空沉睡了，森林也沉睡了，饶纪腾还在辗转反侧，苦苦思索着既保护又可持续发展的难题，思考着保护区的路该怎样走下去……窗外，星光幽幽，光芒隐隐，树影在风中摇曳，仿佛在安抚他烦躁焦虑的心情。草木亦有情，人焉能无情！"一家人"的理念仿佛从森林深处负着使命而来，落在他的脑海里，如山花般灿烂，瞬间，他昏沉的脑袋轻盈起来。

不久，生态村建立了。他们鼓励村民参与造林育苗，报酬按国有单位标准加倍计算，大大调动了村民参与保护区建设的积极性；他们请村民修路，增加收入；发动社会募捐，为村民建学校；上门送优质种子、技术，帮助村民提高产量；引导村民种植水果和反季蔬菜，帮助村民寻找农产品销路……再后来，帮助村民用上了电、自来水、沼气。

这是一个漫长而艰难的过程，饶纪腾和坚守下来的同事们一件一件做了，用汗水、用智慧、用理、用力、用心、用情，一点一点地获得了村民对保护区工作的理解和支持。

被保护下来的车八岭，树木葱茏，山水秀美，随着外部的发展显现出其独特的价值。一批又一批来自全国各地的生态专家走进这座"物种宝库"，共同守护着这颗"南岭明珠"。

一九八八年，保护区"连升三级"，从县级直接晋升国家级保护区。这特大喜讯传来，森林里的动物们仿佛都要出来庆贺了。

喜悦之余，饶纪腾却陷入了新的烦恼。全面禁止采伐后，没有了车来车往，杂草、荆棘很快占领路面，而本就凹凸不平的泥土路，大雨天坑坑洼洼，还多段塌方。饶纪腾不得不四处奔走争取资金，可"跑断腿、磨破嘴"却徒劳无功，因为保护区没有收入。

令人振奋的是，不久，公路硬化到乡村的政策下来了。饶纪腾的脑海一下子闪着钻石一样的光芒。他每天都竖起耳朵聆听八面来风，获悉交通厅的领导要来始兴，他喜出望外，赶紧前往县里恳求县领导一定要帮他"带人"来车八岭保护区调研……被他的"诚意"感动，县领导还真把交通厅的领导带过来了。可交通厅的领导听完饶纪腾的汇报后，却说保护区不属于他们负责的范围，除非有充分的理由。饶纪腾瞬间急了，心情断崖式往下沉。沉默，也仅是十几秒的沉默，溺水者求生一样的强烈欲望让饶纪腾觉得自己必须抓住这千载难逢的机会,必须"起死回生""力挽狂澜",通往车八岭的路必须畅通无阻。他做了个深呼吸,说:"车八岭是国家级保护区,这里的资源十分丰富,国家十分重视,常有各级领导前来检查、专家学者来考察,这路况,人们进来非常不方便,保护区里面的两千多名群众生产生活也极不方便;再就是,万一发生森林火灾,消防车都进不了,这是大事啊,谁也担当不起。还有,从发展的角度,保护区要发展,必须路通……"他用心用情用力诉说着,交通厅的领导们最终被"共情"了,三十一公里的泥土路终于结束了"泥泞"的命运,迎来了全路段硬化。

保护区建立之初,没有电,饶纪腾一天到晚四处奔走于各个部门。为了解决用电问题,他绕着弯子,把县委县政府两套班子的民主生活会"哄"到车八岭保护区召开,领导们参观、学习、批评与自我批评……活动安排得紧凑而有序,领导甚是满意。可到了晚上,那台发电机开始"演戏"了,明明灭灭,最后一点面子都不给,室内比室外还要漆黑……饶纪腾嘴上诚恳致歉,手中却递上了报告,希望领导尽快解决保护区的用电问题……很快,书记、县长都做了批示,不久,保护区告别了煤油灯。

电话机的安装也充满"戏剧性"。那是一九八八年冬季的一天,车八岭刚升格为国家级自然保护区不久,广东省委书记林若"微服私访",小车直到开进车八岭保护区才让饶纪腾"给县委罗书记打个电话",饶纪腾一边"稳住现场",一边赶紧骑上单车以百米冲刺的速度赶往乡政府给县委书记罗继胜打电话,可车八岭到乡政府还有六七公里,来回要一个小时。北风呼啸,饶纪腾先是觉得有刀子在脸上手上割,后来便觉得跑出了火。当饶纪腾满头大汗回来,林书记才知道车八岭没有电话,心疼地说:"要是知道你跑这么远,就派车送你去了。"

林若书记问饶纪腾为什么要建保护区,饶纪腾说车八岭是珠江水的发源地之一,也是粤北的物种宝库,并如数家珍一样给林书记汇报车八岭的动植物物种。林若书记听罢,连说车八岭真是个好地方,要加强保护,并留下"绿色宝库"题字。在标本室,看到那么多的标本堆放在一起,林若书记说太丰富了。但是没能充分展示出来就浪费了,要建一个博物馆,把这些标本保护起来,同时开展科普教育。

此后，车八岭便有了可以长途直拨的程控电话，博物馆也随后建起来了。

如此"几大件"添置，车八岭保护区这个"家"终于有了"家"的样子！而饶纪腾却成了远近闻名的"报告专家""跑腿管家"，甚至有人称他为车八岭的"第三只华南虎"，因为看似不可能的事，他都一一解决了，简直太"猛"了。

在饶纪腾不断的"跑"下，专家楼、宿舍楼、招待客房、职工单身宿舍和家属宿舍等都相继建起来了，更多精准的监测数据也更加完善了。

"古路无行客，寒山独见君"的车八岭终于迎来了保护与发展的春天。

二〇〇七年，又一特大喜讯传来：车八岭加入联合国教科文组织世界生物圈保护区网络。二〇〇八年二月，在西班牙首都马德里金碧辉煌的宫廷会议中心，饶纪腾作为世界生物圈保护区网络成员车八岭保护区的管理者，亮相联合国教科文组织召开的第三届世界生物圈保护区大会，那一刻，荣誉感、自豪感让饶纪腾觉得过往所有的苦和累甚至委屈都是美好的，这些年他坚持的这项工作是多么的有意义。

二〇一四年，车八岭加入了国际自然保护地联盟。

通往车八岭的路，已经通往了世界。以上这些成就不仅是荣誉，更意味着要担负起保护地球、为人类可持续发展提供示范的重要使命，保护车八岭生物圈不仅是对自然的尊重，更是对人类文明传承负责。

车八岭的水更清了，山更绿了，森林更茂盛了。而饶纪腾的头发却白了。再过几个月他就要退休了，蓦然回首，他在车八岭已经度过了整整三十四年，从二十六岁到六十岁，他把最好的青春、最好的时光献给了车八岭，三十四年，是何等漫长的岁月，三十四年，他却用来守护车八岭的每一个日日夜夜。他的足迹遍布车八岭的每一个角落，他记得每一棵树的名字、每一只鸟的鸣叫、每一条小溪的流向……他的坚守，是对自然最深沉的爱，是对生命最真挚的尊重。

如今，已是"古稀"之年的他，会常"回家"看看，只要踏上这片土地，他的眼神依然清澈，他的步伐依然铿锵，而他的守护故事，依然在车八岭的山水间流转，激励着更多的人，去爱护自然，去守护我们共同的家园。

沅水为君清

◎ 赵学儒

　　癸卯年初秋,我第三次到湖南省怀化市沅陵县,实地采访沅陵县保护好一江碧水的故事。

　　沅陵北枕沅水,南傍阜陵,得其名。沅水俗称沅江,源出贵州云雾山鸡冠岭,流经黔东、湘西,入洞庭湖,是长江的一大支流。沅水还有一条支流,叫"酉水",在沅陵县城汇入沅水。她们都是沅陵的母亲河。

　　新中国成立后,母亲河上建起了高滩、凤滩、五强溪水电站,10万移民"后靠",舍小家顾大家,为国家工程让路。二〇一八年以来,为落实"长江十年禁渔计划",又有10万渔民惜别母亲河,为保护好一江碧水作出了巨大贡献。

　　在几天的采访中,所见所闻、所访所问、所感所悟,让我深深地体会到,他们是"绿水青山就是金山银山"的亲力亲为者,是响应国家号召、转型创业的不懈奋斗者,是我觉得应该大写特写的奉献者!

护水者

　　　　我们是"河小青",大家都是"河小青"。

　　　　守护母亲河,守护生态文明。

　　　　大小河流,碧波荡漾,

　　　　干干净净入洞庭……

　　　　我们是"河小青",大家都是"河小青"。

　　　　大手拉小手,守护好一江碧水。

　　　　大小河流,碧波荡漾,

干干净净入洞庭……

他们录制了歌曲,歌声悠扬。在河边,在歌声里,张显兵带着一群身穿坎肩,低头弯腰的小学生,正在捡垃圾。他们三人一组、两人一对,一手握着垃圾夹,一手提着垃圾袋,走走停停、停停走走,沿河捡拾饮料瓶、塑料袋、碎纸片和烟头,还把收集的垃圾统一运送去垃圾点。

二〇二四年九月十日上午,在酉溪河河滩上,沅陵县二酉苗族乡和沅陵县电视台牵头,联合县河小青行动中心、二酉乡棋坪村等单位开展的"争当河小青保护母亲河"志愿服务活动举行了启动仪式。类似这样的活动,他们定期或不定期都在举办。

张显兵直起腰来,用拳头捶捶后腰,细腻的额头,在阳光照射下,挂着几颗晶莹的汗珠。

他将近五十岁了,是沅陵县棋坪九校的一名教师,二〇一六年十一月至今担任沅水河段县级民间河长,另外还有"沅陵县生态环保志愿者协会会长兼党支部书记""沅陵县民间河长办公室主任""沅陵县河小青行动中心主任"这些头衔。

微风拂过他佝偻的背,吹散他头顶的几缕头发。

就是他,担任民间河长,总是主动经常性巡河,每周至少要有一次。他打开手里的"巡河宝",就能看到河面有无漂浮物、河岸两侧有无垃圾,就能看到河道沿岸有无污水直排的人、有无倾倒废土废渣废弃物的事,就能看到河里有无垃圾淤积、水的颜色是否变得浑浊,就能看到有无电鱼、炸鱼的,甚至能查看河长公示牌是否完好。目之所及,记录在案,或立即报告有关部门,或招呼"河小青"前来打扫。

张显兵是个有心人。在接受采访时,他额头红润,眼角的皱纹里挤进几分紧张,眼睛里还有几分拘束。"我是土生土长的沅陵人,以前看到河滩上到处都是垃圾,垃圾被带进江中,把江水都污染了。通过这些活动,让全社会都来保护生态环境,让家乡的山更绿,水更清,人更美。我觉得这很有意义,我会坚持做下去!"他说。

大小河流，碧波荡漾，

干干净净入洞庭……

播水者

李泽辉有个梦，叫"水产致富梦"。

他出生的二酉苗族乡，离河边不远。小的时候，他没少去河里捕鱼，有时到河边垂钓。中学毕业后，他于一九九一年参军，一九九四年复员，在栗坡小学当老师。

二〇〇九年，国家鼓励五强溪库区发展网箱养殖，每平方米补助三十元。他和一个股东商定，建个六七千平方米的网箱。他们说干就干，利用国家补助的几十万元，又自己投资一些钱，把网箱布置到水里，当年收入五六十万元。

他手里拿的是票子，脸上"开的是花朵"。

二〇一二年，他正式辞去教师职业，创办了辉佳渔业水产养殖专业合作社，不仅从事水产养殖，还经营水上餐饮，日子蒸蒸日上。

然而，一连三次天灾，给他带来巨大损失。

二〇一三年，一场淡水鱼病发，几十万元付诸东流；二〇一五年，一场大洪水袭来，数十吨活鱼被冲之一空。

在挫折面前，李泽辉拉直了眉头，只说了一句话："从头再来！"

二〇一八年七月，上级宣布网箱上岸，转型发展，保护生态，还一江清水，他却犹豫了。他几次来到网箱前，望着网箱里的鱼蹦出水面，黝黑的脸庞涂上了惆怅，眼神中杂糅着惋惜。他的眉头又紧紧地皱了起来。

县里、乡上的领导来找他，希望他带头实现网箱上岸、产业转型，示范引领全县水产养殖发展，持续带动群众增收脱贫致富。

就在这年七月，李泽辉舍弃了打拼了半辈子的网箱养殖和水上餐饮。不料，到了八月二十日，渔业苗种基地再次遭遇大洪水，被夷为平地。

"从头再来！从头再来！"李泽辉一鼓作气，在鸡公山下大洪溪畔建起流水养殖示范基地。转眼五年过去，汗水成金、春华秋实，示范基地初具规模，合作社小有名气。二〇一五年,辉佳渔业水产养殖专业合作社被评为省级示范社;二〇二〇年,被评为国家级水产健康养殖示范场。

从县城驱车二十余里,我们来到大洪溪沟谷,远远看见他们合作社的牌子,看见泛黄的一块块稻田,看见流水养殖的鱼池。李泽辉听到汽车喇叭声,已经迎出门来,带我们到池边。

他介绍说:"合作社主要从事工厂化流水养殖和稻田综合种养。总投资980万元,总面积241亩,其中水产苗种培育区45亩,稻田综合种养示范区180亩,工厂化流水养殖示范区16亩。"

他说:"目前,合作社形成了以叉尾鮰和四大家鱼为代表的养殖鱼类苗种培育、养殖、食品加工以及和电商高度融合的全产业链,打造可复制、可持续的绿色生态环保产业经济发展模式。"

他说:"我们主要采用'合作社+农户+基地+市场'的产销链模式进行经营。近两年年销售收入达650万元,带动当地农户均增收近千元。"

我是第一次见到这种模式:养殖尾水经过处理后,通过封闭式管道引入稻田,进行综合种养,不仅解决了稻田灌溉问题,还为稻田综合种养的水产品和秧苗提供一定的饵料和肥料,同时让工厂化流水养殖基本达到尾水零排放,实现"绿色循环发展"的水产养殖,这叫工厂化流水养殖+稻田综合种养模式。

他见我连连称赞,更是滔滔不绝:"大鲵鳜和光唇鱼是我们远景规划的养殖品种;目前,'稻鳖共生'课题正式启动;和湖南农业大学协议建立了水产养殖专家工作站……"

我更感兴趣的是,李泽辉把他的产品都注册了商标。大米叫"酉情米",取"有情米"之意,广告词是"山溪水、稻'蟹'米",倡导"原始生态模式",落实"农户精准耕作";鱼是"辉佳山泉鱼",顾名思义,是在山泉水中养的鱼,包括鲫鱼、鲢鱼、多春鱼……

"我们今后的方向,就是为客户提供高质量的水产品。"他说。

泰山底色

◎ 夏海涛

海蓝

石头太过永久,而生命却过于短暂。为留下短暂的生命痕迹,人们便在石头上刻下印迹,试图抓住永恒,乐长生之久远。

山,沉默而永恒,岁月在其上镌刻不朽。言说山,不得不说五岳;说起五岳,便要谈其首泰山,不得不望摩崖石刻而顿首。

最令人称奇的摩崖石刻便是秦泰山刻石了。秦泰山刻石是泰山石刻中年代最早的作品,上面记录了秦始皇嬴政和秦二世胡亥父子二人封禅泰山的功德,而且都出自秦丞相、小篆发明人李斯一人之手,可谓古今之超绝,传世之遗宝。历史的诡异之处就在于,期盼传承万代的秦朝,仅存二世而亡,这块耸立的石头也被时间的锉刀抹去痕迹,残碑上仅存九个半字,如果不是太史公司马迁在《史记》里有详细记载,人们恐怕早已辨别不出这九个小篆字迹所刻勒的意思了。

泰山的碑碣和摩崖石刻超过两千五百处,其中许多传播甚广,赫赫有名:五元人民币上的"五岳独尊"石刻,被称为"大字鼻祖""榜书之宗"的经石峪《金刚经》石刻,令人心弦震颤,意犹未尽,回味无穷。泰山石刻所刻的是中国的历史,令今人穿越到了两千多年前,瞻仰皇帝登山封禅的盛况,看到文人墨客登山吟诗时的惬意。石刻折射出泰山在不同历史时期承载着丰富的文化内涵。可以说,泰山石刻不仅是一部生动的书法艺术发展史,更是一部厚重的数千年中国史。

我个人偏爱的却是一块较为小众的摩崖刻石。它位于泰山极顶的仙人桥附近,一块巨大石坪上面赫然刻着"望海"两个大字。这块刻石高一百九十五厘米,宽一百三十厘米,每个字高八十厘米,宽七十厘米,是明朝嘉靖年间山东提学副使袁洪愈所书。这位当年的"副省级"领导,《明史》上曾有记载:其所居不增一椽，出入徒步，是一位清官，在济南和泰安等地都留有他的遗墨。

由于海拔较高，泰山上天气变化无常，经常会有大片的云团翻滚而来，如同大海中巨浪扑面。周围群山被白云浓雾吞没，或留有几座山头露出云端，犹如广阔无垠的海洋，微风吹去，云海浮波。"泰山云海"是泰山的四大景观之一。这块摩崖石刻面临万丈深渊，站在此石之上，滔天云海浸没双脚。在这广袤无垠的云海之中，千峰竞秀，万壑藏幽，仿佛是大自然最深处的秘密被揭开。站在山巅俯瞰云海，仿佛置身于仙境，云海时而如波涛汹涌的大海，时而如轻纱薄雾，随风飘荡。脚下的大地变得如此渺小，而远处的山峦则如同一幅巨大的画卷，绵延不绝。此时此刻，你会感受到一种超越尘世的宁静与安详，仿佛整个世界都变得如此和谐而美好。在这片云海之中，你可以感受到大自然的神秘与壮丽，这就是泰山云海，一幅永恒的画卷、一个永恒的梦境，但那种触目惊心的感受令人战栗。

我常常想，石刻"望海"的含义不止于此，应该还另有深义吧？

相传站在泰山山顶极目远望，可以看到东海日出。古代所说的东海，就是现在的渤海，也就是"黄河入海流"的位置所在。这块"望海"石眺望的其实就是东海。有好事者曾经测算过，站在约一千五百三十三米高的山顶，难以看到二百公里之外的渤海。为求证测算是否合理，有人亲自到山顶验证，其结果是确实无法看到渤海。然古人不是用肉眼看而是用慧眼眺望大海，石头上的"望海"两个大字，其实说的并非泰山与大海的物理空间距离。

当匠人把两个充满生命的文字，用砧铁镌刻在石头之上时，这块文字石仿佛成为一句谶语，道出了泰山与海的隐秘关系。

二〇二三年十月二十一日早晨，家住泰山脚下且数十次登上泰山的我，终于第一次真正看到了泰山日出。当一轮暗红的旭日从铅灰色的海中（抑或云海中）跳跃而出的瞬间，极度兴奋的我突然动了一个念头：如果站在"望海"石上看日出，会是一种什么样的感觉呢？我似乎预感到将有不寻常的事情发生。

当我真的站在"望海"石上，面向苍穹举起双手，闭目昂首的瞬间，仿佛接通了远古的时间。我突然看到了二十五亿年前，一场被后人命名为"泰山运动"的地壳巨变。此时，我脚下的大山从大海深处缓缓升起，仿佛新生的婴儿从海水里诞生，露出稚嫩的头颅。这是太古时代的一个地质奇迹。山越升越高，冲出了海水的包围,成为突兀的高地。恍惚之间,大山再次沦陷,缓缓沉入海底,水面一片平静,仿佛没有一丝波澜。此后,大山一次次凸起,一次次沉没,在亿万年的时间中,上演着沧海与桑田的无情变迁。

站在这块巨大的石坪之上,迎着燃烧的旭日秋阳,我沿着时间的维度回头望去,不料真的望见了大海,望见了泰山的前世与今生。我诧异极了,在我有限的生命经验中,泰山一直是一座被高度文明化的文化之山,然而,就在此时此刻,我突然悟到了大海与泰山竟然有着这样的不解之缘。

众人皆醉我独醒。这块"望海"摩崖石刻不但说出了泰山与东海的地理关系,更是沿着时间的维度慢慢回到地球的原点,揭开了泰山初始的自然的样子,道出了山与海的关系:从海中升起的大山始终摆脱不了幽幽的海蓝。

杜甫青

每一座山都有自己的标签,这源自人类对于大山的原始崇拜,源自人们对未知世界的恐惧,以及祈求护佑的渴求。把泰山用"杜甫青"来形容再恰当不过,它犹如那浓墨重彩的画卷,铺展在天地之间。遥望群峰,层峦叠嶂,苍翠欲滴,犹如翡翠般的绿海,浩渺无垠。山间云雾缭绕,阳光透过云层,洒在山石草木之上,映照出万道金光。微风拂过,草木摇曳,仿佛在诉说着千年的故事。从古至今,凡登泰山者,每一步都充满艰辛,但每一步也都有收获。站在山顶,俯瞰山下,一切都在脚下,心胸豁然开朗。这青翠的山峦,不仅是大自然的馈赠,更是心灵的寄托。泰山的青,永远翠绿长存,带给人们无尽的希望与力量。此情此景,唯有杜诗青青,道尽人间真情。

大禹将天下分为豫州、青州、徐州、扬州、荆州、梁州、雍州、冀州、兖州这九州;为稳定局势,他在每个州指定一座大山为"镇州之山",于是中国有了最早的九座名山,也就是史书上记载的:东南方是扬州,镇州的山为会稽山;正南方是荆州,镇州的山为衡山;黄河以南叫豫州,镇州的山是华山;正东方叫青州,镇州的山是沂山;黄河以东叫兖州,镇州的山是泰山;正西方叫雍州,镇州的山是岳山;东北方叫幽州,镇州的山是医巫闾山;黄河以北叫冀州,镇州的山是霍山;北方叫并州,镇州的山是恒山。

后来,其中的五座山演变为东岳泰山、西岳华山、南岳衡山、北岳恒山、中岳嵩山,合称"五岳"。另外四座仍为镇山,据说在唐代,陕西省的吴山加入镇山之列,就有了"五镇"之名。其中东岳泰山作为兖州的镇山,从古至今未曾改变。

传说中,创世神,开辟天地的老祖宗盘古氏,倒下的时候头颅变成了泰山。泰山是古华夏东部最高的山峰,虽然海拔高度只有 1532.7 米,但是它地处华北平原上,相对高度超过一千米,拔地通天的感觉让它成为天然的带头大哥,"五岳独尊"名不虚传。司马迁在《史记》中记载,在秦始皇正式封禅泰山之前,有七十二位贤君来泰山封禅,从虚无缥缈的传说到有据可查的历史,这座山从未缺席过任何一个瞬间。

公元七三六年,一位年仅二十四岁的青年兴冲冲地从东都洛阳赶来。此时他刚参加了正月举行的进士科试,虽然铩羽而归,但是对于一个早慧、志向远大、十四五岁便名扬文坛的诗人来说,他胸中自有丘壑万千,对未来信心满满。他要到兖州看望做司马的父亲,他要放飞自我,到孔圣人的齐鲁大地游学。

人生总有摆脱不掉的命运,来兖州省亲的杜甫,为兖州的镇山泰山写下诗篇。仿佛这一切都是上苍的安排,杜甫成了那个天选之人。

自古英雄出少年。就像天才王勃为滕王阁写下千古名篇《滕王阁序》那样,青年杜甫仅用四十个字,就为泰山留下了千古绝唱《望岳》:"岱宗夫如何?齐鲁青未了。造化钟神秀,阴阳割昏晓。荡胸生曾云,决眦入归鸟。会当凌绝顶,一览众山小。"这首气势恢宏、饱含哲理的诗篇,将自然与人生哲理、情感融为一体,让读者感受到诗人内心的激情和向往。

什么才能代表泰山?如果用一种颜色来描述泰山的话,那么杜甫的这句诗简单明了:"齐鲁青未了。"这绵绵不绝的青翠之色,就是一个最贴切的标签,成为描述泰山的不二选择。

当年"孔子登东山而小鲁,登泰山而小天下",青年杜甫在诗中化用了这种高远雄阔的意境,写下"会当凌绝顶,一览众山小"向老夫子致敬。

有人统计过,古往今来,描写泰山的诗歌汗牛充栋,多达五万首,而《望岳》这首独占鳌头。

其实,青翠作为泰山的标配,原创者并不是杜甫,只不过他的诗歌太有名了，以至于掩盖了真相，让人误以为他是发明者。早在两千多年前，中国的先贤哲人就发明了"五行"学说，用金、木、水、火、土五个字总结了五行与方位、天干、颜色、神兽的关系。

泰山是华夏的东方最高山峰，青色是东方的标准色，主生发与成长。这是神秘的东方文化赋予泰山的色彩。"青"字的金文写法就是草与井的结合。那个"草"就是植物。

当二十四岁的杜甫写下"岱宗夫如何？齐鲁青未了"时，泰山便有了这抹穿越时空的"杜甫青"。

生命的颜色

自然界的死亡是不可避免的，但死亡也是一切新生的开始。一岁一枯荣的草本植物是这样，貌似坚硬无比的木本植物亦如此。

传说中，猫有九条命，所以它是不死的象征。泰山的树也是有好几条命的，所以也是不死的代名词。其中最著名的就是岱庙里的汉柏了。岱庙汉柏不仅仅是岱庙八景之一，还拥有两千一百多年的生物学年龄，更拥有联合国教科文组织颁发的"世界自然遗产"的"身份证"。岱庙汉柏是泰山文化的一个重要组成部分，其从一棵自然属性的树，活成了文化之树，并因此推开了永恒的门扉。

公元前一一〇年四月，汉武帝第一次举行了泰山封禅。汉武帝泰山封禅，目的是巩固其统治地位，但汉武帝相信通过封禅可以与仙人一会，以求长生不老。追求生命的永恒，是人类长期以来的梦想，健康长寿的美好愿望也是促进人类医学发展的动力。至于汉武帝泰山封禅说了什么、做了什么，已经无人知晓。汉武帝十次东巡，六次封禅，亲自种下了一千株柏树。是否亲植一千株柏树我们自然不必在意，但他敬天的同时还不忘记植树，开启了泰山植树的先例，称得上是泰山环保第一人。到了一九八七年，泰山被联合国教科文组织批准列为世界文化自然双遗产，据传汉武帝亲植的几棵汉柏也被列入世界遗产保护名录的二十四株古树名木之中。这些身份特殊的柏树，在漫长的岁月中，屡次成为传奇的主角。

西汉末年，山东东部和江苏北部发生大灾荒，琅琊人樊崇等揭竿而起。樊崇为了使己军区别于敌人，举办了神秘的仪式，用朱砂和狗血融合后染红自己的眉毛。他们确信红色能够避邪，能够带来幸运，因此被称为"赤眉军"。赤眉军曾驻扎于泰山天胜寨。为了修建工事，他们到岱庙对汉武帝刘彻所植的柏树动起斧来。汉柏高大笔直十分威武，士兵手起刀落。说来也怪，没砍下几斧，这棵活了一百多年的古树竟汩汩流出"血"来。虽然赤眉军用朱砂和狗血染红了眉毛，但是看到柏树居然流出鲜血一样的液体，还是大为恐慌，丢下砍树铁器落荒而逃。当年赤眉军斧砍的痕迹却保留了下来，至今红色斑迹犹存，成为旷世奇观。

历史往往就这样在一个诡异的瞬间改变了走向，岱庙里的这一棵树乃至这一群柏树，因此躲过了砍伐和战火活了下来。郦道元在《水经注》中记载过此事，说泰山有下、中、上三庙，墙阙严整，下庙中柏树夹两阶，是汉武帝所植，赤眉军曾经砍伐，见血而止，斧痕犹存。后来这棵树便有了一个特别的名字"赤眉斧痕"。想不到多年之后，这棵树差点又挨斧头所砍，引发了另一段传奇。

在赤眉斧痕旁边是一棵双干并立、盘根相系、貌似连理的叫"汉柏连理"的柏树。站在时间河流中的汉柏连理，似乎忘记了时间的存在，自己站成了一道风景。唐、宋、元、明、清，树比朝代还要久远。

清代乾隆皇帝喜诗善画，他登临泰山，面对一千多年前的古汉柏，心中感慨良多，即兴泼墨一幅汉柏图，淋漓尽致地展现了自己的多才多艺和风雅情致，后命人刻石于岱庙汉柏的旁边，成就了一树一石刻的奇观。几年后，他又写了一首诗："汉柏曾经手自图，郁葱映照翠阴扶。殿旁亭里相望近，名实主宾谁是乎？"诗被刻在石碑背面。

一九二八年，时任国民政府军事委员会委员的孙良诚率部驻守泰安期间，岱庙成为军部。有个士兵听说了"赤眉斧痕"的故事，便想一试真假，夜间拿了一把斧子去砍树。不料被庙中道士撞见，道士报告孙良诚后士兵受到了惩罚。为泄私愤，被打的士兵偷偷将被褥蘸上汽油塞进了"汉柏连理"的树洞并点燃，导致西干枯死，东干幸存。令人想不到的是，西干死而不倒，东西树干依然如胶似漆地立在那里，东干仅以残存的树皮输送养分而新枝扶疏泛出新绿，表达生命意向，显示出不可遏止的生机和热情。老干大音希声，用沉默的方式倾诉生命的存在价值和意义。

斧砍、火烧、虫啃、雷劈，岱庙里这些柏树历经种种磨难，依然充满了活力与激情。它们用两千一百多年的存在阐释了生命的力量，展现了活着千年不死、死了千年不倒、倒下千年不朽的铮铮风骨。这些带有编号的树，其实已经超越了植物的属性，与雄伟的泰山一起成为历史时空中活着的文化符号。

其实，当我喋喋不休地讲述历史的时候，这些汉柏继续缔造它们的传奇。

泰山的植物专家们将这些古老的柏树种子小心翼翼地搜集起来，组建了古树名木种质资源库，实施了名木育苗工程，让汉武帝当年种植的汉柏有了成千上万的"子孙后代"。不知道千年的四季轮回，这些老树的种子是否会发生基因突变，但是那种强悍的生命力，一定是种子里最优异的遗传密码，像泰山石刻一样刻进了基因中……

被太阳抛光，被月光蹭亮，风霜雨雪轮番在枝干上摩挲，千年的柏树变成了暗铜色，时间的包浆留在上面；沿着树干向上望去，沧桑冷峻的青色，依旧站立在枝头。

两种树代表着两个向度：古老的柏树穿越两千一百多年的时光，依然能够葳蕤茂盛，彰显出生存的强大；寻常不过的楸树，打开时光魔盒，把古老变异，变成全世界独一无二的泰山楸树。

生命总是在创造奇迹，或者说活着的生命本身就是奇迹。给我们带来惊奇的还有这座古老的泰山。"稳如泰山""安如泰山"，当这样的词汇萦绕在泰山头顶时，人们似乎都相信了这样的谬传。

泰山是古老的吗？没错，它有着地球上最古老的二十五亿年的泰山杂岩，然而它又是年轻的、躁动的、激情的、成长的，它现在仍然在继续长高。现在泰山极顶立着一块石碑，镌刻着"泰山极顶 1545 米"的字样。然而在二〇〇七年，国家测绘局公布的数据显示，泰山的海拔高度为 1532.7 点七米。

泰山，既古老又年轻。

生命不息，泰山常绿。

用一棵古榕叙述柳江

◎ 张生全

叙述柳江,最好用一棵古榕。

最初来这里的柳姓与姜姓人,是榕树种子吐出的两片淡绿叶瓣。因了丘与坝的交接、山与水的相连,柳姓与姜姓,修出一条窄窄的柳姜场集散货物。"柳姜场",这是柳江的乳名。

柳姜场建成,然后就有了路。这路,如同榕树干伸出的水嫩枝条,招招摇摇中,八方的客商来了,远近的同族姓的人来了,小小柳姜场,渐渐地有模有样,又像模像样了。

长成少女的榕树,是榕树最美的年华。枝条都劲俊,叶儿都修碧,簇簇拥拥,交错拍击,有丝竹之声。于是有白鹭来荡秋千,有黄鹂来安窠巢,一行白鹭上青天,隔叶黄鹂空好音。

此刻的柳姜场,似乎有点嫌弃她的名字太土,因此改名"柳江"了。修竹后的花窗、水湄边的吊脚楼、蒹葭影里的铁索桥、绿荫下的小扁舟、青石路上的鸡公车、冬水田一角的老水车、花溪河畔的乱白石、玉屏山坳里的青瓦房——数百棵榕树掩映着的柳江,成了一折屏风、一阕宋词、一幅水墨。

风姿绰约的柳江,于是又改名"明月"了。玉树临风,明月照窗,柳江用"明月"之名展示她的自信和傲娇。

二十世纪七八十年代的某一天,我第一次去柳江赶场。街上人满为患,店馆喧声盈耳,小小的我被挤出一身热汗,头脑昏沉,以至于对街上的记忆成了断片。唯一留在童年印记中的,就是场口那棵八百年的古榕。古榕下摆放着十数张小方桌,桌上四五杯清茶、二三两瓜子。一圈圈竹椅,高高矮矮;一堆堆乡人,瘦瘦胖胖;一声声吆喝,起起落落。我和母亲坐在古榕青筋鼓突的老根上,喝着一分钱一碗的糖水,享受着不要钱的阴凉,吹着从裤管里透上来的凉风,看着白鹭在古榕上花朵一样开放——场口这棵安静的古榕,叙述着那个时代柳江的人气。

但这场热闹,却随着时代变迁散了场。柳江作为一个乡场,它对散场并不陌生。农历逢双的早晨,晨露初上,肩挑背驮的乡人们,从四面八方聚拢来;傍晚时分,夕阳西下,乡人们又换了一种背驮肩挑的方式,悠然自得地离开。这样的场景,好比白鹭在傍晚聚在古榕上,白天又飞往田野江渚,各寻食饮。

但柳江这次散场,却没了再聚拢的时候。原先农历逢双赶场的古老纸约,被向往城市美好生活的年轻人掏出来擦擦鞋上的尘土,随手扔掉。

柳江老街上,一时间人去楼空。留在街上的,只有凹陷的青石、上阶的苔痕、斑驳脱落的石灰墙、布满蛛网与灰尘的花窗、青瓦上向空街独自愁的榕树苗。

"重现柳江辉煌!"这句话成了柳江人的梦想。柳江人平了青石、铲了苔斑、抹了灰墙、扫了蛛网、拔了杂草。青瓦上的榕树苗也给搬下来,让它的双脚踩在泥土上。这时的柳江,再次改名"柳江古镇"。

柳江人气回来了,老街有人走动了。但这人气也只是不温不火,来往的脚步如一片流萤。留在老街上的,仅是一个懒腰、一声叫卖、一片夕阳。

经历多年尝试,柳江人终于明白,叙述柳江,得用一棵古榕。

当一棵古榕濒临死亡时,要救活它,固然需要培土、固根、清干、剃须、修枝、裁叶、分花,但更要激发其自身生命活力,要让古榕明白,她不是西风残照、风雪胡沙,她依然是养在深闺的少女,依然是一折屏风、一阕宋词、一幅水墨,依然玉树临风。

"柳姜场"和"明月镇",曾是柳江的"源头活水"。今天柳江的"源头活水"是什么?在城市化进程中,她是不是能记住的乡愁?在工业化进程中,她是不是能安心的后花园?在信息化进程中,她是不是能上热搜的网红打卡地?在现代化进程中,她是不是能留给子孙后代的绿水青山?

柳江这棵古榕,是一条绵延不息的文化江河,是一个生机勃发的生命个体,是一片有着完善内循环的自然生态。如何叙述柳江,今天依然没有标准答案,但毫无疑问,叙述柳江,需要用一棵古榕。

山中卢卢

◎ 贾志红

　　他叫卢俊。我在看见这两个字的一刹那,喊了声"卢梭",边喊还边想,这名字可真好记、真顺口啊,碰巧与那位法国十八世纪启蒙思想家的中文译名一样。可是再细看,人家明明是叫"卢俊"嘛,姓卢名俊,隐在万千个寻常姓名中的一个,如同隐在三百山万千棵树中的一株鹿角杜鹃。说起鹿角杜鹃,那可是三百山的一大特色,三百山的鹿角杜鹃真多,沟沟岭岭都有,不挑地方,或单株、或一片、或成林,多得没法数,寻常得像邻家的丫头或者小子,漫山奔跑、撒欢……咦,明明是在说卢俊嘛,怎么又扯起了鹿角杜鹃? 倒好像我认识这树很久了似的。其实,我不过是刚刚才知道它的名字。在入山的道路旁,鹿角杜鹃虽然密密匝匝的,却并没有引起我的注意,谁让它花期已过了呢。失去花朵的植物,不仅失去了最容易让人识别的标签,还像失去美好年华的人,无法吸引更多人的注目。看客们就是如此挑剔与无情,尽管它绿意汹涌——说汹涌,一点也不为过,真是杀气腾腾地扑面而来呢。在三百山,绿色实在是最寻常的颜色,想不看见绿色倒是一件非常困难的事情,俯视、平视满眼都是绿,就连仰视也往往只见树叶不见天空,除非你挣脱树的缠绕,逃跑似的到达一个制高点或者沿着山脊栈道奔向另一个山头。据说三百山林海的三百多座山头的森林覆盖率达到了百分之九十八,虽说我并不完全理解百分之九十八的森林覆盖率究竟是个什么样的密度,不过,我记住了这个数据,它成为一个概念或者说参照,日后,在某个山岭,我打眼一看,或许就能脱口说出那个山岭的森林覆盖率是在百分之九十八以上还是以下,准确率或许八九不离十吧。

　　在三百山,我的眼睛有被绿色绑架的感觉,带着这种被动的感觉,当然就不会主动多看几眼鹿角杜鹃,若不是卢俊追着我,举着他的手机,非要让我看一看鹿角杜鹃花朵图片的话，我还真是连这绿意汹涌的树的名字都不知道呢。这么说好像也不全对，在看见鹿角杜鹃的第一眼，我其实并没有完全忽略它，我判断它大概是杜鹃科的植物，可是又不确定，那叶子的形状以及革质的光泽的的确确就像惯常见过的杜鹃，只是属于不同的种类吧。虽说我生活在北方，虽说在北方野外我很少能见到野生的杜鹃，可是谁家花盆里还没养过一两棵杜鹃盆景呢？尽管不合格的园丁或许根本就无法让自家花盆里的杜鹃在第一批花朵凋谢之后再开出后续的花朵，但是让叶子油绿茁壮还是不难做到的，我其实就是那笨拙园丁中的一个，屡次抱回一盆花团锦簇的杜鹃，却总是见不到自己亲手培育的花朵，它再也不肯开出第二茬花，那初始的花朵简直就像诱惑我买回它的阴谋啊。而那阴谋年年策划竟又年年得逞，也难怪，杜鹃的名气实在是有些大，尤其它的另一个名字"映山红"随着一首歌被唱得家喻户晓的时候，杜鹃其实已经被赋予了新的情感，它被叫作"英雄花"。我像许多蹩脚的园丁一样，或者说许多蹩脚的园丁像我一样，我们无法抗拒杜鹃花的美丽以及名气，乐此不疲地一次次从花卉市场买回，那些堆挤在枝头的鲜艳花朵，窃窃偷笑着买花的人。买花人无奈地一笑，心想，即便是一次性开放，也算是为北方点燃过激情的火焰吧。

三百山的鹿角杜鹃不是花盆中的灌木，它没有被铁丝捆绑、扭曲成盆景的模样，它是山岭间的乔木，是高高大大的、自由生长的树。三百山为所有的树提供自由生长的土壤，大地肥厚着呢，树的根系想扎多深就扎多深；天空更是宽广无边，枝干爱伸多长就伸多长吧，万树平等，不论寻常如鹿角杜鹃还是珍稀如钟萼木。哦，提起了钟萼木，那就顺便说说它吧。仿佛是个陌生的名字呢，不过它的另一个名字大概被更多的人知晓吧——伯乐树。伯乐树也是高高大大的树，比鹿角杜鹃更高大，而它钟形的花萼仿佛还嫌不够高似的，执意要开在枝顶，那树便顶着一串串花朵，像位父亲把美丽的女儿高高擎起。三百山有钟萼木，钟萼木是濒危植物。"濒危"两个字让人联想到大熊猫，那人人喜欢的、憨态可掬的家伙一直让喜欢它的人们提心吊胆，好像稍有得罪它就随时会从这个星球上消失。其实，在最新的统计数据中，大熊猫已经不是濒危动物，而是易危动物，可钟萼木却是濒危植物，只是没有更多的人了解它罢了。

我想让卢俊带我去看看钟萼木。小伙子四下里望望，指着一处斜坡说，那里,那里就有两棵。我们便沿着山道往钟萼木的方向走。可是卢俊的心思还停留在鹿角杜鹃上,天知道这小伙子为何这么钟情于鹿角杜鹃。他举着他的手机小跑着撵上我,说:"你看看,你倒是看看啊,看看鹿角杜鹃的花蕊啊。"然后,他一张张地划拉图片,又点开一张粉白色花朵的图,用两根手指把图片拨大,让我看花蕊中的两根果须。果然像一头鹿的两只角,是小鹿的角,就那么粉嫩嫩地挺着,嫩得渗出汁液。获得我的认可后,卢俊笑了一声,透着大男孩的腼腆,又似乎意犹未尽,他挥手指指一片林子,说,三百山不光有鹿角杜鹃,还有云锦杜鹃、锦绣杜鹃,春天的时候,满山都是杜鹃花,像云霞一样。他说完又小跑跑向另一棵树,在树下的牌子前等着我。这小伙子一路都在小跑,他在一棵挂着牌子的树前讲完这棵树的故事,再小跑到另一棵树的牌子前继续讲,如一只在树林间蹦蹦跶跶的小松鼠。

卢俊是江西安远三百山国家森林公园的导游。我和卢俊搭上话是在被称为"东江第一瀑"的福整塘瀑布处。那天的牛毛细雨淅淅沥沥,雾气弥漫,"东江第一瀑"也没能冲破雾的缠绕,它陷入一片迷蒙,只闻声音,不见容颜。我们倚着栏杆,听瀑布倾泻而下的声音,稍微有些遗憾。卢俊比我显得更为遗憾,他叹口气拿出手机,把他在晴朗天气中拍的瀑布照片打开给我看。落差一百多米的瀑布在一张图片上被缩小成一条白线,瀑布旁崖壁上红色的"东江源"几个大字十分醒目,这令我想起关于东江源头的纷争。这些年类似的纷争似乎并不鲜见,江河源头、名人故里什么的都能拿出来争一争、论一论,不仅仅是地理与文化的纷争,也是商业的竞争。人类的这些争争吵吵,东江是不知道的,它只管安静地流淌、奔腾,从发源地赣南一路往南,去更南的南方,五百六十多公里的路,它翻山越岭,接纳支流,从一条小江走成大江,成为珠江水系的四大干流之一,在广东境内投入狮子洋的怀抱,归于大海,完成了一条河流的使命。

若是时间回到一九六三年之前,东江可实在是一条过于沉默的河流,但一九六三年让它不再沉默。一九六三年香港遭遇严重干旱,政府租用游轮到珠江口取淡水,对市民限量供水,据说每四天供水一次,每次供水四个小时,市民生活陷入困境,许多人携家带口逃离家园。香港水荒引起国家的极大关注,"天将降大任于东江也",一项水利工程的实施,使东江顿时家喻户晓,使香港保持了稳定与繁荣，那便是"东深供水工程"。一九六三年十二月决策、一九六四年二月动工、一九六五年三月供水，自此，东江的水经深圳水库源源不断输往香港。香港同胞喝的是东江的水啊，饮水必思源啊，那么东江的源头究竟在哪里终于成了一个不仅限于地理范畴的问题。

同属江西赣州的寻乌县桠髻钵山与安远县三百山为此争论颇久，两个县都在水源地附近设立了旅游景点，也都极为重视水源保护，投入资金，大力宣传。

人纷纷扰扰、絮絮叨叨，山、水或许也发生过如童话般的唇枪舌剑吧，比如，桠髻钵山拍着胸脯坚称从它怀抱里汩汩涌出的寻乌水是东江源头——寻乌水这个名字可真好听，令人联想到南方女子黑漆漆的长发在山岭间飘拂；而三百山则唱着山歌回应：三百山的瀑布像一挂挂水帘啊，一挂挂水帘汇成千百条溪流，千百条溪流穿过九曲十八滩啊，九曲十八滩就是那东江之源的九曲河。

这柔软而诗意的纷争沿着东江水一直流，奔出桠髻钵山、奔出三百山，流出江西，流入广东，流到狮子洋，流向香港。

后来呢？后来某权威机构发布权威认定，说是东江在江西赣州境内有两个源头，东源是寻乌县桠髻钵山的寻乌水，西源为安远县三百山的九曲河。

真是皆大欢喜啊，寻乌水、九曲河，美丽的河流果然有美丽的归宿，童话也果然都有圆满的结局。有什么好争的呢？两县相邻、两山相依、两水相融，人与人还在喋喋不休的时候，山与河，它们早就在同一片蓝天下，你中有我、我中有你了。

呜咽的河

◎ 傅　敏

一

儿时，以为山就是高的代名词，认知里没有比山更让人仰止的了。随着长辈们下一次山就像下十八层地狱，尤其下到半山腰两腿不由自主地打战时，下山的感觉无异于赴死，死皮赖脸硬要爬到某位长辈的背上，借力下行。当大家都已经精疲力竭，困渴得嗓子发麻时，谷底的一条河惊亮了他们的目光，哗哗的流水瞬间激发了他们疲沓的身心。大家奔至河边，以手作器物，将水掬捧于唇边竭力吸吮。下一次山什么事情都没有记住，那一河的清流却永远融入血脉，不竭地流淌。

老家的峡谷南北有百里长。儿时它不叫峡谷，在大人们的口里也就是一条山沟，一条大沟。峡谷是后期开发旅游时新起的名字，洋气，适合传播。实际从地理结构去规范，称为峡谷恰如其分。

我还是对山沟沟、圪梁梁有着很深的眷恋。尤其那一段童年时光，仿佛还在那沟里梁上、院内石板屋中流动闪烁，灵魂的触觉稍一抖动就能按开那一段时光的开关。于是就看到满世界都是王维的"明月松间照，清泉石上流"、邵雍的"一去二三里，烟村四五家"、杜牧的"远上寒山石径斜，白云生处有人家"、柳宗元的"千山鸟飞绝，万径人踪灭"，诗和诗人仿佛就住在这段时光里。然而，我却懵懂地行走其中，虽然昼夜生活在诗境里，却不懂诗，不懂诗境。等略懂些诗文时，那个沟里梁上、院内石板屋已经成为我的一种遥望事物。

二

我还是眷恋沟底下流淌的那条河。那流水的声响平日里轻细些婉约些，雨季时粗重些甚或咆哮些。白日里禽鸟鸣闹，鸡狗追逐，水声往往被扰乱；更深夜静时，水声渐渐传来，哗哗作响一夜。走出那段时光，走出那条大沟后的很多日子，那流水声像是黏在脑际，每每夜深人静百事不思时，它就悄悄从脑际流出，哗哗作响，成为思乡的一个链接、一个枢纽。

我还是对护河有深刻的记忆。每至雨季，大人们或披着雨衣或撑着伞、戴着竹帽立于河岸，担忧地察看着水情，察看着山岭间股股白练般的暴瀑自上而下汇入大河。雨有多大河有多大，肆意冲撞，眼看着田岸、庄稼、果树随水而去。心痛，无奈，声声叹息。雨季过后，修岸补豁成为一段时间里最重要的农事。对于妇女、娃娃们，修岸补豁这类重体力活儿一般都是靠边站，不添乱就是在做贡献。

但还是有人破例，触碰了村人护河的底线。队长家小舅子媳妇，夜里提着一篮子尿布去河里冲洗，被人逮住告诉了队长。队长把小舅子媳妇拉拽到大队部（村委会）麦克风前面，让她通过喇叭给全村人承认错误。末了，扣罚她两天的工分。还是有胃口浅的村人，那几天不敢吃从河里挑来的水，他一吃水就想起娃娃拉的屎星星，禁不住哇哇吐一阵子。你说承认承认错误，丢丢人、处罚你两个工分，不亏吧！

我们也被惩罚过。和队长家的黑旦儿下河捞鱼、捉虾，鱼没抓住却被队长抓住。队长抓住黑蛋儿的小细胳膊，脱下一只鞋朝黑蛋儿的屁股上狠狠地抽打，把黑蛋儿打得连连叫喊："不敢了！不敢了。"嗓子都喊哑了，屁股不知道开花没。娘到底还是娘，她只在我屁股上狠狠地拧了两下，提醒我："那是咱山里人吃饭过活的水缸，你光着身子赤着脚丫子下水，这跟在水缸里洗澡没两样，作孽呀！"三天后，被母亲拧过的地方依然隐隐作痛。那之后，我再也不敢下那条河里摸鱼抓虾了。

北方不同于南方。在这高山之巅、沟谷之间，能拥有一条清流供山里人饮用，已是老天最大的眷顾。也因此，河岸上那座庙里管水的神像面前常常香烟缭绕、祭品成堆。

管水布雨的神仙，有时也有摆布不过来的时候。他一个季节不让这一方顺风顺水，这一方沟谷里的水流水势即会减弱，甚或断流；沟里人的嘴唇就会干裂，脸面亦会憔悴皱巴。蓄水，无疑成了沟里人日常生活的一件大事。在山里人家的屋内院子里,水缸、水桶、瓦罐、锅碗瓢盆这些蓄水容水的器件,成为家庭中的主要摆设。当各种蓄水的器件次第空乏时,水在山里人心中就幻化成了一团火,烧烤着他们的生存底线,于是就有人提出修水仓建库塘。毕竟在石头缝里生存,左右都石坚如铁。凭一两把锤头钻尖,举一人之力一家之力甚或一村之力实难成真。

二十世纪五十年代中期,当地政府体恤山里百姓水之困苦,号召、发动、支持,在河道下游测量选址,较大规模地组织施工,横跨河床修筑成一道笔直的堤坝,将清流拦阻在峡谷之间,从此打消了山里人缺水的顾虑。再后来,政府又凿渠引水,把湖里的水引向山外,让山里山外的人同时受益。大家亦把此一汪水称为"大水缸",听起来俗气些,却形象,富有浪漫色彩。

三

因为是家乡的山水风景,关注度自然要高些。手机屏幕每滑动到家乡的信息图文,就停顿停留,放大细看。忍不住踏归大山。将进山门,遭遇堵车,磨磨蹭蹭半小时过去了才走了两公里。有对向磨蹭过来的司机善意地劝导:别往里面开了,车多人多,白浪费时间。我也友好又有些无奈地回人家话:家在里面呢,再拥堵也得回呀。忽然,些许欣慰缭绕心胸——这么多车,这么多人,不正显现出家乡旅游业的兴盛嘛!旅游业的兴盛,意味着我的乡亲们日子有了指望,增加了幸福感。

车子终于磨蹭到了横跨河身的桥上,走走停停的间隙有机会可以细细欣赏久违的河道。放眼望去,目光被河两岸鳞次栉比的酒家、民宿、大大小小的门店阻挡。伸向河身的栈道、杆柱,将河身拥挤成一条宽窄不均的水路。河床里,人工垒砌的小型堤坝,浅浅地,将原本舒畅的河流阻断,河水漫上来又跌下去,从直观上形成了一波波小型瀑布,增加了观赏的层次感。周际水岸边,专门布设了霓虹彩灯,入夜,灯光四射,流光溢彩,应该很惹眼。

因为是假期,举家前来者占大半。他们三五人搭一只游玩专用筏,在水上欢快戏水。有喜爱游泳者,在水中乱刨胡游。宽敞的河床被花花绿绿的色彩、熙熙攘攘的喧嚣充塞布满,分辨真实的河身水声着实有些困难。

夜晚,父亲备一桌酒菜招待我们一家。酒至半酣,开始数念左邻右舍:西坡谁谁家开民宿年收入几十万,东沟谁谁家靠买卖土特产有了家底。他酒劲上来了却又叹气:"这搞旅游是挣了点小钱,日子比过去宽裕了,只可惜那一缸水,它干净不起来了,唉!自己给自己往嘴里灌脏水呀,舍了西瓜得芝麻,不划算,不划算呀!"二哥在水库那边管护理水库,见我不解父亲的伤感,便悄然走近,在我耳旁跟我说:"水库上游这几年民俗餐饮遍地开花,谁家都自顾往河里排污水;再就是河道上搞这样那样花里胡哨的娱乐项目,一层一层的垃圾把河水都弄脏了。"二哥有意放低说话音量,"可能那一缸水已经达不到饮水标准了。"

　　都三更天了,我翻来覆去合不上眼。隐约听到河水流动的声音,呜呜咽咽……

蚯蚓的故事

◎ 戴荣里

肉食鸡和笨鸡,因为生存环境和所吃的食物不同,两种鸡的肉质就不同。

有一种山地鸡,整天在漫山遍野里奔跑,这种鸡,被称作"飞鸡",肉又香又筋道,许多人爱吃。山地鸡平常喜欢在山草里找虫子吃,所下鸡蛋味道纯正,营养丰富。

在云南,有一种鸡蛋是鸡们吃柠檬食料后下的,谓之柠檬鸡蛋,我喜欢吃。虽说鸡蛋并没有柠檬味,但吃起来口感特好。营养学家说,天下的鸡蛋,无论那鸡是吃什么饲料长大的,营养都差不多,这话我不敢相信。天下的鸡蛋,起码从口感上就有天壤之别。微山湖和海边上的鸡们下的蛋,如果腌制后,蛋黄油红,不同于其他鸡蛋。只是前几年电视台爆出湖边鸡鸭用苏丹红喂养事件,我才杜绝了吃湖边鸡蛋、鸭蛋的习惯。

听说有蚯蚓鸡蛋,我打听着,让农业科学家帮助问询,后来果真找到了。

蚯蚓鸡蛋是鸡吃蚯蚓而生产出的蛋。蚯蚓入中药,能祛风湿,含有多种矿物质。这种鸡蛋的味道不同于柠檬蛋,有些类似吃海鱼、海虾的鸡们所下的蛋,食之,口感特好。只是吃鸡蛋时,不要去想象四处攀爬的蚯蚓。蚯蚓懒散光滑的形状,毕竟没有绿色柠檬那么唯美。

荀子在我的老家兰陵做过县令,《荀子》有言"蚓无爪牙之利,上食埃土,下饮黄泉",说的是蚯蚓的毅力功夫,是《劝学》篇里的譬喻名句。这种没有钢筋铁骨的动物,的确有值得儒生学习的一面。蚯蚓是土壤的朋友,蚯蚓的种类很多,我们平常见到用来钓鱼的蚯蚓,充其量不过 10 厘米。有居住在土壤深处的蚯蚓,则会长达几米。可不要小瞧了这些蚯蚓,它们在土壤里往返行动,长长的穴道,构成了它们自由穿行的空间。蚯蚓身上的黏液可以封闭穴道的孔壁,土壤中的益生菌就会依附在上面。土壤的穴道，有利于土壤喘气，也能让土壤中的水分抵达土壤的最深处。蚯蚓的粪便是增强地力的好东西。蚯蚓是分解动物粪便和秸秆腐殖质的能手，是非常聪明的"地下工作者"。正是因为它们，土壤才会如此松软，地力才会一年又一年得到更好的增强。衡量一个地区土壤生态的标准，土壤学家会看看土壤里有多少蚯蚓。如果每平方米有六七十条以上的蚯蚓，就说明这块土壤有了较好的生态。

在铁岭，有一个喜欢钓鱼的小伙子，从钓鱼用具商店里发现了蚯蚓的商机。起初，他靠从墙角和秸秆堆下挖些蚯蚓出售，后来他琢磨出，完全可以把蚯蚓做成一个产业。蚯蚓不只用来钓鱼，它也是农民种地的好帮手。蚯蚓粪便可以成为有机肥料中的精品，蚯蚓晒成蚯蚓干，还可以出售给全国各地药厂。这个善于琢磨的小伙子，真就发起了"蚯蚓财"。貌不惊人的蚯蚓，成了这位农村小伙儿取之不尽、用之不竭的"银行"。短短几年，小伙子就成了当地发家致富的榜样。小伙子爱琢磨，还发明了类似脱粒机一样的蚯蚓分离机，根据土壤和蚯蚓比重不同的实际，蚯蚓分离机可以快速把蚯蚓从土壤中分离出来。我看到这个小伙子发来的分离机视频，深深为东北大地上青年农民的智慧所感染。我所食用的蚯蚓鸡蛋，也是这家蚯蚓生产厂家所生产的。想一想，鸡们能在蚯蚓山海里穿梭觅食，如一位资深的食客，大快朵颐之后快快乐乐地下蛋，这样的鸡蛋，一定是幸福无比的产物。吃这种蚯蚓鸡蛋，鸡们的自由、快乐也会传递给食用者。蚯蚓鸡蛋，人间美物也。

我曾看过一本写蚯蚓的书，作者洋洋大观地描述着蚯蚓的前世今生，对各类蚯蚓的生活习性逐一阐述，就像足球播报员介绍每一个足球运运动员的特点一样。万千蚯蚓穿行在土壤之中，生活在大地上的人们，很少体会到它们的作用。但这种被荀子所描述过的地下动物，不只是土壤的好朋友，也是美化人类美好生活的必需品。众多药物里有它，听说梨树县在打造"蚯蚓玉米"，这种在松软的黑土地上生产出的玉米，口感自然是上乘的。蚯蚓成了人类的朋友。

我曾不止一次地在土地里寻找蚯蚓，那些曾被我认作是令人恐惧之物的爬行动物，现在看上去是那么亲切。卑微蠕动的蚯蚓，每天在土壤下面辛勤地劳动，它们给这个世界带来了和谐与美好。大地在它们的攒动下富饶起来，人类在它们的帮助下健康生活。蚯蚓无钢筋铁骨，却给这个世界无可言说的美好。蚯蚓给这个世界留下了一个个美妙的故事。蚯蚓分解粪便和秸秆，形成自己的粪便滋润着土壤。有研究者还考察出，蚯蚓的穴道提供了土壤益生菌的家园；蚯蚓粪和蚯蚓分解粪便的能力，也是土壤固碳的工程。荀子似乎只认识到蚯蚓的逍遥，却不知道蚯蚓为这个世界带来了多少美好。

科学家们知道，贴近土地的人们知道，善于思考人在这个世界上从哪里来、到哪里去的哲学家们更知道，蚯蚓所作的贡献，正是这个世界所需要的。蚯蚓日复一日地劳动，改变着土壤里的微小生态。众多没有高大形象的蚯蚓们，点点滴滴改变着土壤的形态，分解着这个世界的恶臭。它们所经历的或许就是从这泥土中的重生。我计划回到兰陵老家，辟出一块田园，养殖一批蚯蚓，让蚯蚓们改善土壤。也许还会圈养几只鸡，让鸡们食用鲜活的蚯蚓。蚯蚓的自由和鸡们的自由，会因为各自拥有美好的食物而欢喜。在荀子赞美过蚯蚓的地方养蚯蚓，蚯蚓的品质一定不会很差。

蚯蚓，真是这个世界上默默无闻的美好动物啊！

河情何意

◎ 陈玉泉

有科学家经过研究,断定人类的前身是海猿或者是有鳃海生物,某一时刻从海里面爬上大陆,然后成为两栖爬行动物,再然后成为能奔跑、能爬树,偶尔直立行走的猿类。一场天火,把森林烧毁,把猿类逼到地上,又然后,退去毛发,两腿走路,学会养殖、种植、捕猎,既继承了好,也学会了坏……但人类还是喜欢水,离不开水和盐,喜欢吃鱼,逐水草而居。

我的家乡处于一条大河和一条小河之间,大河在西,稍远,即滔滔奔涌的拒马河;小河在东,五里路即到,是佛意盈盈的云居寺河,也叫杖引河。两条河丰润了我的童年和青少年,给予了我无尽的遐想与灵光。参加工作后,我又走进了大石河,这条名副其实的房山母亲河,给了我刚毅和坦荡。

中年后,我又被命运推到了刺猬河边。迁至良乡时,我多少有些不心甘情愿,因为心里只有房山县城。迁至太平庄后,对刺猬河没有提起兴趣,感觉它就是一条普通的河沟,对于拥抱过拒马河、大石河的我来说,刺猬河只是小小虾。况且我就留下水色深褐,气味刺鼻,死寂一片的印象,避之唯恐不及。

二〇一八年十二月,终于办理了退休手续,卸甲归田,有了每天早晨或晚间散步快意的时间。太平庄小区紧挨京周路,向南向东即是喧嚣的公路和渐入城区;向西即是 G4 高速公路,无甚风景;只有向北草木辽阔,甚至还有一条河的存在。

虽然对刺猬河心有余悸,但有总比没有强。初春尚寒,漫步走过华冠超市、点点超市,路对过是太平庄小学;贴通尚苑路北行,又见良乡四中的大门。看到学校,心中自然生出一股暖意,感触到太平庄不同于一般村庄的亮色。

目之所及,见到一座玲珑的小白桥;桥头左右,稀稀落落地分布着卖白菜、水果、小商品的游商。桥面上络绎地行走着提菜拎肉的男女,猜测应该是北潞园或西潞园的居民。桥下面,就是尚有流冰的刺猬河了,略显瘦弱,水浅见底,水中不见活物。惊目的是两岸高大的柳垂和青杨,傲然而立,沉默寡言,像是在睡梦里。深吸一口空气,没有什么异味,于是身心放松下来,有了与自然相依的感觉。

左岸左行,在安庄村村旁,竟然有成排的大青杨和一棵高大的柳树王。大青杨笔直挺拔、高洁至尊,如少年傲气冲天,如少女冰清玉洁,长腿凌空。柳树王俯瞰万物,有王者风范,如亭去盖,如父如母,遮云蔽日。

惊奇发生在五月中旬,小白桥上游的苇草已经长成高高的绿障,柔顺的柳丝如长发垂至水面,河岸繁花装点,好似波斯地毯。猛然间,我发现水面上有移动的黑褐色斑点,遂贴近岸边,竟然看到两只灰褐色的小鸭子在水草间游动,把水面划出一道柔美的水纹。小鸭子们一会儿游得轻捷如箭,一会儿游得相顾缠绵;一会儿撅尾潜入水中,一会儿吱吱相亲私语。我感到了异常的激动,谁看到这精灵般的小鸭子会不激动啊?这可曾是一条污水河,死寂得让生命远离。可眼前,消逝多年的野鸭子竟然不远千里飞来安家,是完全认可了刺猬河的水土条件,怎么不让人兴奋不已。

第二天一大早,我快步走向小白桥,扫描河面,看看是否有人趁夜黑风高把小鸭子逮走了。少顷,苇草摇动之处,两只小鸭子游了出来,精神得很,看来它们睡得不错,没人打扰,是我有小人之心了。

五十余年来,人类的过度活动和侵扰,挤压了野生物种的生存地域,它们被迫退避三舍,逃逸、迁徙、灭亡。我出生在丘陵地区,当时野生物种很丰富,树木、药材、野果、鸟类自不必说,光野生动物就有十几种,如土豹子、狐狸、野獾、黄鼬、刺猬、兔子、蛇、野鸡、石鸡等。几十年的光景,它们大部分都消失了,它们去了哪里?再也没回头。

刺猬河刚被阳光唤醒,水面就热闹起来。小鹇鹏三五成群,忽而在水面上自由滑动,姿态轻盈自如;忽而潜进水中觅食,不见了踪影;忽而张开双翅,在水面上翩翩起舞。它们仿佛是自然界的画家、诗人、演员,撩动着一河碧绿的春水,为春天赋予了更多的诗意和浪漫。

到了夏天时节,我盼着下雨,可又担心洪水把小鸭子冲走:它们这么小的身体,怎能抵抗汹涌的洪水呢?故此,每次雨后,我都会忙不迭去河边查看小鸭子的安危。多半是,河水暴涨了,苇草被冲歪了,而小鸭子们仍然欢快地在水草间游动。令人惊喜的是,两只小鸭子的身后,又多出了五只更小的小小鸭。它们有了家庭,有了自然繁衍,这是我没料到的。刺猬河,竟然成了小小鸭们的出生地,多么神奇。

那次在刺猬河岸边遇到《房山报》总编朱德水先生,便当面咨询小鸭子的名字,因为朱总编经常发布精美图片,其中有许多鸟类的图片。朱总编看了我拍的照片,说是叫小䴙䴘,分布较广,对水质要求很高。

资料称,小䴙䴘每年五月初至五月中旬迁到京津冀繁殖地,于十至十一月往南迁徙。少数个体留在当地不冻水域越冬。南方地区种群多为留鸟。

小䴙䴘多单独或成对活动,有时也集成三到五只或十余只的小群。它们善游泳和潜水,在陆地上亦能行走,但行动迟缓而笨拙;飞行力弱,在水面起飞时需要在水面涉水助跑一段距离才能飞起,在陆地上则根本不能起飞,飞行距离短而且飞得不高。它飞行时头颈向前伸直,脚拖于尾后,两翅鼓动较快。性情活跃,活动时频频潜水取食。休息时常一动不动地漂浮于水面之上;遇到危险则游入水草丛中或潜入水下隐藏,不时又在附近露出水面。有时它又沉入水中,仅留嘴和眼在水面之上,其状似鳖,故有"王八鸭子"之称。

这种鸟通常白天活动觅食,捕食方式一般为潜水追捕。食物主要为各种小型鱼类,也吃虾、蜻蜓幼虫、蝌蚪、甲壳类、软体动物和蛙等小型水生无脊椎动物和脊椎动物。偶尔也吃水草等少量水生植物。

小䴙䴘是一种潜鸟,体长 25 到 29 厘米,翼展 40 到 45 厘米,体重 100 到 200 克,寿命十三年。枕部具黑褐色羽冠;成鸟上颈部具黑褐色杂棕色的皱领;上体黑褐,下体白色。

这种鸟善于游泳和潜水,常潜水取食,以水生昆虫及其幼虫、鱼、虾等为食。通常单独或成分散小群活动。繁殖时在水上相互追逐并发出叫声,有占据一定地盘的习性。繁殖期在沼泽、池塘、湖泊中丛生的芦苇、灯心草、香蒲等地营巢,每窝产卵 4~7 枚,卵形钝圆,污白色,雌鸟雄鸟轮流孵卵。为留鸟及部分候鸟。

时令进入初冬,河水偶尔生出薄冰,感觉小䴙䴘们在水中颤抖,它们不时跳动、游动、潜水捕鱼。它们什么时候飞走？会飞向何方？这么小小的躯体，不长的翅膀，能够飞翔几百里上千里吗？途中有鱼吃吗？我开始忧虑起来，愚人忧鸟，这就是爱的结果，可人真能做到不爱吗？无欲无求实难做到。

有一天，小鸊鷉一家真的飞走了，不见了。尽管河水还没有真正地冻住，尽管河岸柳丝的绿色还未褪尽。我徘徊在河岸，走了又走，直至接近中午再也没有看到小鸊鷉们的身影，黯然回转。

接下来，是我最不愿看到的场面来了，机器开进来，在河道中轰鸣冲撞，把茂密高耸的苇草连根挖起。河岸的植被像被刮胡子一样刮得精光。实际上除草、灭草从草还是青绿的时节就开始了，不知何故，更不知何由。把河道修成水渠，给河道做所谓的清洁卫生，这是生物需要的吗？除掉苇草、河草，也就去除了鸟类和水生生物的家园，它们何以安家？

我记起了在图书馆工作时，我们组织红领巾读书活动，其中一项活动是"科学知识进校园"，我们通过西城区少儿图书馆请来了中国科学院植物研究所的科学家，他们讲的主题是生物多样性。学生们很喜欢，老师们很感兴趣，我也被深深吸引。生物多样性，这才是人类应该明白的，人类霸占着地球，欲望发挥到极致，剥夺其他生物的生存权，多么自私、多么无耻！当地球多数生物绝迹之时，也是人类灭绝之日。

二〇二三年七月三十日一大早，强台风"杜苏芮"的前锋就到了房山区境内，黑云压城，水汽蒸腾。大风鸣锣开道，大雨紧随其后，到了三十一日早间，雨势突然凶猛起来，地动山摇，水天如幕，惊心动魄。拒马河、大石河相继传来洪水暴发的消息，刺猬河也传来即将漫溢的图片，北潞园已经陷落。八月一日一早，我忐忑着去了河堤，平日温顺的刺猬河已变成汹涌的黄河，几十年树龄的巨柳躺倒一片。我的心立即揪起来，小鸊鷉们去了哪里？是被洪水冲走了，还是飞走躲了起来？

洪水退去了，河道已面目全非，苇草河岸绿植被冲得零落不堪。好的是污泥浊水也被冲走了，清洁一新。

年龄愈大，感觉时间过得愈快。龙年的春天亦然，转瞬即到五一节，虽然落了几场雨，但刺猬河的河水还是萎缩了许多，流动缓慢。这样的情形，小鸊鷉们会飞回来吗？

出乎意料，到了五月下旬，小鹧鸪如期而归，它们的记忆和情感让人惊叹。归来的是两只，在水中悠闲地散步，像主人一样自信自如。

不过几天后，再看河里，却没有了小鹧鸪们的身影。连续几天，左右查看，仍未见它们的影子。是被好事者捞走了？应该不会，现在居民的动物保护意识和文明程度大为加强。

进入七月，三日时下了一场雨，可以称为中雨，也是好雨，皲裂无神的土地立即鲜亮起来，蔫头耷脑的植物机灵起来；五日下午，云从东北漫上来，风头凉爽，粗大的雨点击响屋顶、树叶，雨时大时小，间歇断续，直到把人们送进梦乡……

次日清晨，被雨水洗净的人间异常清新。刺猬河一扫颓靡，明眸皓齿，好似少女梳妆打扮了一番。行走察看，恍惚发现了小鹧鸪的影子；邻近细看，苇草摇动，真的是小鹧鸪回来了！

谁给它们报的？难道它们有心灵感应？不得不服，万物自有神道，人类只是自作聪明，包括所谓高科技，运用不好只不过加快自我毁灭的速度而已。

人有三性：动物性、人性和神性。他们一时明白，一时糊涂，总之是动物性，即自私、贪婪、欲望、占有欲等，挥之不去，且会愈演愈烈，现世现报。

生态平衡，人类三性的平衡；生物多样性，人类做起来道远遥遥。

木梓排的早晨

◎ 许 彤

那夜,在蛾眉月妩媚光影的笼罩下,我入住上堡梯田景区高处的木梓排民宿。我住过建在乡村、古城、盆地、海滨、湖畔、山林、文创园中的各式民宿,但住在因植物而得名、高高的梯田群中的民宿,真是第一回。

次日清晨,叫醒我这个"起床困难户"的不是闹钟,而是不知名的鸟鸣。鸟儿的晨曲一唱响,木梓排的画卷便在晨曦中徐徐展开。

拉开窗帘,落地窗俨然一部摄像机,无论我的目光往左、中、右何方移动和张望,所见皆是绝美秋色。

向左望去,漫山遍野的竹林幻化成一道道独特的风景,无边的竹海随着晨风微微荡漾,绿得深不见底。我来自浙江的竹乡,见惯了竹海,心底并未掀起多大的波澜。

往右远眺,是层层叠叠的茶园和油茶林,墨绿中蕴积着磅礴的力量,我仿佛闻到了茶香和油香,还依稀听到古老的土榨坊里铿锵而悠长的劳动号子。

正对着我的,是自然之神用金灿灿的稻谷绘就的接天连日的上堡梯田。其实,我在昨天傍晚的夕照中已被它所震撼,东道主在我们的啧啧称赞声里介绍说:"眼前附近的这些稻田尚未收割,是特意留给你们远方客人感受的。"

这不,天未亮,我的梦未醒之际,勤快的农人早已按捺不住丰收的喜悦,在稻田里忙活开了。田野焕发出无限生机,农人们割稻的割稻,捆扎的捆扎,那些打稻机也没闲着,奋力转动着,稻谷与秸秆四处飞蹿,谷粒应声脱落,颗粒归仓,转眼成为田垄间一包包殷实的稻谷,整个过程一气呵成。红衣村妇,蓝装汉子,弯腰,挥镰,起身,蹲下,忙碌的身影,起起伏伏,点缀在一片片金黄中,劳动之美的画面感拉得满满当当。

当我还深陷于夏季多巴胺配色引来的狂潮中,这深秋满目的美拉德色系以突袭的方式使我惊艳到无言。我知道,用不了多久,万亩梯田将完成收割,稻田被脱去了金黄色的外衣,但丰收之歌年年岁岁都会在山林云梯间唱响。

民宿里再也待不住了。我索性步出房间,漫步在露珠晶莹的稻田、山岚缥缈的云梯、云雾缭绕的山林。此时此刻,只愿化身蝴蝶、蜻蜓、小鸟甚至无人机,张开双翅,飞翔、穿越、观景、拍照。

由山麓起步,层层逐级而上的错落之美、色彩之美、形态之美、光影之美,造就了上堡梯田的绝佳视觉效果。这片注入千百年来人类田埂劳作的精华之地,如今成为网红打卡地。雄美的梯田,既得益于人工的精心雕琢,又来源于大自然的鬼斧神工,既可远观、近看,又可仰望、俯瞰,更可展开想象的翅膀鸟瞰、飞越。无论怎么想、怎么看,她的美都掩藏不住。

国内最美梯田奇观之一的上堡梯田,被上海大世界吉尼斯评为最大的客家梯田群,其开发史最早可追溯至二千二百多年前的先秦,兴于秦汉,成熟于宋元,完善于明清。千百年来,一代代山民依山建房、开山凿田,在一垄垄梯田间洒满汗水,更在一部部厚重史诗中写满智慧。

梯田依山势开建,连绵五万多亩,有客家建筑风格的村落零星地点缀其间。耕作期里,泉水自山顶向山下逐层灌溉,这样的自流灌溉体系闪耀着农耕文明的智慧之光;等到了收获期,五颜六色的庄稼又给梯田增添了充满着无穷魅力的艺术之光。梯田因山成形,因水而兴,垂直落差近千米,位置高的田块在海拔 1260 米处,最低处 280 米,落差近千米。有的梯田从低向高不断延续,竟达 62 层之多,简直就是一条条长梯架在山间峡谷,又像一张张巨琴嵌在雄浑大山,层层叠叠涌向天际,令人叹为观止。上堡梯田的美誉不少:全球重要农业文化遗产、传承农耕文明的活态遗产、农文康旅融合发展的示范案例,勤劳而智慧的人们在梯田上奏响乡村振兴的共富之曲。

仔细复盘,此番是我第三回到赣州,第二次到中国毛竹之乡、赣江支流章江的发源地、阳明先生五百零六年前以"崇仁尚义"命名的崇义县。"阳明圣地,养生天堂",是崇义的城市宣传品牌。我特意翻出八年前秋天到崇义后编写的采风手册,县情概述中提及上堡梯田。由于时间匆忙,加之梯田尚未申报世界遗产,我们采风团当时并未涉足这绝世的美景,与养在深闺的上堡梯田擦肩而过。

有缘总归会再度相遇。十月十八日下午三点四十一分,我偶尔经过上堡梯田世界灌溉工程遗产博物馆,这并非采访方案中的必须参观点,但我执意进入细看深究。多好啊,这座主题博物馆的时空轴线非常明确,汇集了截至二〇二二年国际灌溉排水委员会公布的八批、五大洲、十七个国家的140项世界灌溉工程遗产,其中中国最多,有30项。博物馆突出"世界、中国、上堡"3个关键词,喊响了"世界的上堡梯田"的口号。咱们衢州龙游的姜席堰也赫然名列其间,在他乡看到"姜席堰"这三个字,颇感亲切。与二〇一八年八月第五批入选名录的姜席堰相比,二〇二二年十月第九批入选的上堡梯田虽然晚了四年入选,但它更加震撼、雄伟、神奇、阔大。透过千秋中华文明史,我看到一部引水利民、治水兴国的壮美史诗,人们择水而居、逐水草而生,落脚,耕作,繁衍,传承,演绎了一曲曲春耕秋收、以水为师、人水和谐的生命乐章。

想象一下春天,弥漫在优雅曲线、金色画盘里的油菜花海,应是上堡梯田的主色调。水满田畴,如同一块块银镜,阳光流转,蓝天白云,流光溢彩。舞春牛、春耕祈福、犁田体验、趣味插秧等互动节目,丰富了农耕文化的内涵。夏季来临,佳禾吐翠,墨绿的禾苗迎风摇曳,稻田里洋溢着诗情画意。隆冬时节,瑞雪兆丰年,天地间银装素裹,圣洁的意境胜过玉宇琼楼。而我此时置身的秋天,正是上堡梯田一年中最绚丽的季节。金秋稻穗沉甸,秋风染黄了稻田,飘逸起伏的稻浪悠荡醉人。

亮丽的金,灼热的红,浓郁的绿,就像被打翻的色彩斑斓的绘画板,悉心装点着上堡梯田这巨大的天然盆景。春天的青禾,早已转化为金色的稻浪,如织锦、似诗行,铺陈于天际之间。披上黄金甲一般的梯田里,还夹杂着青翠的荞麦、璀璨的糜谷。竹林花海映衬着客家风格的农舍古宅,恰似飘落在大地上的锦带熠熠生辉。霜天染红了枫林,引得漫山流丹。向远处眺望,我惊喜地发现了一块八卦田,黄红两色稻谷组成的象征阴阳两极的太极图,引得四周无数的稻田也自然形成更加浩大的八卦田,无边无涯。

山中客家族,世代梯云寨。踱步走进附近的上堡乡竹溪村农家小院,家家户户的房前屋后都用长长的木架托起圆圆的竹匾,将黄的玉米粒、橙的南瓜片、金黄的柿子、红的辣椒、淡绿的冬瓜、褐色的干菜,都晾晒在秋日的阳光里。农人们晒的是丰收、喜悦和幸福,还有红红火火、闪闪发光的日子。

我从梯田走过,《垄上行》的旋律自然响起:"垄上一片秋色,枝头树叶金黄,风来声瑟瑟,仿佛为季节讴歌。我从乡间走过,总有不少收获,田里稻穗飘香,农夫忙收割,微笑在脸上闪烁……"漫步在木梓排的晨雾中,听着鸟鸣犬吠,看着袅袅炊烟,我忆起崇义县花投公司的一位师傅所言:"油茶树被我们赣南的客家人称为木梓树或山茶树,木梓树的果实被称为木梓,而木梓排这个地名是油茶树成排的意思。"

在农耕时代,开垦水田种植稻谷是南方地区山民活下去的唯一生存之道,但也并非所有的山都能开垦成水田。无奈之下,木梓排村的客家先民便在不能开垦成水田的山坡上种油茶树。随着时光的演进,此地的木梓树越种越多,不仅成片、成林、成排,而且部分人家每年摘下的山茶籽之多,需要半年才能把山茶籽榨完油,木梓排之谓,并非浪得虚名。

想起我昨夜入住的隐匿在静谧时光里的民宿,居然有这么富有诗意的名字、如此有渊源的故事,不由得重新打量它们一番。眼前这几栋民宿,都由原住民的土屋改建而成,外观保留了原来田泥夯土的建筑风格:木梁架柱,竹片做筋,青瓦盖顶,外立面刷上石灰,白墙黛瓦的格调与我熟悉的浙派、徽派建筑有几分相近。古老的墙体历经沧桑,刻画着岁月的痕迹。赣南客家民居有"厅屋组合式""围屋"两种类型。木梓排的土屋类型属于前者,富足的人家做成"上三下三房",两厅之间设天井用于排水和采光。民宿内部以客家人日常生活为特色,随处可见曾经习以为常、如今难得一见的各种物品,犹如未经修饰的天然农耕博物馆。

说起来,这种土屋是客家人民智慧的结晶,是客家民居的活化石、客家的物质文化遗产,至今已有近两千年的历史,世代相传,千年屹立。二十世纪八十年代以前,赣南地区的人,大多出生、成长于这种土屋。九十年代之后,大批山民外出务工,梯田逐渐被撂荒,这一生态奇观濒临消失。县里立即组建管理机构,成立了上堡梯田全域保护发展工作委员会,出台梯田保护、建房管理等方面举措,全力守护上堡梯田的生态系统。"高山顶上水淼淼,白鹇拖拖过山坳;石咕咕水上跳，千顷梯田尽妖娆。"古老的民谣，见证了这片土地的风土人情和岁月变迁。智慧的崇义人根据产业发展需要，不仅创建"梯田云"等电商平台，还开发出梯田耕种员、景区运营员、生态管护员、讲解员等十多种就业岗位，让村民成为梯田产业发展的直接参与者和受益者。于是，撂荒土地变认筹田块，传统民居变特色民宿，耕者变现代农人，梯田变"金田"，农房变民宿，山村变景区。六大喜人变化，使得农耕文明千年绵延不断，保持着旺盛的生命力。

　　这样的一个清晨，逛得满眼美景，引得万千思绪，却饥肠辘辘，恰巧民宿食堂飘来阵阵香味儿。甫一坐定，就发现桌上摆满了各种好吃的。昨夜，喝着上堡猎酒，品尝着腊味拼盘、小炒牛肉、辣椒炒肉、酸菜鸭庆、梅菜扣肉、扣梯田鸭、粉蒸排骨、手工肉丸、冬笋三丝、农家肉皮、肉末蛋皮、水碗鱼等客家喜宴的四盘八碗，意犹未尽；而眼前的九层皮、笋小粉和黄元米果，以及高山富硒梯田米煮的稀饭，又一次让我唇齿留香。我最喜欢的是九层皮，民宿主人黄宗莲介绍，它是赣南最典型的美食，曾经上过央视，有绿、黄、白、红四种颜色：第一层，头年的大米，加入韭菜磨出绿色的米浆；第二层，晾干的栀子果用水冲泡，调和出泥土般的颜色加入米浆中；第三层，大米的白色；第四层，喜庆的茄红。一层层地添加蒸熟，如此反复九次，最终做出九层颜色不同的米糕，是谓"九层皮"。这四种颜色寓意春夏秋冬，又寓意步步高升，软糯香甜，间或有一股淡淡的大米清香和植物混合的草木芳香。"春季秧苗青葱，秋季稻谷金黄，打出大米雪白，过上日子红火"，这生动的民谣透露着山民最朴实的心愿，九层皮也透露出与此心愿相呼应的色彩。

　　木梓排之晨，一眼万年。行走一路，冥想一程，美餐一顿，放空一切，杂念尽息，有的只是对青山、大地、云梯生发出的无限感慨。行至崇义，此心光明，可抵岁月漫长。蓦然回首，一群群的白鹭已飞过万重山。

植物光芒

◎ 李 汀

每一种植物都散发自己的气息，闪耀自己的光芒。

——题记

五指风

五指并拢不露缝，一生不受穷。这是我老家关于手指的一句俗话。五月乡间，指缝间露出的一丝风，是香薰的，是紫色的。

风要是长成一丛灌木，会是什么样呢？五指风，是一种灌木的名字，学名黄荆。

五月的乡村道路两旁，一蓬蓬黄荆盛开紫色小花，远看，似一层层紫云浮动。近了，那紫闪着光，在阳光下眨着眼睛。蜜蜂、蝴蝶在花丛中翻飞。它们迷恋着这蜜蜜酥酥的味道，风中那一丝草的甜味，那一股泥的酸味，那一缕闷香，都让它们兴奋。

养蜂人老杨抚着蜂箱笑着说："今年搞着了，这黄荆蜜能卖个好价钱。"

我说："又赚钱，又看风景，好事都让你占着了。"

老杨哈哈笑着，慢腾腾地说："万物神奇呢，这自然界的花也不是白开的，它是配合这山路开，迎合这一山的树开，搭配着溪水开。蜜蜂和花也是在合作呢。蜜蜂说的啥子，我们人是听不懂，花也许听得懂呢。不排除它们也说着情话呢。"

我被老杨逗笑了，笑问："你咋晓得呢？"

"这是秘密。也许我们人说情话的样子，就是从这些植物、动物身上学来的。"

"真的呀？"

"闻闻这些花香，味道不一样吧？为啥呢，它是依这些环境散发出来的。也许，同样的黄荆花在这个山头和在那个山头的味道都不一样呢。"

"哦，你这个叫阳光黄荆蜜，就是这个意思吧。"

"对呀，我把蜂巢放在向阳的坡上，采向阳的黄荆花粉，这蜜会有阳光特别的味道。"老杨一脸笑意地对我说："等十月到了，我送你一件好东西吧？"

我问："是阳光蜂蜜吗？"

老杨神秘地说："到时候你就知道了。"

我咕哝一句："还要卖个关子呀。"

老杨嘿嘿一笑，指着远处一坡黄荆花说："看嘛，阳光下的黄荆花多美。"我顺着老杨指的方向望去，只见阳光铺在斜坡上，植物花朵镀上了一层薄薄的光亮，像是裹上了一层黄金。成群结队的蜜蜂蝴蝶也镀上了一层黄金。这高贵的颜色俘获着世间的一切。

很快到了十月，我等着老杨给我惊喜。十月的天光很短暂，这天黄昏，老杨老远提着一麻袋东西向我走来。落日余晖照在他身上，照在他摇晃的麻袋上。他笑着，我笑着。走近了，他递过麻袋说："黄荆籽做的枕头，你应该喜欢。"

我接过麻袋，沉甸甸的。回家后拿出枕头，紫色花布做的枕头，我眼前一下子浮现出五月黄荆花开的景象，眼睛立马有些湿润起来。

拉开紫色花布拉链，里面还有一层白布，白布里面才是黄荆籽。绿豆大小的黑色颗粒，装了满满一枕头。这要多少黄荆籽呀！老杨还留了一张纸条，上面写着：黄荆籽做的枕头，瞌睡香。我笑着，在心里嘀咕：老杨这家伙，真是有心了。

那夜，我枕着黄荆籽枕头，淡淡的药香一直萦绕在我的呼吸和梦里。有了黄荆籽枕头，从此不再失眠，因为，我枕间吹拂着一缕五指风。

金丝桃

金丝桃七月开花。花瓣是单片黄，花蕊也是纯黄，束状纤细的雄蕊花丝灿若金丝，黄得纯粹、干净、明了。烈日炎炎，小黄花开得异常鲜艳。阳光金黄，小花金黄。天上一个金太阳，地上一朵小黄花。

太阳的黄是傲骄的，光芒里藏着许多尖叫和匕首，它的黄可以燃烧山山岭岭的峰峦,可以刺痛千千万万植物。金丝桃花的黄低调内敛,它的光芒里弥漫着泉水一样的清澈,它的黄里隐约着连绵起伏的歌曲,它的黄是一种凝视。

于是,爷爷在烈日下眼睛一阵阵刺痛,一屁股坐在金丝桃灌木丛边,寻求一丛花对他的安慰。金丝桃花的黄让爷爷安静许多,虽然眼睛还在刺痛,泪水还在往外涌出。爷爷摘了几片金丝桃的叶片,用口水沾湿,仰着头把叶片贴在两个眼皮上。爷爷眯着眼睛,长出了一口气,像是一下子找到接纳泪水的木桶。

我问:"好些了吗?"

爷爷点点头。我赶快把椭圆形金丝桃叶片摘下来,递给爷爷。爷爷笑笑说:"这叶片清凉着呢,你也试试。"我仰起头,爷爷把金丝桃叶片贴在我眼皮上,眼皮立马清凉起来。几分钟后,爷爷站起来,泪水不再往外涌了。金丝桃叶片更像是一剂止泪贴,稳稳地把爷爷的泪水止住了。

我惊讶地问:"爷爷,这叶片这么神奇呀?"

爷爷望着远处烈日下的树木,悠悠地说:"一物降一物吧,它把热烈全部交给了这黄花了呢。"

我摘下一朵小黄花,小黄花仿佛笑了一笑,我也咧嘴笑着说:"我喜欢小黄花。"

爷爷的眼病时好时坏,他直到去世也没有去医院治过。他说:"只要有金丝桃就好了。"我悄悄把山坡上那一丛金丝桃挖回家,栽在院子墙角。只要爷爷流泪,我就跑到墙角摘下金丝桃叶片,急急送到他的手上,看着他把叶片贴在眼皮上,看着那清凉的叶片一遍又一遍收敛住爷爷的泪水。

一次,爷爷养的一头老牛死了,他埋完老牛回家,静静坐在院坝石头上,默默流泪。泪水打湿了他的白汗衫。我摘来金丝桃叶片,递给爷爷。爷爷还是一片一片贴在眼皮上,可是,泪水还一个劲流。我急了,问:"咋不管用了呢?"爷爷紧紧抱住我,泪水一滴一滴滴进我的脖颈,凉凉的。我不知道金丝桃叶片这次为何止不住爷爷的泪水。

我明白有的泪水是病,有的泪水不是病的时候,爷爷已经去世了。回忆是美好的,我喜欢回忆爷爷坐在金丝桃花丛边,几朵小黄花照着他的脸庞,顺手就可以摘下一片片叶片。爷爷仰起的身子是我最心疼的一个弧度。

我能够做的,就是在爷爷坟前栽下一丛金丝桃,炎炎烈日下,还有这株植物的清凉陪伴他。

黄花蒿

每一种植物都有自己的气息。黄花蒿的气息热烈暖人。夏天阳光炙热，空气中涌散出阵阵热浪。黄花蒿的气息在阳光里弥漫蒸腾着，用手轻轻触到那绿里泛着淡黄的叶子，手上立马散发出浓烈的气味来。

野地杂草丛中，黄花蒿亭亭玉立，高出杂草许多。它与阳光较着劲，阳光越热烈，它越精神抖擞。一次，我在野外漫无目的地走，走进一大丛黄花蒿丛里。浩浩荡荡的原野里，我有一种孤身一人的卑怯，在无数植物面前，一下子渺小、胆怯起来，我的浮躁也一下子被植物包裹。可我还是不由自主地走进去，一人高的黄花蒿在身边柔柔分开。我站立着，与黄花蒿对视，默默地，仿佛草丛里有什么东西吸引着我——是气味。那种暖暖的摄人心魂的气味。这气味里，似乎有一点儿阳光的热烈，一点儿春水的甘甜，一点儿细雨的苦涩，一点儿石子的坚硬……又似有一枚顶针的光亮、一丝草纸的质地、一团火苗在燃烧、一缕热风的干净……这气味在阳光照耀下发酵，已经把我包围，已经稳稳当当把我拿下。是的，我被一株植物的气息拿下，服服帖帖。是的，我侧身躺在黄花蒿丛里，一遍又一遍用拇指和食指捏搓黄花蒿的叶子，气息更加浓烈了，让我有些微醺。

是的，我相信一个人不管是富贵还是贫穷，在这个纷扰的世间，都有一株属于自己的植物在卑微地庇护着他，在纯朴地守望着他。我们农村孩子有了一点小病小痛，往往不是求助医院，一是医院离乡村太远，一时半会儿赶不去；二是得花钱，花钱的事，村里人都不乐意。村里人得把每一分钱用在真正该花的地方。于是，孩童的小病小痛都求助乡村的植物。乡村遍地是植物，顺手可得，又不花钱。植物就是我们的医生。小弟从八岁开始，每年夏天无缘无故流鼻血一两场。热风一吹，就要流鼻血；树枝碰下鼻子，也要流。血从小弟鼻孔涌出来，像不断线的水流。小弟低着头，一会儿脚下就形成一摊血迹。每当这个时候，母亲急急跑到田野，采来黄花蒿的叶子，使劲揉搓出汁水，然后把揉搓成小团的黄花蒿塞住小弟两个鼻孔，母亲把小弟的头仰抱在她怀里，不一会儿，鼻血仿佛一下子回到了原来的隧道，止住不流了。阳光下，母亲轻拍小弟的额头，问："头疼吗？"

小弟从母亲怀里站起来，摇摇头，又跑跑跳跳起来。阳光下的热浪里，母亲仰抱小弟的样子一直定格在我内心深处，黄花蒿的气息也一直储存在我内心深处。母亲的仰抱仿佛用了一生的力气。母亲的气息是那么香甜，又是那么厚重。

每年春夏之交，母亲都要去田野采摘黄花蒿回来，把黄花蒿叶子捣碎成汁，再熬成汤药，让我们喝，说黄蒿汁可驱肚子里的虫。那个苦呀，巴着舌头苦，钻进心间苦，苦到头发颠，苦到眼窝里。我们不愿意喝，母亲黑着脸说良药苦口呢。见我们还不喝下去，母亲手里捏着一小撮白砂糖，又说，闭着眼睛喝，哪个先喝下去，哪个就有糖吃。于是，我们兄弟三个齐刷刷端起碗喝。喝完，母亲笑着给我们每人嘴里丢进几粒白砂糖。

我躺在阳光下的黄花蒿丛里，久久沉醉着，黄花蒿柔柔的，清清凉凉，千万片叶子飒飒扬扬。那苦中的一丁点儿甜，至今还留在唇间。

甜蜜的椴树

◎ 刘德远

　　清晨四时醒来，首要的事情就是喝蜂蜜水。这个习惯保持了多年，作为晨起走步的第一项准备工作。从保温瓶中倒出一玻璃杯水，取出一小汤匙椴树蜂蜜，在水中搅动融化，而后一饮而尽，清香催开清晨快乐的花朵。

　　蜂蜜品种很多，根据南北方蜜源植物不同，分为洋槐蜜、椴树蜜等 48 种。虽然蜜源植物各异，但无论哪种蜂蜜都对人类健康有益。

　　我独爱椴树蜜，这种蜂蜜呈浅琥珀色或乳白色，在气温低于 15 摄氏度条件下，内生乳白色凝脂状或白色结晶，有油脂样光泽，具有浓郁的椴树蜜特有的香味，被称为长白山雪蜜、白蜜。

　　椴树蜜比一般蜂蜜含有更多的葡萄糖、果糖、维生素、氨基酸、激素、酶及脂类，具有补血、润肺、止咳、治消渴、促进细胞再生、增进食欲和止痛等多种疗效，是蜂蜜中的顶级珍品，是国家定级的唯一特等蜂蜜。

　　椴树蜜结晶是特有正常现象，蜂蜜越纯结晶越多。如果您购买的椴树蜜无结晶现象，说明不小心买到了假货。椴树蜜与荔枝蜜并称南北名蜜，深受人们喜爱。

　　椴树是天然野生树种，分为糠椴和紫椴，当地人称糠椴为大叶椴，称紫椴为小叶椴。只要发现椴树，附近肯定有大片椴树林。

　　糠椴花朵黄色，紫椴花朵白色，芳香沁人，是东北最重要、最优质的野生蜜源植物。辛勤的蜜蜂采集椴树花粉，酿制椴树蜜。

　　每年春天，长白山区会迎来全国各地的蜂农，而椴树蜜是蜂农最甜蜜、最富庶的收获。蜂农从南方到北方，追随春天的脚步，像鸟儿迁徙一样，经过四至五次搬家，七月前来到长白山林区，在远离村庄的森林中搭起帐篷，开始甜蜜事业之旅。重要的是恰逢椴树花期,绝不肯错过流金淌银的椴树蜜。当然,本地蜂农比较幸运,在家门口养蜂采蜜,收入增加不少。

堂哥刘德辉居住在双龙村,农忙时伺候庄稼,其他时间养蜂,务农养蜂两不误。

清明节前,天气转暖,要给憋了一冬的蜜蜂"放风"。在双龙村南沟,选择大片椴树林附近,在溪水岸边,木板房就是简单的家,简单的灶台保证一日三餐,温暖的土炕躺上去休息解乏。太阳能灯点亮孤独和寂寞,还保障手机充电,确保与山外信息畅通。更多的时候,虫鸣鸟叫婉转小夜曲,森林的幽静倍增夜晚的寂寞。三点多钟,晨曦初露,刘德辉开始忙碌,40箱蜜蜂需要精心照料。修理蜂子、割坏耳朵,给蜜蜂治病,用白糖水喂养蜜蜂,忙活到十点多钟才能吃上早饭。

进入五月以后,山林绿色葱翠,花朵次第开放。这个时候,蜜蜂采集花粉酿制杂花蜜,有时还可以收获黑色刺五加蜜。如果天公作美,杂花蜜足够蜜蜂享用,可以为蜂农节省购买白糖的开支。如果雨天多,杂花蜜采集少,还要喂蜜蜂白糖水。

六月末七月初,紫椴和糠椴相继开花,接下来的二十多天时间,蜜蜂和蜂农异常忙碌和充实。十一点钟之前,蜜蜂频繁出击,花粉沾满全身,成为飞翔的花粉团,阳光下晶莹炫目,闪烁着幸福而甜蜜的光泽。

刘德辉昨夜给妻子打过电话,妻子早晨骑着摩托车上山,协助丈夫采集蜂蜜。夫妻二人暗自祈祷,在采蜜期不要出现异常天气,诸如大风、寒潮、冰雹、大雨等。椴树花粉敏感,出现异常天气就不流蜜,影响蜜源质量和采蜜斤数。

养蜂辛苦,还要靠天吃饭。如果天公作美,天气晴好,刘德辉和妻子的心情宛如椴树开花,眼睛仿佛采集花粉的蜜蜂,笑眯眯闪亮。当然,作为多年的蜂农,刘德辉有判断蜜源质量的诀窍。通常情况下,看椴树花舌,根据其颜色判断蜜源质量,花舌颜色浅,则蜜源质量好。也可以折枝花蕾,哑巴白色的枝条,根据甜度判断当年蜜源质量。但刘德辉心里明白,经验只能提供判断,收成还是靠天气。

我想体验搅蜜生活,驱车来到蜂场。戴上斗笠纱帽,扎紧袖口和裤脚,戴好橡胶手套,参与搅蜜。我对蜜蜂心存恐惧,生怕蜇到我。虽然知道蜜蜂不会轻易蜇人,可面对嗡嗡的蜂群,还是心中忐忑故作镇定。

刘德辉说,蜜蜂蜇人属于自杀行为,蜇了人,自己的生命也结束了。有风湿病的人,找上门让蜜蜂蜇,蜂毒可治疗风湿病。我也听说过这个疗法,身边的朋友也亲身尝试过,但我还是倍加小心,怕惹怒小精灵。

　　搅蜜的机器是立式搅蜜机,属于老古董,伯父养蜂的时候亲手制作,现在连手艺一起传给堂哥。

　　刘德辉取出两个蜂框,放进搅蜜机。堂嫂转动手柄,带动搅蜜机内扇转动,蜂蜜被甩到桶底,从出蜜口流淌进装蜜桶。其间,蜂框要正反放两次,才能完成搅蜜流程。

　　新式搅蜜机只需一次放入,正反方向转动,就可完成搅蜜。刘德辉想买新式搅蜜机,但买机器要五百多元,有点舍不得。我转动手柄体验新鲜,看到蜂蜜流出桶外,内心产生成就感。

　　上午接近十一点,当天的搅蜜工作结束。喝着山泉水勾兑的蜂蜜水,我和堂哥唠着养蜂的话题。

　　椴树开花的时候,双龙村的人们要吃上一顿黏耗子,祈盼五谷丰登。

　　提前一周,母亲把大黄米或小黄米放入小缸泡上三天,使颗粒充分饱胀。第四天捞出晒干,用邻居家的石磨磨成浆,再放入容器沉淀发酵,就此制作黏耗子的皮料准备就绪。

　　制作黏耗子馅料的原料是红小豆,经过泡发、磨浆、去水、焙干、加糖等工序,装入铁盆待用。

　　下面,最重要的环节是采集椴树叶。父亲随手拎起背筐,甩上后背,双手左右一伸,然后收拢,背筐贴在后背。背筐是父亲的宝贝,四季上山都要背着它,采摘山货随手放入背筐。

　　背筐用椴树皮编织,耐磨、结实、挺括。当时,家家户户都有椴树皮背筐,都有编织背筐的手艺。

　　父亲从烧柴中发现了新鲜的椴树树干,先是顺着树干划上一条长长的口子,刀口深见白皙的树干芯。再按照一定长度横向环切树干,同样深见白皙的树干芯。然后将扁头的钢钎从顺切的刀口探入,椴树皮被迫与树干芯分离,内皮与树干芯之间的黏液,我浪漫地形容为椴树的眼泪。父亲取下柔软的内皮,割成三厘米宽的条带,作为编织背筐的主要材料。

经过简单的阴干处理,父亲开始编织心中的艺术品。条带纵横打底,根据需要确定大小,用铁线折成长方形固定底部,接下来横向编织筐体,筐体大约一米高,再用铁线固定筐口,椴树皮条带在铁线处内折,背筐在期待中完成。在乡村,适合编织背筐和篮子的材料,常见的有苕条、柳条、榆树条和椴树皮,相比较椴树皮更结实、耐用。

在农民作家盖淑兰的家中,我见过一件破旧的椴树皮蓑衣,这是个老物件。盖淑兰指着残破的蓑衣,给我讲述椴树皮制作蓑衣的工艺。

人们从高大的椴树上剥下树皮,在水中浸泡半个月,捞出后用木棒子乱砸,把老皮抖落后洗净内皮晒干后备用。手工编织时,少量喷温水把内皮湿润后,先编织一条内皮小辫子,再从小辫子的若干空间穿过内皮,向下开始编织菱形花,够身长为止。再用寸宽的内皮编织半圆形的蓑衣外皮,将菱形花的内衬和蓑衣外皮缝合,用鸡油油好,高级的椴树皮蓑衣制作完成。

在旧社会,椴树皮蓑衣只有有钱人和当官的才能用得起,价格很高。

小时候,父亲、二弟和我,来到南沟老尹大地北头,这里的椴树密集,成片成林,容易采集椴树叶。

父亲教我们辨识糠椴和紫椴,形象地把它们分为大叶椴和小叶椴。小叶椴叶片椭圆形,叶面光滑,适合包黏耗子。

正值椴树花开,五个白色的花瓣顶着亮晶晶的花蕊,香气在空气中弥漫,做次深呼吸,五脏六腑在陶醉中通透。

父亲爬上树,采摘椴树叶,用皮套捆扎好,然后再扔给我们。二弟比我小一岁,生性胆大好动,也爬上椴树,边采树叶边扔给我,忙得我上蹿下跳。

不用多长时间,我们采集到了足够的树叶,回到家中稍加清洗,晾干水分留用。

材料准备齐全,奶奶和妈妈一露身手。先将适量的黏米面反复捏压成厚皮,装入馅料,捏成耗子形状,再放到椴树叶上,重新捏压,使树叶与黏耗子黏在一起。最后上锅蒸熟,就可食用美味。吃的时候,要取下椴树叶,咬上一口,软糯香甜,椴树叶清香盈口,使香甜增添清新,顿觉回味悠长。

至于为什么吃黏耗子，我想一方面是粗粮细作，为家人改善生活；另一方面，耗子是庄稼的天敌，吃黏耗子寓意祈盼五谷丰登，讨个吉利。

五月，寒葱岭盛开千亩荷青花，岭上岭下形成天然花海，在森林绿意葱茏面前抢戏。蜜蜂比人勤来早，在游人之前抢占先机，与花蕊深入交谈，博得欢心。从山岭俯视，花海绵延起伏，波峰浪谷花潮涌动；从山脚仰望，黄色锦缎挂毯从山峰下垂，奶黄色荷青花如繁星闪烁，美似天女散花，被风吹得层层叠叠。任何摄影家都无法完整拍摄如此诗意的画面，只好选取自己的角度，让灵感在花海曝光，留下摄人心魄的黄金图案。

上午九点，阳光透过新生的树冠挤进森林，明快的枝条、翠绿的树叶，青色的树干，色调清新自然。在溪水之上的便桥，我再次停下脚步，向前方森林深处眺望。我喜欢这条小溪，只知道它的源头在寒葱岭北麓，溪水顺山势至山脚下，弯弯曲曲总有十余里，攫取我的想象和情感。想给溪水取个名字，暗自称呼岭北溪，不知溪水是否愿意。目光越过岭北溪，我看见荷青花闪耀在林间，随着山势抬升，仿佛没有完全铺展开的画轴。奶黄色的花朵描绘主色调，占据整个画面的三分之一，其间点缀粗壮的树干，恰似大地竖起的耳朵，聆听春潮涌动，顺便听得万物窃窃私语。枝叶的繁茂透露生命的律动，宣告森林生生不息的意义。

椴树林的出现，使我想起五月的荷青花，一切美好的事物总是令人难忘，时刻提醒我们与大自然保持亲近，任何疏远都将失去该有的尊重。同时，放缓的脚步提供了足够的时间，让我可以深度观察这片椴树林。结果带来意外的收获，我发现三棵圆枣子树藤，悬挂在枝条上的圆枣子。经过反复确认，我得出一个结论，绿色的圆枣子美如金元宝或福袋。

第一棵圆枣子树，树藤攀附在横斜在山路上的一棵山桃树上。山桃树树高八米左右，根部受狂风摧残鞭笞，迎风的树根已经暴突，部分裸露在泥土之外，庞大的根系抓住土地，呈现出不离不弃的姿态。但整个树身发生倾斜，倒向对面的核桃楸。山桃树树冠的叶子枯黄，发出挽留生命的呓语。在离地面两米高的倾斜树干上，十几根年轻的枝条挺拔向上，绿色的叶片努力拓展生存空间，传递生命的倔强和旺盛的生命力。我为山桃树的倔强而赞叹，更为山桃树的新枝而欣喜。在这个过程中，我发现圆枣子树树藤攀附在山桃树上，树根离山桃树不足五十厘米。处在山桃树根部暴凸的环境，我将胳膊贴紧藤根，粗细上没有优势。藤长超过山桃树高，已经缠绕核桃楸的树冠，显示出极强的攀附能力。与山桃树相似，整个圆枣子树树藤已落叶，但根部生发新藤，缠绕山桃树新枝。两股新生力量相互比绿，面对秋风的萧瑟，谁也不愿意先败下阵来，但秋风已感知到绿叶的抑郁。

第二棵圆枣子树，树藤缠绕着枫桦树。从山桃树前行二十米，椴树丛林中枫桦树东张西望，仿佛向周围的椴树发出求救信号。椴树们交头接耳，似乎缺少同情和怜悯。我很快发现枫桦树的痛苦来自哪里：圆枣子树树藤狠命地缠绕它，恰似蟒蛇盘着枫桦树，难怪枫桦树流露出痛苦的表情。这棵枫桦树比较年轻，长得稍嫌瘦弱，个头大约六米高，缠绕的圆枣子树树藤枝系发达，在树冠里随处抓扯，枫桦树为此而苦恼。现在叶子落尽，树藤的心思谁都看得出来，估计在春夏之交，藤蔓肯定会抢了枫桦树的风头。正在怜悯之际，我幸运地看见几串圆枣子，在树藤高处炫耀。我招呼关甦与我合作，使劲摇晃枫桦树，迫使熟透了的果实落地，砸在枯干的叶片上，四散逃跑。好在捡拾到 6 颗果实，可以满足品尝之欲。

第三棵圆枣子树，树藤依附椴树。从枫桦树的位置出发，沿着山势前行五十米，高大粗壮的椴树玉树临风，身边的椴树甘愿充当背景。我走近椴树，习惯性地双掌合拢，只能覆盖一半树身，估算树干周长在七十多厘米。目测树高近二十米，树身笔直挺拔，树冠之下没有旁枝斜出，令人倾心。

这棵椴树久居此地，最初陪伴它的只有小草野花。后来，椴树的种子生长小椴树，整个家族开枝散叶，扫除往日寂寞。当然，二十年前，野生猕猴桃仰慕它的高大，树藤缠上椴树，承诺地老天荒。我羞于用胳膊比量树藤的粗细，拳头置于藤后，隐约露出一侧虎口，握紧的拳头有说服力。树藤螺旋缠绕，面向我的一侧，四层树藤箍住椴树，宣示树与藤的爱情。

长白山区树藤植物，比较常见的有软枣猕猴桃、狗枣猕猴桃、山葡萄、花椒藤，分属不同科。软枣猕猴桃、狗枣猕猴桃属于猕猴桃科，山葡萄属于葡萄科，花椒藤属于芸香科，但人们习惯称它们为树藤植物。

走过椴树林，我继续欣赏秋天的色彩。荷青花、喜鹊、蜜蜂和嫩绿的树叶，打开我的记忆之门，让我保持心灵的澄明。

大岭漫记

◎ 张声隆

一

这是大兴安岭深处的库都尔。

这里,是一个有狍子的地方。

如果来到这里,在这一段的山岭间穿行,你要认真寻找,在大树后、在草丛间、在河溪处,一定会有一只只清澈的眼睛静静地注视着你,那应该是狍子清澈的眼睛。眼神中有好奇有善良,有和你交流的想法,但因为陌生而怀揣着的则是一点儿的害羞和闪躲。

山有山的纪年。秦时飘起的雪花,飘到汉唐和飘到现在,不过是飞到东飞到西的起起落落,尘埃在眨眼间起伏罢了。如果山有梦,那一定是一梦千年,在梦中,拓跋鲜卑刚走出山岭,关内的饥民就跟踉着进入山林,其间还有邻邦的异族,有跑山狩猎的山民,也有成群结队的伐木人。湖水不会记忆孑孓的行踪,山也是,山的思维指向更深更远的地方。

几千几万人聚集居住之地,在兴安岭的眼中,和枝丫上的鸟巢不会有大的区别。这片山岭包容着难以计数的花草树木、河流湖泊和万千生灵,收留、滋润、养育着灵性深浅不一、习惯大相径庭的个体。这巨大的舞台之中,无论是孱弱的草和参天的树,还是松鼠老鹰黑熊蜜蜂蝴蝶,都拥有一个共同的家,生灵舒展本性自由自在地生活。

有花草树木、有飞禽走兽的地方,就有祥和有生机。就是万灵荟萃之所。至于春天刚刚从枯黄中钻出的草、夏季连绵几十里星星点点绽放的花、秋季金黄色为底色的五彩竞艳、冬天麋鹿在新落的雪上点画音符,不过是寻常的画面。

或者柔和的月光穿过重重枝丫后的点点斑影、林间河边或远或近应和着的

154

鸟叫蛙鸣、小憩时阳光的触角轻轻地抚摸面颊和手臂。很多时候,花草的气息会轻而易举地从现实走入梦境,抑或从梦境走入现实,模糊着两者的概念。

如果你对大兴安岭有一万个期许,就会收到一万零一个回应,只是到过这里之后,你肯定再也不会忘记——山林中狍子美丽又清澈的眼睛,还有它矫健的身影。

二

在大兴安岭的公路两侧,大山起起伏伏,连绵不绝,仿佛游龙在跃动。

这些山大都没有名字。也无须有名字,因为它们都是大兴安岭的山,它们共有一个名字,叫大兴安岭。

我知道,在内蒙古高原,在大兴安岭之上的山,出生就站在巨人的肩膀之上,不用登高就能望远,生来千花万树簇拥,几千几万年积累的灵韵,绵远醇厚。

最美的山岭邻近最美的草原,不止百灵、狍狐和狼穿梭于画卷之中,一袭长风就会把兴安岭的林涛送到草原的耳边,草原上男女相恋的情歌,也会顺着朦胧的月色,浸润到兴安岭的山间林中。于是,草原的风中能嗅到森林的味道,林子的树梢上也能采摘到草原的情歌。它们交相辉映,风采叠加。

山是岭的表情,眉眼舒缓表达的是容纳和欢迎,所以整个山岭都泛着微微的波浪一路前行,路边的山就是预留的观景台,是生灵可以偎依的一处港湾。路边就可见四时美景,不用多久的寻觅就能收获到各种山货,展现着山岭的美好和慷慨。这里的山也一定承载了许多人珍贵的记忆,寻梦的人相隔几年几十年,也仍旧会采到一样馨香的花、一样翠绿的草。

清净世界中,大兴安岭的这片天地间,每年都有花自开,水自流,山自在而立。如果你依偎在它的怀里,和它有美妙的交融,你就拥有了这方山水,有了这方花开,有了这方的松脂香,你的世界一定会更充实更精彩。

三

黑龙江的源头就在大兴安岭的深处。

从瘦弱的小溪开始,长成湍急的河流,壮大为波涛汹涌的黑龙江。不只是人需要万里长路,河也一样。或蜿蜒前行或疾步奔走或呼朋唤友擂鼓冲锋,河岸上看到的是画卷,河床间是舞台也是修行者的蒲团。

注定入海的江河是在回应召唤,还是枷锁在宿命之间,而它一次次的壮大是新生还是消亡,在阳光下在雨雪中,在山间在旷野,在冲向大海的那一瞬间。如果我能、我想知道它的所思所想、喜怒哀乐。我想乘风与它一起顺流而下,一路倾听记录它的心声心语,因为在这个时间维度,我与兴安岭万千生灵都厮守在这片土地上,与兴安岭相伴而成风景。

孩子离家后称雄一方,开疆拓土润泽万物,从弱小到强大,会因此成为家族的宠儿吗?答案是一定的。在大兴安岭母亲的眼里,直入云霄的树和匍匐地面的花草、渐行渐远或安静在山间的水,同样都是骄傲的儿女。它们同等同质,生命同样精巧、旺盛而且珍贵。但在视线之外的孩子,在母亲心里肯定会因为思念,而多了一点点的偏爱。

先出发的河流,能代表一整条大江吗?画作上的第一笔线条能视作整幅画吗?第一个走出兴安岭的拓跋氏人能称为北魏王朝吗?或许个体只是个体,但在方阵和构图之中,站在主位的肯定是主角。而且这条江的波涛中因为它的加入,而有了大兴安岭的浪花,有了大森林的芬芳。

对于一条河或一条江,只要水流不断根脉就紧紧相连,哪怕到了遥远的海洋。远游的孩子在想家时,也会像洄游的鱼一样,在阳光最柔和、月光最清冽的时刻,会一瞬间穿越千里万里,重回母亲的怀抱。

四

大兴安岭很纯,不仅山纯水纯,人也很纯。他们的故事厚重且悠长。

从大兴安岭林区开发建设那一日算起,不经意间,这些人在山林中生活了几十年,叶未落,根已经深深扎下。当年,一群群年轻人怀揣着沉甸甸的信念,在风中猎猎作响的红旗伴随下,怀揣建设新林区的梦想,梦想这道岭、这个家会丰衣足食,会有平坦的路,路上有阳光有和煦的风,会有平等自由,会有书上所有闪亮的东西。这让他们脚步坚实、爬冰卧雪、不计得失。他们内心充满自豪和骄傲,他们朴朴实实一辈子,干干净净一辈子,却符合了很多“高大上”的概念。

有梦的日子真的好，行进在梦想的路上，是幸福的人。现在，不仅他们的足迹还在山岭之上，他们很多人已经融入山林，成为大山的一部分。

像是林间的树要有果实一样，山岭间的邂逅也会结出爱情，少了俗世中的尘烟，泉水和情感都清清白白，干干净净。自带三分灵性的孩子们，一出家门就走进了公园，自家菜园一角的亮色就能涂满整个童年。男孩儿只顾上山下河疯玩儿，油黑的脊背和屁股蛋写满了健康。女孩儿在每个夏天，寻觅在长满鲜花的山上，采摘最漂亮的花儿，插在油黑的头发间。秋天随处可见的各种果实或甜或酸或涩，功效远远高于各种现代营养品，只是这些儿时常见的美食，长大离家后却最容易出现在思乡的梦里，酿成酒也能一醉几十年。

山岭山林间的路很多，连接了一座座山，也连接了通往山外的路，山外五彩的霓虹留住了大多出山的孩子，也有一些路是用来返乡的。每个时代都有自己宏大的主题，山里也一样。油锯声消失了，山里人的活计却更多了。好在大兴安岭没有衰老，四季颜色也没有变化，这巨大的山岭仍然以列车的速度，从容地奔驰在时代的轨道上。每年的严冬过后，山岭都是一次新生，该过去的过去了，该生长的持续生长。那些年茂密鲜亮的理想、信念、希望、淳朴和善良，依然留在血脉里，汹涌地流淌着。

大兴安岭人最适合在这里生长。他们同一棵棵的大树一样，一直被这里丰腴的水土滋养着，生长得越来越高大，越来越粗壮，越来越纯洁。

遭遇虎鲸

◎ 王士跃

来到圣胡安群岛（San Juan Island）的第二天，我联系好了赏鲸游艇公司出海看虎鲸。

"他们家有快艇，能跑很多海域，你看到虎鲸的机会很大啊。"旅馆主人格雷太太打包票似的对我说，"我坐他家的船出海还看到过一次虎鲸捕食呢，虎鲸嗖地跳到沙滩，把一只正在睡觉的海豹拖下水去吃掉了。"她眉飞色舞地描述着，一只手的五指在空中猛然一落，仿佛虎鲸扑到了海豹身上。虎鲸能从海面蹿跃陆地，抓住猎物后在沙滩抽扭几下又瞬间游回大海，令人不可思议。

我满怀期待和好奇感同另外几个游客登上了赏鲸船，小艇的驾驶舱上端坐着一位大胡子船长，他的开场白简明扼要，透出一股权威性。他要每个人穿好救生衣，扎上安全带，眼睛留神盯着海面，一旦遇到目标及时报告大家。毕竟大海茫茫，谁知道虎鲸会在哪朵浪花下面冒出来呢？

快艇像是脱缰之马全速飞驶在海面上。今天天气格外晴朗，雨雾早已消散得无影无迹，蓝天碧海如两面明亮光滑的巨镜在天边衔接，小艇似乎融化在镜面折映之中。

虎鲸（Orcinus orca）是圣胡安群岛（San Juan Islands）最常见的海洋动物之一，虎鲸是它的俗称，其实是海豚科下最大的物种，是最接近鲸鱼体积的巨豚，世人还误称它为杀人鲸（Killer whale），虽说长满钢锯一般的利齿，而它的性情却和海豚一样，大多情况下温顺友善，极少攻击人类，反而在很长一段时间被人类猎杀。

圣胡安群岛生活着两种虎鲸，一是南方居留鲸，常年盘桓在圣胡安群岛和温哥华岛屿附近，以鲑鱼为主要食物，其中帝王鲑尤为虎鲸青睐。另一种为过客虎鲸,居无定所,四海为家,主要以哺乳动物为食源,每每游经圣胡安群岛时猎取海豹和海狮等海洋动物。

快艇搜寻了约一两个小时,却仍不见虎鲸的一丝踪迹。据经验它们在圣胡安群岛的西侧间歇出现,往往家族结伴而行,黑白的背脊沿着海岸线节奏性地浮沉,喷吐一股股烟柱,发出火车头一样沉重的吭哧、吭哧的喘息声,几百米外清晰可闻。可是今天我们绕着整个圣胡安群岛搜索了一大圈,已经来到了群岛的外海域,却不见天边有一丝一线的水花喷射。

船长这时一扳船舵,干脆扭头朝加拿大方向开去,听说上几次发现鲸踪的地方离温哥华岛屿不远。我们便朝温哥华岛的维多利亚海湾方向驶去,进入了富卡海峡(Strait of Juan de Fuca)。这里向西连接着太平洋,太平洋出海口躲藏在一片烟云迷茫之中,遥不可及,向东则八须鲇鱼似的列布着普吉海湾和大小海岬,西雅图笼罩在仍未散尽的峡雾后面,只见星星点点的船只徐徐而行,南侧面对着奥林匹克半岛耸入云霄的奥林匹克群峰,几道冰川在云影中发出幽明的银辉。

我们拿出望远镜来四处瞧探,面前是瑞斯生态保护区的岛礁(Race Rocks Ecological Reserve),礁石丛中忽明忽灭着航海灯塔和一群拥挤嚷叫的海狮和海豹,海风吹来一股海藻的咸气和岛礁的腥臭。湍急的洋流在四周回旋奔涌,绕着礁石形成海上之河,堪称奇观。

太阳升得更高了,晒得人身上暖洋洋的,几艘大型的赏鲸船从附近海面缓缓驶过,看那些游客的模样都是一副一无所获、败兴而归的窘相。时间一分一秒地过去,肚子已经开始咕咕叫了,大家拿出了午餐,我干巴巴地咽了几口后,觉得无聊干脆将帽子朝鼻子上一压,头往舱壁上一靠,眯上了眼睛准备打个盹儿。

正当我迷迷糊糊之际,忽然觉得船身摇晃了一下。不是海浪拍打的那种晃动,而是猛地被什么东西冲撞了一下,接着又来了一次,这一次来自船舷的另一侧,不过比第一次稍弱了些,而船身像是被轻轻托起又缓缓放下。

我几乎是一下子跳了起来,惊问出了什么事。只见船长此时正在船边朝下面张望。一个同来的游客却呆站在那里,手指着海面一句话都说不出来。我朝他指的方向看去,就见一面巨大的黑色鱼鳍陡然浮现,正向我们的船驶来,距离如此之近,就像一张紧绷的船帆眼瞅着撞上船的中舷,却忽然一沉不见了,随着船身又一晃动。

船长这时大喊:"虎鲸要吃鲑鱼了!"随着他的话音未落,我们几个人一起扭头去看,原来是一只帝王鲑正被虎鲸追赶,它绕着我们的船躲来藏去,闪避虎鲸。虎鲸则紧追不舍,忽左忽右,扭动笨重的巨躯,搅起浪花乱溅。

忽见那只帝王鲑一下子躲到了船梯的下面,它已显得精疲力竭,在阴影里好像瑟瑟发抖。那只虎鲸一时够不到它,估计它身长足有二十多英尺,几吨重的体重,是一头骄傲的正值壮年的雄虎鲸,却偏偏像螺蛳洞里抠肉蛋,无从下口,急得团团转。

就在这时有人发现了船舱里的一只海钓渔网,他二话没说抓起渔网,俯身一下子就将那只帝王鲑扣住,然后一提就把它捞了上来。所有这一切几乎都是瞬间发生,不容多想。大家为这个意外收获大感惊喜,没想到那只帝王鲑逃过了鲸口,却落入渔网,真是鲸鲑相争,游客得利。这条帝王鲑怎么也有三四十磅重呢,浑身鳞光闪闪,噼里啪啦地在甲板上乱蹦乱跳,垂死挣扎。

这时却发生了难以置信的一幕,虎鲸转眼间不见了鲑鱼,于是急得绕着船舷更加急切地搜寻。忽然它将头颅微微扬起,袒露出一片雪白的肚皮,额头有两道白斑闪闪发亮,原以为是两只眼睛,却是迷惑的眉斑,像高山融化的椭圆形雪痕,双眼却隐藏眉斑之前,一眨不眨地逼视着我们。我从来没见过虎鲸的眼睛到底长什么样子,这是有生头一回在这样的近距离与这个庞然大物对视,它是一种疑惑、审视和威武交织在一起的目光,同时隐隐透着一股杀气。我身子一阵激灵,心跳加快,下意识地向后倒退。

我从未有过这种超自然的恐怖感,我面对的仿佛是一头传说中的海怪,一头不可征服的极凶恶而又至高无上的大海怪,带着神话般的恐怖和死亡气息。"我盯着你呢!"那目光好像在说,那是《白鲸记》中曾出现过的海心之眼,白鲸的巨瞳蔑视着亚哈船长的愚蠢可笑,宣告他的不堪一击和失败命运。人类站在不可冒犯,不可游戏的洪荒之力面前,立刻觉得自己是多么渺小,多么软弱无力。

虎鲸接着又一头沉潜下去,忽地巨浪将船打歪了一下,然后鲸头又从船另一侧探出,这一次的窥跃(spyhop)将身体升得更高,比我们的人头还要高出几尺！同时身躯紧贴着船舷倾斜下来，目光再一次瞄船舱，好像在问："我的鱼哪里去了？"船长大吼一声："赶快把鱼还给它。"

原来虎鲸意识到是我们夺走了它的食物，不肯善罢甘休，反复窥视想从我们手里抢回鲑鱼。老渔夫们知道虎鲸有时会和他们玩这种争夺食物的"游戏"，它故意掀起惊涛骇浪，将渔船摇来晃去，直到渔夫丢下一些鱼来才肯罢休。有的时候还会向过度骚扰的赏鲸船发脾气，给一个下马威。传说有一群虎鲸被赏鲸船不停地追逐，一只雄虎鲸为了保护家族，猛然向游船进攻，拍击汹涌巨浪将游船打翻，游客尽数跌入海中。

听到这句话，那人哆哆嗦嗦地赶忙将鲑鱼丢下海去，只见虎鲸的巨尾轻轻搅起一片水花，又一次沉入水中。我们没看到虎鲸如何擒获了鲑鱼，等了一会儿，水面平静下来，虎鲸也不见了，我们想它大概是捉住了鲑鱼尽兴而归了。

回来的一路没人说话，有的人仍然面色惨白，似乎还沉浸在惊恐之中。尤其是那位捉了鲑鱼而引来鲸颜大怒的游客，更是一言不发，直到我们登上陆地，回到了旅馆，店主人和他寒暄，他才"嘘——"地长吐出一口气，叹道："我不该和大自然游戏啊。"

我曾听说虎鲸是十分聪明的海洋哺乳动物，它的大脑重量在所有动物中仅次于抹香鲸，脑神经元极为丰富，复杂程度甚至高于人脑，演化出来人类之外仅有的动物文化。它们具有独特的语言能力，在群落、家族和家庭成员之间使用代表不同意义的声音和音节组合进行交流，至今动物语言学家还说不清虎鲸语言究竟是如何进化到这种高阶程度的。

在太平洋西北地区的印第安人部落一直将虎鲸敬若神明，顶礼膜拜。海达族（Haida tribe）的神话中讲述虎鲸是海中的人类，而人类则是陆地的鱼，凡溺毙的人类都终归虎鲸部落，重获新生。虎鲸被尊为他们的远古始祖，同为母系社会组织，原始部落和虎鲸承袭着复杂和强大的母权和雌鲸统治体系。虎鲸也常作为氏族的标记被雕刻于部落的图腾门柱上，足显荣耀。

每当我想到这些，虎鲸那一双疑惑、审视和威武交织的目光又一次浮上了心头，它似乎看透了人心。

一个江南古村的"文化密码"

◎ 周博文

一

水是大地的血脉，山为大地的骨骼，沃土如大地的肌肤。这三种大自然的慷慨馈赠，古村渼陂，都富得流油，得天独厚，天造地设。

青山孕育了秀水，秀水兴旺了村落。

二〇〇五年，渼陂古村就被评为"中国历史文化名村"，二〇〇八年被评为国家 4A 级旅游景区，二〇一二年又被列入"第一批中国传统村落"。光亮宝贵的荣誉纷至沓来，中外游客川流不息。它像赣江边庐陵大地上一颗璀璨的文化明珠，骄傲地镶嵌在江西省吉安市青原区文陂镇，赣江第二大支流，富水河下游两岸富饶的河谷平原上。

渼陂，现六百余户，两千八百多个村民。民居 582 栋，保存完好的明清时大小古建筑 367 栋，临河古码头 16 个。村内古街东西长达 900 余米、宽 6 米，S 形走向，临水而设。街中有一长条形被行人走得锃亮光滑、竖形排列一尺宽的青石板主径。主径两侧，由一米宽的鹅卵石地面铺嵌。两侧店铺夹街对峙。古店铺至今仍有 108 家。这街，曾被誉为清朝庐陵乡间的"小南京"。

渼陂古村占地面积约 1000 平方米，以"永慕堂"总祠为代表的典雅古祠堂 6 座，房祠、家祠 10 余座，古书院 4 座，古庙宇 1 座，古楼阁 1 座，古牌坊 3 座。精致的文化、智慧的布局、美好的口碑、秀丽的风景等村庄文化品牌特点，被国内外学者频频赞誉为"江西庐陵文化第一村"。

古村渼陂的开基祖是梁从绅。梁从绅，字仕价，号严溪。梁从绅的梁氏最初祖先却在大西北的陕西户县（今鄠邑区）。"渼陂"一词原为陕西户县一古湖泊名。

渼陂,古湖泊,地处唐朝西京长安京兆府鄠县(今陕西户县)西五里。湖面水面积 3.9 平方公里。唐朝时系陕西户县一"关中山水最佳处",一风景秀丽的小湖。湖水源头出自终南山,一条漂亮的小河渼水流入湖中。湖四周,人文历史遗迹众多。历代曾有不少文人墨客,如杜甫、岑参、苏轼等都曾前去此湖中泛舟赋诗游览过。诗圣杜甫曾在他的《渼陂行》一文中,留下了"岑参兄弟皆好奇,携我远来游渼陂。天地黮惨忽异色,波涛万顷堆琉璃"的佳句,让世人传诵至今。

南宋初年,北方陕西等地饱受兵乱。鄠邑区夏阳人梁氏一祖先带领族中子孙开疆拓土,迁徙至江西泰和。北宋初,泰和梁氏一支族裔改迁至昔日庐陵纯化乡(今青原区文陂镇甲村竹筱寨)定居繁衍。北宋宣和己亥元年元月初三,族裔梁从绅才出生。

梁从绅三十岁时,一次外出周边巡看时,高兴地瞧见村庄向西不远处富水河畔,一河滩地四周环山拥抱。这片河滩地土地肥沃,山清水秀,宜耕宜稼宜稽,荒无人烟,便携妻又从甲村迁居此富水河畔,结庐扎寨,披荆斩棘,安新家了。或桑或麻或渔,繁衍后裔,至今已传三十四代,八百六十余年。

古村渼陂,当地人也称"陂头"。梁仕阶从甲村迁居此村后,乡愁幽幽,常怀念陕西户县祖先。为记住乡愁,饮水思源,才开始取村名为"渼陂"。从此,此村名便是一叫千年了。村名千年,岁月千年,情怀千年。

村总祠"永慕堂"大门堂廊里矗有两根高大粗壮的圆形红石柱。柱子上石刻着一幅流传千年,激励族人,风雨依存的好对联。此长联便是对古村渼陂优美风景一个很有说服力的文字注释:

      肇基于斯,喜紫瑶左峙,芗城侧横,本地名山钟灵秀;
      发祥有自,看渼水南来,玉江北绕,中流砥柱汇渊源。

游人无论谁,站在村对面的岗地上远望这个小村庄,密密麻麻、大大小小的各式明清古居,有院没院的、有檐无檐的、临塘不临塘的,大多坐北朝南,天然排列。村前缠绕的是一条白练玉带似的、川流不息、自东向西、紧依村前、水面宽约

10 米的美丽富水河。

富水河在渼陂村前段称"王江"。村前，过去有一片开阔平坦的田野，现已紧依古村开发为村游客接待中心。为保护古村落，停车坪和村民新居已统一规划和有序安置。

跨过村前这片田野及村后的县道，连接着的是一片片矮矮、苍翠青松连绵的岗地。远望西南，是迷蒙高耸的紫瑶山；东面有巍峨的芗城山。从西南山中泰和县万合发源了一条泸溪水，弯弯曲曲穿过田野，流入村庄。村庄这段泸溪水，村人亲切地唤称为"渼水"。渼水经村人巧妙地利用后，自西向东灌溉村内的二十八口小池塘，最后在村前的一坡坝处流入村前富水河。

水是生命之源，财富之源，上善若水。古渼陂人聪慧过人，择水而居，福之祐之，已做足做活做大水的这篇利人文章。

史料考证：唐宋年间，位于赣江中游的庐陵郡，就已是江南物资集散地，商贾云集。那时，庐陵却是全国 32 个重要内陆口岸城市之一。明代中期过后，江西中部这个庐陵城商业便更为繁荣，全国各地商会在庐陵至少设建了 24 个分馆，有 15 个船帮常年在此忙于货运。以庐陵城为中心周边，繁荣地兴起了渼陂这个大集镇。

渼陂，地处赣江主要支流富水河中游段，水流平缓，水面开阔，无暗礁，地处赣江以东吉安区域的物流中心位置，成为那年代拱卫庐陵城的第一大集镇。

赣南兴国、闽西古田广袤山区中盛产的竹木、茶叶等通过商船，顺富水河可直流而下，驶入赣江。渼陂富水河这段，土美水美，盛产粮食、麻、油作物，又地处吉水、泰和、吉安三县交会连接处，地理位置也极佳，商贸条件十分优越。

渼陂古村民紧依富水河，开始临街兴市，摆摊设点，筑码头，兴店铺，经营零食、住宿、杂物馆，来来往往的人多了，生意渐渐兴隆。

宋末元初，便形成了村东头的一个小街。小街起初只有 100 米长，二三十家店铺，后渐拓展出中段 300 米，百余家店铺，称作新街；清晚期后，市场更繁荣，新街又继续向前延伸，应运而生，称街尾，最后形成了如今全长 900 米呈 S 形状的繁荣大街。西面街口，设在村庄古建筑义仓附近。街口那个"开门见山"的青石牌坊标志，至今仍清晰可见。

二十世纪八十年代末,陂头街仍店铺连绵,交易兴旺。每逢墟日,周边乡镇前来此地购物的人络绎不绝,成为现青原区东西南北货物集散的一个重要基地和方圆百里的农贸交易中心。

二

古村落里外,现保存有二十八口水灵灵的池塘。

这些面积大小不一、深浅一致的池塘,极像上帝的一双大眼睛,智慧地分成四个集群。每个集群七口池塘,对应着天文学说中二十八星宿图案,巧妙神奇地分布在这个古村东西南北四个方位。

池塘里,时序初秋,荷花伞盖,苍翠绿滴。二十八口池塘,又像二十八颗碧绿晶莹的珠宝,点缀在这古村四个方位的角角落落,成为村中如今最受国内外众多游人青睐、快乐游玩的奇景之一。

村总祠"永慕堂",地处村子南端。穿过总祠门廊堂前一块宽大的空地,便是"南方朱雀七宿"中的"柳宿·塘"。

上午九点,我前去游览时,正值井冈山大学美术学院十几名年轻大学生组团在此村游览。

这些年轻的大学生们,男男女女,黄皮肤、黑皮肤,蓝眼睛的、黑眼睛的,个个都身背画夹、纤手执彩笔、颜料,择池择景依势,分散在村中多处。

每个大学生所取的角度各不相同,可这群艺术工作者发掘古村落眼中的那些价值点却出奇地一致。他们的目光都出奇一致地凝视在古村落里那一幢幢古建筑上,一池池荷叶的水塘上,一段段饱含悠久岁月时光、斑驳陆离的村中残垣断壁瓦片上,一位位皈依在古铺门口的游人凝神张望孤独留守老太太老爷爷苍老风霜的脸上……

这群年轻的未来美术家们,正忘情地拿起他们手中的支支画笔,表达着他们心中已精准捕捉到的古村风景闪光点,灵巧地快速地定格,在他们眼前支起的张张画夹上勾画素描。

总祠"永慕堂"大门前荷塘边,一位年近六十、中等身材头戴大斗笠满身大汗的男画者,也正聚精会神地把古村"永慕堂"总祠前的古村一角景艺术地"漂移"到了他眼前的这张大画布上。

这位画者,直立地站在"柳宿·塘"塘岸支起的一顶宽大的高高的红黄绿三色夹杂的遮阳"蘑菇伞"下,其本人就成为池塘边一幅灵动优美的画作。额头、额顶发亮,几根头发稀稀疏疏,飘飘洒洒很有艺术家风度。

一片片荷叶如绿玉圆盘,青翠欲滴。荷花娇艳粉红,红尾巴的小蜻蜓在池塘荷叶间飞飞停停,时而用它们灵巧细长的尾巴轻点下池塘水面,时而又像一架架逼真的小型螺旋桨直升机,翅膀扑扇一下,又急飞向池塘边的草丛中,顷刻不见踪影。几个男顽童,光腚,光股,合伙手持一根长竹竿,长竹竿顶端,套着一个圆圆浅浅的小网袋,一男孩正双脚紧紧地交叉,套匝在池塘边的柳树身上,身子忽溜忽溜,像一只机灵的小猿猴似的在爬树,静声屏息地去逮正在树枝里嘶鸣的诱人小秋蝉。几只被逮的黑色秋蝉,鼓噪着,张开它们薄如白纱的蝉翼,在树下分工静候男孩手中的网袋中嗡嗡地挣扎,试图从网袋中窜飞,可网袋口已被小孩高兴的手牢牢束住。

又一顿丰盛的火烤秋蝉的童年野炊,香喷喷地向我袭来。那种早已忘却的童年舌尖上的美味感觉开始在我心中愉快泛起。

我来到他身边时,这位画家竟毫不知情。

我走近他,递给他烟,递给他水,友情攀谈。他来自深圳,这次慕名前来渼陂村作画,同行的游览者早已回去了。他来此作画,已经是第四天了,画稿已改了第四遍。可任凭他这几天怎么努力,总觉得草成的这幅画作,就是体现不出渼陂古村里那种给人心灵以冲击、以震撼的那股珍贵的奇妙神韵感觉,这时闷热的心中积满一种失望的无奈心情。

总祠旁"南方朱雀七宿""柳宿·塘"不锈钢广告牌里,字迹清楚地向游人这样展示:

柳,原名为咮。咮是鸟嘴的意思,这与角为龙角的意义相似。《尔雅·释天》:"咮谓之柳,柳,鹑火也。"注称:"鹑,鸟名;火属南方。"柳宿八星,形状弯曲,像鸟嘴,也像垂柳。《步天歌》:"柳八星,曲头垂头柳。"

一九六七年出生的男保洁员梁春喜,那天上午一大早就开始在村里巡视其村内保洁工作。

前些年,梁春喜在上海一印刷厂打工,六年前辞职回乡在村里的这个古村4A 景区"文山集团"上班,在家门口就业,有一栋老房子在古村内,现没人居住。响应政府号召,新居由镇政府统一规划安排在村外公路边的山冈上。他每天八小时的主要工作,就是不停地巡查古村落古祠、村内外的二十八口池塘、富水河边、古街上、万寿宫里的保洁情况,对垃圾堆放进行动态管理,及时督查村内分片区的保洁员整改。

我见到梁春喜这位保洁员时,他正身穿一身整齐的保洁工作服,双手戴着一双被垃圾弄脏了的白手套,头顶一顶破毡帽,阳光下的脸晒得很黝黑,在村内忙着。

见我对他村里这些古水塘极感兴趣,便停下手中的活儿,站在村中渼陂古书院门前那口"北方玄武七宿"之一"虚宿·塘"前,从口袋里迅速地掏出一盒烟,熟练地从香烟盒里抽出一支,把香烟放回在其裤口袋里,用小打火机啪啪地打着,把烟点燃,一股清香的蓝烟便在我俩身旁云雾缭绕。

梁春喜,村中这位江南中年汉子充满乡愁的话匣子便愉快地在我面前打开,说,其村祖辈很早就注重对村里大自然环境的爱护和教育,并且智慧地把丰富的虚渺而又高深的天文知识,形象直观地普及到村民的日常生活当中来,让村民从小就能耳濡目染到最基本的天文基础知识。

祖辈智慧地把整个村庄灵巧地划分为东、南、西、北四个大方块。将天上的东南西北四宫的二十八星宿,每宫七宿,在村庄的东南西北四方块里、民居房前,相对应地择地开挖七口大小池塘。每口池塘的名称与天上二十八星宿里的四宫星宿名一一整齐相对应。并且这二十八口大小池塘,塘塘间清水相连,互为一体。其宗旨,就是用这水灵灵的二十八口池塘,形象地告诫世代村民,要时刻敬畏自然、爱护自然,不得肆意破坏自然,要与大自然和谐相处相生。

祖辈们常告诫我们说,人与天地自然,好似一对孪生兄弟。自人类诞生、晓知天象以来,就发现这人与天地之间就有着一种千丝万缕的密切、深层次的联系,甚至,有些现象,还无法用科学来做出准确有力的解释,去寻找到一个最终的答案与产生原因。比如:

天上一天,地上一年。

人有七窍,一周七天。

人有 24 根肋骨,一年二十四节气。

人有 12 根胸椎,一年 12 个月。

人体温度 36.5 度,一年 365 天。

人体水分占 70%,地球水源也占 70%。

所有这些已发现与未发现的奇妙现象,或许就是一种人与自然相因相生融为一体最有力的物证之一。

讲完这些,梁春喜左手里夹着的那根白白、圆圆、短短的小纸烟,在他的一吸一吐中瞬间已燃烧殆尽。

说完,他还特地带我对村里的这二十八口池塘逐口巡查一遍。只见每个池塘里都清水长流。池塘水中丝草翠嫩,荷叶亭亭。一群肥鸭正在池塘里戏水追逐。池塘里,还可偶见几条快如闪电的小草鱼穿梭游弋。

放归野鸭

◎ 高国镜

我写过一篇散文《潮白河上的白鹭》，发表后居然接到了朋友的电话，表示非常喜欢这篇散文。

朋友当然也是喜欢潮白河上的鸟，具体说就是白鹭吧。谁不喜欢白鹭呢？白鹭甚至被称为仙鸟。

白鹭可爱，野鸭也挺可爱。在碧波荡漾的水中，游弋着一只又一只黑色的精灵，时而密密麻麻，像一群游动的蝌蚪，让人数不出个数来；或是三五成群，排列得稀稀拉拉，那就能看得很清晰了。

我看到那些野鸭子，总是很激动，爱用手机拍下来，回家跟妻子显摆，说你看看这潮白河里的野鸭子，是不是挺好看？像一幅画，像一首诗。

妻子说，哪天我也跟你去看看野鸭子。

那天，我便和妻子骑着自行车，奔了潮白河向阳闸大桥。我们站在大桥上，凭栏眺望，那野鸭子就呈现在我们的视线里了。那些活泼可爱的野鸭，还有点神出鬼没的，时而钻入芦苇中，时而又钻入荷花与荷叶覆盖的水中，像是和我们捉迷藏。

我拿出手机，拍了一张又一张野鸭图，可看起来，不显得抢眼，那是因为野鸭距离我们相对遥远，抓不住特写镜头。后来我与妻说，咱们到潮白河边的大堤上，近距离去看野鸭吧。

在潮白河杨柳掩映的东边堤岸上，我们忽然发现在我们的眼前，出现了几个黑褐色的斑点，不，不是斑点，而是几只不过拳头大的野鸭子，它们见了我们，惊慌失措，叽叽喳喳，噗噜噜，在树下和路面上乱飞，却又飞不起来，只能说乱窜。那是一窝出壳不久的小鸭子。我们看到那小鸭，又惊又喜。那小野鸭四处逃窜。很快，有四只小野鸭钻到了草丛中，不见了踪影；而另两只小野鸭，却无力逃脱，居然就蜷缩着，扎在一棵柳树下，瑟瑟发抖。可怜巴巴的样子，又是极为可爱的样子，又是一副无助的样子。它们也许是在期待着鸭妈妈的到来吧？可鸭妈妈在哪里？鸭妈妈把它们遗弃了吗？还是鸭妈妈也在寻找它的儿女？

谈不上英雄救美，也谈不上救助吧？妻子凑上前去，双手把那两只小野鸭都捧了起来。小野鸭落到妻子的手心里，居然有点不慌不忙，好像没有挣脱那手心的意思。妻子对那小野鸭产生了怜悯之心吗？反正是一时间对那小野鸭有点爱不释手，放了不是，捧回去似乎也不是。不管它们是受伤了，还是受惊吓了，还是过于幼小，反正是它们有点依赖性，一时间不想离开妻子的手心了。

犹豫了片刻。我与妻子做出了一个也许不一定对的决定：我们打算把小野鸭带回家去，先养几天试试；待它们翅膀硬了，再放回它们。

妻子自行车的车筐就成了那小野鸭的摇篮。用一张荷叶铺在车筐里，那一对小野鸭就在那荷叶上摇摇摆摆的，随着车轮的移动，被带到远方去了。它们偶尔还唧唧地叫几声，是对那杨柳岸依依不舍吗？还是想回到藕花深处、芦苇荡里？但它们已经身不由己，它们是无力飞出那个网状的车筐的，它们像笼中的小鸟，只能由人摆布。但它们也有几分怡然自得的样子，不像是丑小鸭，倒有点小公主的派头。

一路上，我和妻子还嘀嘀咕咕，怕路人看见，或者看见听见这自行车筐里小野鸭的身影、小野鸭的声音。我们把小野鸭带到家里去，这是不是已经触犯了《中华人民共和国野生动物保护法》？但我们毕竟是好心眼，是想救护它们，不是想拥有它们，更不是伤害它们。我们更不想饲养它们，我们只是觉得它们一时间跑不了更飞不了，是按"伤病员"对待它们的。

我们把小野鸭带到了家里。盛了半盆水，先让它们试试水性，看它们是不是水鸭子？还行，把它们放进水里，它们立刻就机灵、精神、活跃起来，就扑棱着，不想沉沦而想在水上大显身手、拿出游泳的样子。我们近距离地看着它们，更觉得它们可爱了。这无疑是小野鸭。野鸭有几十种之多吧。绿头鸭、赤麻鸭、斑嘴鸭、白眉鸭、白眼潜鸭、翘鼻麻鸭、绿翅鸭、赤膀鸭、瘤鸭、赤嘴潜鸭、针尾鸭、赤颈鸭、帆背潜鸭、丑鸭、长尾鸭、琵嘴鸭、普通秋沙鸭、栗树鸭、鹊鸭……它们俩，属于哪种野鸭？不好鉴定。毕竟，它们还属于奶毛未脱的雏鸭，大鸭尚小。但正因为它们小，才更显得所谓呆萌、萌态。那大嘴巴，够大，似乎也很结实、很硬朗，却不显得刁钻。它们的羽毛呈高贵的颜色，黄一道黑一道，近似虎皮纹，或者说花栗鼠纹路。那鸭掌、鸭蹼，也够规格，不像有缺陷的样子。这么好的两只小鸭，怎么就跑到一个水盆里来了？

任凭它们在水盆里挣扎了一番，我就不忍心让它们继续“狗刨”了，怕它们溺水，被淹死，还是先让它们摆脱“水深火热”，先到“岸上”来吧。于是，我吩咐妻子，把它们捞上来，又放到了一个纸盒子里，且给它们弄来了用水浸泡的小米、大米、肉碎、面包渣，让它们吃，可它们不吃。可喜的是，它们昂着头，不是耷拉着脑袋，它们没有奄奄一息的样子，它们反而精神抖擞起来，在那纸盒子里“噗噜噜、扑啦啦”，来回乱跑、乱窜，似乎有逃离纸盒子，追求自由的企图。

我自言自语：它们苏醒过来了，缓过劲儿来了，刚才它们是被吓的，失魂落魄的样子。这会儿，它们又恢复了体能，又能跑能颠的了。

我把它们放到地上，看它们能不能跑？还真没让我失望，落地后，它们立刻就奓着小翅膀，在地上一溜歪斜、跌跌撞撞、踉踉跄跄、蹒蹒跚跚，胡乱跑起来，且惊叫着，恨不得一下子就摆脱我们的家、我们的视线、我们的“呵护”。

还能做什么？干什么？也许我们本来就多余把这两只小野鸭带回来，不该把它们带回来。它们一时间跑不动，吓傻了，蜷缩一时半刻，也许就会追赶它们的“队伍”，兄弟姐妹，或者是寻找鸭妈妈去了？它们一时间落伍、掉队了，我们就“英雄救美”了——看来是即便不相救，它们也不会死在那棵柳树下。

现在，既然它们转危为安，已经“康复”，那还等什么？放生吧。

没有犹豫，我让妻子把这俩小野鸭，又放回到自行车车筐里，还把它们送到捡它们的地方去吧。我们家距离潮白河向阳闸大桥，差不多有三公里的路程，骑车不算远，也不算近。好在，天气尚早，赶紧赶路吧。妻子说她一个人去送小鸭子吧，我说还是咱们俩去吧。于是我给那俩小野鸭频频拍照，也好留个纪念，再把它们送走。

我们骑着自行车，半个小时后就到了向阳闸东岸的杨柳岸边，到了那棵婀娜多姿的柳树下，我们以为那鸭妈妈或者这小野鸭的兄弟姐妹会在柳树下等待它们失散的儿女和同胞？但没有，柳树下了无痕迹。我们是把这小野鸭放到柳树下，还是放到离水面更近的地方？想想，还是把它们放到河边为好，因为它们的家，应该距离河边不远。

于是，妻子便捧着那两只小野鸭，我跟随着，来到了距离潮白河水面近在咫尺的地方，然后有点恋恋不舍，又带一点仪式感似的，就将那小野鸭放到了草地上——那小野鸭对我们可不是恋恋不舍的样子，而是刚一落地，连头也没回，就飞一般钻进了草丛，叽叽喳喳，向远处奔跑过去。而在这个时候，我们发现一只大野鸭，那分明是那小野鸭的妈妈，那鸭妈妈这半天是在等候它的鸭宝宝吗？那大野鸭飞起来的一刻，嘎嘎地叫着，那分明是在呼唤失散的小野鸭。

小野鸭还认识鸭妈妈吧？当然应该认识。它们才几个小时不相见吧？但它们此时此刻，已经相见了。

我和妻子眼瞧着，那小野鸭钻进了那芦苇荡与荷花深处。那大野鸭也钻进了莲叶之中，那是去安抚惊魂未定的小野鸭吗？

鸭妈妈和小野鸭又团聚在了一起，回归到了潮白河里。

夕阳西下，夕照让潮白河的水纹都变成红色的了，波光粼粼。而在那碧波荡漾的水中，游弋着一只又一只未归的野鸭。

我拿出手机，给那野鸭拍照。我和妻子的身影也融入了那水波之中。那芦苇与荷花显得更富有诗情画意。

我听到，那小野鸭唧唧地叫着，那是在叫妈妈还是在叫我们？

今晚，那些野鸭会做一个什么样的梦呢？

开海

◎ 胡容尔

天空湛蓝明彻，像是大自然纯净的画布，等待着丰收之笔去绘制。一大早，沉寂了四个月的烟台渔港，眉开眼笑，即将打开一年中最壮丽的篇章：开海。开海开渔，是世代耕海人心中不灭的希望。

码头上，各式各样的渔船有序地排列着，红旗在风中猎猎作响，犹如一只只展翅欲飞的海鸟。

船身新漆过的海蓝色油漆，被阳光镀上了一层金色的壳。这些静默的船只，就要化身征战于海上的勇士，带着渔家人的期盼，驶向那片熟悉又神秘的大海。

渔民们很早便开始忙碌起来。这些常年与海打交道的人，熟知每一项工作内容。他们或检查渔网，或检查船上设备，或搬运食物和生活用品。每个被海风雕刻过的脸庞上，都闪耀着亮色，那是将要出征的兴奋与期待。

"希望我们一帆风顺，渔获丰收！"他们这样对我说。在内心深处，他们对大海的深情依恋，如潮水一般奔涌，从未停歇。

随着正午时分的临近，渔港内的气氛愈发紧张而热烈。渔民们穿着救生衣，登上各自的渔船。九月一日 12 时整，开渔令响起。"开海喽！""开船喽！"一声声响亮的号子，直入云霄，激起波澜。

欢庆的鞭炮开了花，碎红飘扬。百余艘渔船一齐启动引擎，鸣笛起锚，向着浩瀚的大海深处进发。整个渔港一片欢腾，航拍的无人机与鸥鸟一起俯冲下来，所有的目光都汇聚在这片蔚蓝之上，目睹这一年一度的海上盛事。

由此，北纬 35 度以北的黄渤海海域，结束了为期四个月的伏季休渔期。马达轰鸣，浪花飞溅，渔船划破宁静的海面，开启新一轮的捕鱼期。在一碧万顷的海面上，万船齐发，百舸争流。渔船错落有致，宛如一支训练有素的舰队，浩浩荡荡,气势磅礴。

渔民们以海为田,以网为犁,牧渔于广阔的蓝色粮仓中。午后的阳光炽热而明亮,将海面染成了一片耀眼的金黄。渔船在海上航行,如同飞驰的箭矢,直指天际。海鸥在空中翱翔,如同时间的幻影。渔民们站在甲板上,凝望着前方的海域。离岸边越远,海上的景色就越壮观。

远处的岛屿星星点点。海风中弥漫着咸湿的海水味道,夹杂着鱼腥和海藻的清香。这是大海的气息,生活的气息。波浪轻轻拍打着船舷,发出阵阵鼓点般悦耳的声响,仿佛大海为访客举行的欢迎仪式。

航行一段时间后,渔船抵达了指定的海域,就像花匠抵达了他的花园。渔民们迅速行动起来。他们配合默契,合力将一张张渔网撒向大海。撒网,是传统的捕鱼方法之一。巨大的渔网,在海水中缓缓下沉,像一条巨龙在海底游走,似乎将整个大海拥入怀中。所有的期望与希望,都凝聚在渔网上。

渔民的心,也随着海浪的起伏而起伏。捕捞的过程,像是渔民向大海抛出了橄榄枝,期待着友好的沟通交流,期待着大海的热情回应。

终于,到了收网的时刻。他们拉动渔网,等待一个即将揭晓的答案。

当金秋的第一网渔获浮出水面入舱时,船上爆发出一阵欢呼声。那些新鲜肥美的海鱼、虾蟹、鲍鱼……是大海种植的庄稼和花朵,是大海对渔民们辛勤付出的丰厚馈赠。

渔民们的脸上洋溢着笑容,他们知道,这仅仅是开始,接下来的日子里,大海还会赐予他们更多的收获。

渔舟唱晚。当夕阳的余晖洒满海面,大海像一块橘红色的织锦,温情地伸展向远方。一艘艘满载而归的渔船,开始陆续返航。它们扯着长长的航迹,靠近温暖的港湾,如同信使,传递着大海对人间的问候。船舱里堆满了渔获:银光闪闪的鱼群、活蹦乱跳的虾蟹、肥美鲜嫩的海蛎子……

渔民们忙着卸货,将一筐筐、一桶桶的鱼虾蟹贝搬上岸来。然后,分拣,称重,交易。码头上人声鼎沸,期待第一时间品尝到开海后的"第一口鲜"的人们,早已等候多时,他们抢购着这些新鲜的海产品。这些新鲜的海产品,被商贩们迅速送往市场和餐馆,成为餐桌上的美味佳肴。

城市的空气里,弥散着海鲜的鲜香。从浪尖到舌尖,大海绽放它独有的芳香、味道和色彩,攻陷食客们的味蕾,这是烟台开海独有的花园般的风情。

在这片广袤的蓝色世界里,渔民与大海结下了不解之缘。靠海而居的人们,以海为生,以渔为业,向海讨生活。出海的日子,是渔民与大海亲密相处的时光。他们既是捕鱼的猎人,也是大海的子民。

日升日落,潮起潮落,渔民的生活节奏与大海的运行节奏息息相关。他们深知大海的脾性:包容、慷慨,有时也凶猛、无情。他们在波涛中航行,在风浪中搏击,感受着大海的呼吸和心跳,感受着大海的喜怒哀乐,用勤劳和智慧,耕海牧渔。开渔期,是他们奔赴大海的深蓝之旅;休渔期,是他们对大海的感恩与回报。

关于开海,在海边渔村,流传着一个动人的传说。传说在从前,在这片蓝色的海洋中,住着一位美丽的海神。她的面容,月光般柔美;她的长发,海草般茂密。临近开海时,人们就会来到海边,祈求海神庇护,保佑他们出海平安,渔获满舱。有一年,在开海前夕,这位大海的守护者,身着碧蓝的衣裙,头戴宝石镶嵌的花冠,自海底升起。她在海水中穿梭,如一道璀璨的星光。

开海的瞬间,海神的歌舞之美达到了极致,像是海鸟的歌唱、海浪的涌动和海风的吹拂,集结融合在一起,充满生命的活力与自由。她告诉人们:新的开渔期开始了,愿每一位渔民如意,平安归来。随着渔船的起航,海面渐渐恢复了平静。海神回到她的居处,与大海融为一体,消失在海天之间。然而她曼妙的歌声和舞姿,却留在了人间,成为开海的象征。

海神现身,不只是为了展示海的魅力与奇妙,更是为了表达一种深刻的意涵——海洋,这片养育了无数生命的摇篮,需要人们去尊重和保护。人们在享受大海恩赐的同时,也要爱惜这片赖以生存的海域。

此前,由于人们的过度索取,海洋生态一度面临着不容乐观的境地,海底甚至出现荒漠化现象。

我国自一九九五年实施伏季休渔制度以来,在修复海底环境、保护海洋生物多样性、维护海洋生态平衡方面,取得了很大成效。

休渔期,是海洋生态系统休养生息、恢复元气的时期,旨在保护水中生物的繁殖和生长周期。而开渔期,则是渔民辛勤劳动、收获成果的时期。他们通过合理的捕捞,获取生活所需的海产品,传承捕鱼技艺与海洋文化。

在蔚蓝与金黄交织的天际下,生命的舟楫在闪闪发光。人与海的缘分,有关生命与自然的寓言,像无尽的波涛,没有尽头。

与黄羊的新年约会

◎ 行　草

　　沿 302 国道,驱车去阿尔山,今年会遇见不一样的风景。

　　阿尔山在二〇二四年的开年里美成画。不冻河上水汽氤氲,牛群散落。它们蹚着没膝的水,低头吃漂浮的水草。靠近河流的树木披挂整齐,银甲亮盔。远山穿上白袍子,近草覆盖白被子。大野素净,蓝天清冷。

　　公路两边,草原上,林缘处,缓坡间,出现一些精灵。

　　那是远道而来的黄羊。

　　上万只野生黄羊在这个冬季,出现在阿尔山。

　　先是边境线,再是几公里、十几公里外的阿尔山至满族屯疏林草原段的 302 国道两边,再向南、向南,黄羊一路迁徙,浩浩荡荡,漫山遍野。

　　在阿尔山市五岔沟林业局海力斯台林场,大概十公里的范围里,游荡着两大群黄羊。今年雪大,来的黄羊多。有人说,雪太大了,风把雪攒了堆,黄羊踩着雪堆一蹦就越过了国境线的围栏,这边草高,在雪里冒头,把黄羊给馋过来了。还有人说,成群的黄羊是从冰封的河面过来的。都是猜测,反正,大群黄羊过境了。二十年前,曾有过上万只黄羊来到阿尔山,之后的岁月里,每年只有几百上千只黄羊越冰而来。阿尔山口岸往北十几公里就是蒙古草原,小股的黄羊部队从界河哈拉哈河试探着过境。牧人们说,看样子今年对面闹了白灾,大雪把草都掩埋了,黄羊这是饿急眼了。没关系,阿尔山草好啊,大雪盖不住水草丰美,白狼、五岔沟,几十公里的边防线上,全是散落的黄羊。它们一路向南,逐草而行,有的到了索伦一带,胆大的还进了林区人家的院子。黄羊大小和狍子差不多,背上黄色的绒毛向腹部渐变成白色,打量人的时候,眼珠黝黑。黄羊跑起来也像狍子,虽然不能像狍子那样在枝攀叶连的森林里四蹄腾空、爬高蹿低,但在草原上,善奔跑、速度快是一样的。不用说游人,连当地居民都争着出来看这些可爱的小精灵,二十年没见这样成群结队的黄羊了。

这些草原上的生灵们到了大兴安岭的山峦,不适应林区的高山和森林,也不在草甸子里、沼泽地里停留,而是在阳坡少林的缓坡上觅食,饥肠辘辘。胆大的黄羊拥到了路上,几十只上百只一伙。车辆来了,它们成群奔跑,把白色屁股上毛茸茸的心形花纹给人看。有的前低后高地一个起跳,就越过隔离带蹿到对面公路,再惊慌地跳回来,更多的跑着跑着就跑回到路边的山坡上。

林草部门加大了保护力度,向人们宣传这是受国家保护的野生动物。工作人员开着皮卡车,沿着黄羊出没地带巡护。居民们拿出过冬的饲草,放在路边、坡上,把食盐一袋袋倒进雪地里,玉米料沿途撒了一溜溜。黄羊好像吃不惯"加餐"。它们依然在雪地里寻寻觅觅,散落着,一路向南。

阿尔山地处大兴安岭西南麓,西连蒙古国,边境线长近百公里。这里有湿地、温泉、石塘林等各种景观,七十多万公顷的土地上,生长着七成的林地,多为寒温带针阔叶混交林,白桦、落叶松、樟子松、蒙古栎、黑桦和爬地松漫山遍野。夏季,柳兰、野芍药、地榆、麻花头等野花盛开;秋天,稠李子、山丁子、刺玫果等野果满树。近年来,阿尔山市生态环境越来越好,野生动物种群数量不断增加。冬天,大地入眠,找不到食物的狍子、犴等偶尔会出现在人们的视野。夏天有人看见过小群的遗留下来的黄羊。今年,在群山深处的大片麦地里,在散生着树木的阳坡,在刮着白毛风的苍苍茫茫的雪里,一群群黄羊成了摄影爱好者的新宠。

黄羊警醒,胆小,听见无人机的嗡嗡声,炸了群,飞速散开。狍子、猞猁也在林缘的雪地里追逐。白桦林、落叶松林都肃穆洁白,红毛柳顶着红色的枝条,是阿尔山雪野里唯一的彩色点缀。一只犴赶过来,两条前腿跪在地上,一口口舔食雪地里的食盐。远山,白雪,深灰色的犴,星星点点的黄羊,成了黄昏雪野里的一幅画。

在零下二三十摄氏度的严寒里,黄羊的生存受到挑战,尤其是老弱病残的那些。山坡上,树林里,有时能看见死去的黄羊,瘦而羸弱。

跟着黄羊来了十三四只秃鹫、五六只金雕,这是辛劳的摄影人发现的。摄影人穿着皮裤毡疙瘩,追着羊群走,秃鹫和金雕也跟着两大群黄羊走,在羊群上空盘旋。哪儿有疾射而下的身影,就是哪儿又有黄羊遭难了。金雕吃活物,在黄羊咽气前下手。秃鹫吃腐食,守在一旁等着。护林员说,还有狼群跟着黄羊走,他们看见了狼粪。

公路两旁,树叶落尽,枝条疏阔,广袤的黑土地和丘陵草原被白雪覆盖,荒草与河滩被盖住了,远山披上了雪被,一切都在漫长的蛰伏里休养生息。

红毛柳顶着一树暗红,点缀在九曲洮儿河两岸。

黑色的秃鹫和灰白相间的金雕在雪野里投下暗影。

精灵一样的黄羊在雪地上散落。

兴安盟首列年俗列车哐当哐当地打破了宁静,开进了林海雪原。人们开发了打卡野生黄羊旅游线路,带领天南地北的游客开启"遇百年奇观、穿千里雪原、看万只黄羊"的风雪之旅。

这个季节正是黄羊交配期,春天四月份左右下羔,那也正是黄羊沿着迁徙路线回去的时节。那时候,青草从雪地里钻出嫩芽,红毛柳红得耀眼,洮儿河的冰层淅淅沥沥地解冻,阿尔山又将迎来百花盛开的夏季。

一位摄影师发了张黄羊顶着黑角伫立雪野回眸的照片,文字是:让我们期待,黄羊平安回家。让我们祝福,明年有更多黄羊来阿尔山做客。

寻找失去的草原

◎ 闵生裕

草原史记

　　盐池大草原地处毛乌素沙漠南缘，属鄂尔多斯台地向黄土高原过渡地带，这里是"中国滩羊之乡""中国甘草之乡"。早在两千多年前，北方游牧文化和中原农耕文化就在这里交会。史载，西周时期盐池地区先民们就过着"畜而徙"的游牧生活。《汉书·五行志》记载，秦惠文王更元五年（前320）"北游戎地至河上"，经昫衍（今宁夏盐池县一带）地区，当地人献五足牛一头。干宝在《搜神记》里对发生在盐池的这件怪事也做了记载，不过干宝以异象为由，劝说国君轻徭薄赋。战国时期，首次在这里设立行政管理机构昫衍县制，延续至汉代。东汉中后期，这里"水草丰美、土宜产畜"，从出土的大量牛羊骨和墓葬文物上的牛羊图案，可以看出当时盐池地区畜牧业发展已有相当规模。《魏书·食货志》记载："世祖（太武帝拓跋焘）之平统万，定秦陇，以河西水草善，乃以为牧地，畜产滋息，马至二百余万匹，骆驼将半之，牛羊则无数。"唐代开元年间稍后，在盐州置八监（管理畜牧业的官职），此时的盐州草原已是"绿杨著水草如烟，旧时胡儿饮马泉"（唐代李益《盐州过胡儿饮马泉》）的景象了。这些大概是我们对脚下这片土地所能追溯的文明印记。

　　风从草原走过，吹散多少传说；沙从大地流过，掩埋多少部落。当所有的风流被雨打风吹去后，留给我们的也只有无言的大漠黄沙。盐池自古是中原王朝的西北边陲，战略位置十分重要。说好听点，是兵家必争之地，其实，也是圣上易忘之地。和许多草原民族一样，生活在盐池大草原的先民也不擅长文字记录和历史书写，许多旁证文字大多都是碎片化的、粗线条的，甚至多含糊其辞、语焉不详。历代王朝为巩固边防修筑了多条长城，盐池至今仍有二百多公里长城遗址，这里也有"中国长城博物馆"之称。万里长城永不倒，千年草原今犹在。然而，岁月失语，大漠无言，绵延千年的长城能为我们讲述的草原往事委实有限。

最近，我在探究盐池县高沙窝镇境内窨子梁发现的唐代石刻胡旋舞墓门时，查阅了有关资料，得知唐代在降附突厥人散布地区设置了统治机构——六胡州，治所位于今内蒙古鄂托克前旗一带，而鲁州就在盐池境内。当时六胡州盛产的马匹曾支援了中原内地的需要。唐人李峤在《奉使筑朔方六州城率尔而作》诗中云："马牛被路隅，锋镝销战场。"早在唐高宗永隆二年（681），夏州群牧使安元寿奏折中称，因突厥反叛，六胡州死失马匹十八万四千九百匹。需要说明的是，这十八万多匹马仅是死失的，实际存栏马匹有多少不得而知。唐代六胡州能承载如此数量的牲畜，可见当时盐池及其周边地区的生态之好、畜牧之发达。马匹是大型食草动物，著名学者杨占武先生在《牧马清水河》一文中，以牧马这个独特视角，观察昔日清水河畔的生态变化，读后让人茅塞顿开。我似乎找到了西海固从当年朝廷的牧马场到后来成为"苦瘠甲天下"的不毛之地的历史因果。我想，位于河东的盐池也概莫能外。

长城不仅是北方游牧民族和南方农耕民族之间的分界线，也是马背民族挥鞭南下和农耕民族被动防御的缓冲地带。长期以来，学界就陕北和盐池长城沿线生态变化与明朝的"烧荒"政策的关系有种种说法。明代陈第的《烧荒行》一诗中写道："年年至后罢防贼，出塞烧荒滦水北……枯根朽草纵火焚，来春虏骑饥无食。"方逢时也在《烧荒行》一诗中写道："汉家御虏无奇策，岁岁烧荒出塞北。"野火烧不尽，春风吹又生。烧荒本是百姓刀耕火种的最原始方式，但是，明朝却把它作为军队抵御入侵的一种主要办法。当时九边重镇都在实施烧荒政策，宁夏也不例外。目的是使贼马不得驻牧，守方便于瞭望——既可以让蒙古的军马无草可吃，又让我方将士瞭敌时一览无余。

在今天看来，烧荒这种不择手段的防御方式是非常低级的，但在当时可能是非常有效的，否则，怎么能坚持近两百年，并形成制度呢？当时烧荒距离有的地方二三百公里，有的地方甚至四五百公里。当真是"哨马三边动，烧荒千里昏"（明代李梦阳《出塞二首》），其力度之大、范围之广、时间之久可见一斑。据说烧荒始于明朝永乐年间，蒙古瓦剌也先俘虏明英宗的"土木堡之变"是发生在此后几十年的事,边患问题的困扰也让大明王朝不得不延续了这种在今天看来非常低级的防御方式,并形成制度,看来也是不得已而为之。可见边患问题的确让大明王朝不堪其苦。任何事物的发展都不是孤立的,如此规模的干预生态,对这些地方的环境能不产生影响吗?可以确定地说,烧荒政策下,盐池、榆林一带毁林毁草种下的一定是恶因,结下的必然是恶果。

当然,烧荒仅仅是一个方面。明清时期,人类在西北地区的活动空前活跃,主要表现为大批移民、人口增殖、扩大耕植面积、兴修水利和砍伐森林。顾炎武指出,明代"屯田遍天下,九边为多,而九边屯田,西北为最"(《天下郡国利病书》)。明朝中期到民国初年,晋西北一带由于自然环境恶劣,人民生活贫困,无数人背井离乡来到口外的包头、归化(今呼和浩特)等地从事垦荒、经商的移民活动,这就是"走西口"。"走西口"是一部辛酸的移民史,也是一部艰苦奋斗的创业史,它丰富了中国的文化,打通了中原腹地与草原的经济和文化通道,带动了北部地区的繁荣和发展。当然,"走西口"客观上因大量屯田垦荒,也破坏了当地生态。大自然对人类野蛮行为的种种果报可能不是立竿见影,但是为几百年后生态环境的恶化不能不说是埋下了隐患。

民国年间,军阀混战,动乱中一些军阀的散兵游勇借机拉山头,干起了打家劫舍的勾当,当地百姓闻匪丧胆、饱受其害,我奶奶管这样的土匪叫"高靴子"。奶奶常给我讲盐池当年"跑土匪"的事。所谓"跑土匪",就是"高靴子"一来,惊恐万状的人们纷纷亡命逃跑,躲到沙蒿柴湾里了,也可见那时的植被繁茂,足以做掩体。奶奶还讲了当年闵庄来了一个捕鹰人,后来成为我爷爷的好朋友。他捕鹰是在边墙上挖个壕沟,网撒开,中间放着鸡肉、鼠肉,等老鹰落下吃肉时,潜伏在壕沟里的捕鹰人收网捕鹰。捕鹰人到家时奶奶给他做饭吃,他也会把捕到的鹰给爷爷几只。鹰肉太老,炖大半天才烂,但鹰的翅膀可以做成羽毛扇,美观又轻巧。窥一斑而知全豹,鹰多得可以用网捕,至少说明这里有它丰富的食源,否则,它是生存不下去的。在我的记忆中,小时候闵庄有老鹰偷袭在村庄周围寻食的滩鸡,那时每见庄子上空有老鹰盘旋,二奶奶就叫我们一帮孩子喊"花鸨、花鸨,今天你罢(方言,不要)叼我的鸡娃娃,明天给你一个癞呱呱(方言,癞蛤蟆)",以此驱赶老鹰。我现在觉得,"花鸨"应该就是对老鹰的赞美,用来迷惑它的。总之，无论以马观生态还是以鹰观生态，都是不同形式的镜鉴。

我爷爷年轻时是个拉骆驼的，是游走于包头、庆阳、兰州一带的骆驼客，也就是行走在丝绸之路上的脚户。当年，在宁夏、内蒙古一带，凡多畜力之家，多以赶脚为业。当时家里养的骆驼多，自然就组建了驼队，爷爷成了驼队的领头人，带着我四爷爷，搞起了长途运输，爷爷在驼队中的角色相当于队长。《盐池县志》记录解放前后的盐池商号时，特别注明拥有骆驼的数量，从中可以窥见该商号的运输实力。盐池民歌《寡妇断根》里写到牛万金倒运时，"二百绵羊肿头病，两链子骆驼全死尽"。一链子骆驼大概是七到十峰，牛万金至少是边记洼的中上人家，由此可见普通农户养三两峰骆驼应该不在话下。如今的哈巴湖自然生态保护区当年应该是牧驼、放马、养羊的天然牧场。

盐池草原生态之变绝非一朝一夕，烧荒、垦荒或是环境恶化的主要原因之一，其间或因雨水丰歉，也可能会出现阶段性变化。当然，也有非常原因，比如清同治年间某一阶段，因为叛乱引发的屠杀和逃亡，导致西北许多地方千里无人烟，盐池人口损失几近十之八九，如此规模的人口锐减，客观上可能降低了人对自然生态的破坏，应该说这为此后一段时间草原生态的局部恢复和休养生息提供了理论上的可能。据说，从民国到中华人民共和国成立之初，盐池年羊只存栏总数大概保持在二十万只。羊只的多少可能是一面镜子，其生态的样貌可想而知。据《民国花马池志》所记载："民国六年二月初旬，盐池大风，飞沙走石，对面不能见人，昏暗如夜。"这不就是沙尘暴吗？如今，盐池羊只年均存栏数是三百多万只，当然，这主要是以饲草为主的人工养殖。如果把这些滩羊全部撒到盐池大草原，让其自由生长，我确信，用不了多久，这里将重新上演令人惨不忍睹的生态危机。

草原旧事

盐池人把长城叫作"边墙"。边墙外的内蒙古叫"外首"，边墙内的盐池，叫"里首"。"暗淡了刀光剑影，远去了鼓角争鸣"的长城，已经从古代的军事要塞，成为今天民族交流交往交融的见证。这时的长城显然不是屏障，似乎更像是纽带。

我记事时，闵庄马、牛、骆驼之类的大牲畜已很少了，这与草原的自然载畜能力密切相关。包产到户以前，盐池北边许多村子的大牲口长年寄养在内蒙古草原深处，只需挖开一条带子井（长十几米、宽三五米、深两米左右的水沟）供牛和骆驼自行饮水。那些大牲口长年基本没人看管，生产队指派的专人只是过一段时间去大概数个数，只有逢年过节需要宰杀时，才派人去赶回来几头牛和骆驼。此外，因宁夏和内蒙古两地饮食和生活习惯大体相同，两地通婚也是司空见惯的。我一个常年在内蒙古放牛的九爷爷的老婆去世后娶了一个叫"笨不呆"的蒙古族姑娘，而南边本家的两个堂兄弟也分别娶了蒙古族姑娘。

高沙窝镇的闵庄人当年可以越过长城十几里地放羊，闵庄的几十亩菜地北园子就在内蒙古地界。沙漠边缘地下水浅，可以挖带子井浇地。我们甚至把长城以北的草原视为己有，而且自觉维护。当时草原上有一种草叫"醉马草"，这种草牲口吃了会疯。说来奇怪，这种草只长在长城以北的内蒙古地界。为鼓励群众铲除醉马草，镇上在各大队的供销社设了收购点，粗的五十根一捆，细的一百根一捆，一捆卖一角钱，统一收购后集中销毁。我们一边放驴一边挖醉马草，一天能挣十块八块，也算是一项副业。后来，草原承包后，一部分内蒙古人迁到了长城附近，这时，多年交叉放牧的格局被打破，两地发生了草场纠纷，那边的边民"坚壁清野"，这边的牧民"寸土不让"，双方甚至发生过械斗。后来经过双方政府和司法部门的介入调停，决定严格以长城为界，闵庄彻底退到了长城以南。实际当时高沙窝镇的许多村庄已经整体越过了长城，比如兴武营以东原苏步井乡所辖的大部分地区都在长城以北，严格地说都在鄂尔多斯地界。原苏步井乡是因蒙古人苏步挖了一口井而得名，而"高利乌苏村"则是地地道道的蒙古语地名。这些地方虽在长城以北，但形成了盐池实际控制和使用的事实，两地人民已形成了杂居融合的状态，后来的行政区划也就将这些地段划归了宁夏。

小时候，我曾是盐池草原上一个快乐的牧羊少年。我从十岁起就能放二三百只的一大群羊，那时，盐池草原虽不是风吹草低见牛羊，但草还是不错的。饮羊我打不动水，就跟着光棍二爹的羊群。他把自己的羊饮完后，我的羊也到了井上，这活就由他代劳。那时放牧对我来说是享受。待稍大一点，我不爱干农活，只爱放羊，我背上书、收音机和笛子，早出晚归，放出的是满滩白云，奏起的是草原牧歌,如今想来还有几分诗意。后来,我家的羊由二百多只减到了一百来只,再到八十来只,羊已经越来越难放了。我十七八岁时竟赶不拢一群羊,实在不是我业务荒废,而是草场急剧退化。放羊这事,草要好了,羊便安静,人也悠闲;若没草吃时,饥饿的羊儿总是像没头的苍蝇,到处乱撞,放羊人疲于追赶,自然辛苦。

盐池草原上最有名的草当属甘草,甘草味甜,这大概是它得名的原因。甘草是中药中不可缺少的成分,有"百草之王"的美称。在药店抓药时,几乎每服药里都少不了它。那时家里的鸡、狗要是误食农药,主人总是给它灌点甘草水,应是可以解毒。我家的醋罐里常起白花,放一根甘草榔头(大拇指粗的甘草要生长四至五年,这种甘草俗称"榔头")就不用担心了。甘草可是盐池人的生命草,盐池人从一根根甘草中咂出了生活的甘甜。吃过甘草片的人都知道,这小药片乍舔一下很甜,把它当糖放在嘴里溶化时却苦得要命,这大概就是物极必反。

甘草多的时候,成年男子一天挖三四十斤是稀松平常的事。我七爹有一次找到了一窝子好草,一天竟然挖了上百斤,差点都背不回去了。我记得村里有一家人,每年到挖甘草时,儿子、女儿、儿媳、女婿大捆大捆地往家里背甘草,据说挖一季度甘草的收入就能娶个儿媳妇回来,他们家日子过得红红火火,让全村人艳羡不已。我上小学、中学时,学校里春秋两季各有一次勤工俭学任务。那时,草场虽然有所退化,但甘草还相对好挖,就连我这样的学生娃一天也能挖二十斤左右。放一周假,除了给学校交的勤工俭学费外,自己还能赚一小笔可观的收入。大概是因为童年这种烙印太深,以至于多年以后,我常常做梦梦见自己发现了一窝子好甘草,拼命地从坑子里往外甩"榔头",那种兴奋无以言表。后来,盐池甘草在滥采滥挖中受到了毁灭性的破坏,加上载畜量过多,草场急剧退化,为保护草原,政府开始全面禁止采挖甘草。然而,在黄土地刨食的人可管不了那么多,有人就在月色明朗的夜晚出门去偷挖,盐池、同心两地交界处的农民就因为偷挖甘草导致械斗,甚至闹出了人命。

那时候,在原野上总能看到成片的深绿色甘草秧和灰绿色苦豆子,每年我们都给羊打草以备过冬。夏天打甘草秧,秋天打绵蓬、蒿子、灯莎(沙漠里的一种草,饥荒年代灯莎籽曾救过好多人的命)。随着对甘草的过度采挖,加之天旱少雨,甘草秧也少了,我们只好给羊打苦豆子草。"有肉不吃豆腐",对羊来说,甘草、绵蓬是上等饲草,无草可吃时才吃苦豆子草。草对羊的影响有多大,别人可能想象不到。羊吃苦豆子时,我们喝酸羊奶或吃奶皮时都隐隐有股苦味。草场退化后,羊只也羸弱,每到春天,总有乏羊栽到甘草坑里无力挣扎而死于非命;有的顶着风抢几天青就乏得头晕眼花,站也站不稳,还得躺下来歇一会儿;有的上个小坡,仰卧的羊儿都没力气起来,一再挣扎之后只能累死。

爱玩沙子是小孩子的天性,所以,盐池人调侃人时,常说"耍沙子"去。其实,沙子没那么可恶。小时候,我们常在闵庄西边的一个大沙坝玩过家家,那是我们快乐童年的摇篮。傍晚,在大沙坝玩得忘了回家吃饭,听见妈妈一声声呼唤时,拔腿往回跑。二十世纪六七十年代降生在盐池的婴儿,基本上都是先落在沙子上的。那时农村妇女临盆时,大多要让男人背些沙子铺在炕上,因为它干净且吸附力强。孩子出生后,没条件洗澡,就用沙子净化。我在野外放羊,羊羔身上的胞衣被大羊舔舐后,有了味道的记忆,大羊便返回羊群,待晚上羊群归圈后,它就可以认领自己的孩子。我把小羊羔放在沙子里,一会儿工夫,便蘸得干干净净。沙子上身后拍拍就没事了,不用洗;倘若黄土上身,可能就会有尘垢。沙子如果老老实实地待在沙漠里,它真的没那么讨厌。关键是它喜欢跟风,一旦随风而起,它就成了灾害,比如沙尘、沙暴。

盐池当地人把沙漠叫"沙窝",大概有个隐约的区别是,沙窝似乎多少还有点草植,算是半荒漠,而沙漠则是完全的赤荒。关于"高沙窝"这个地名,不用做任何考证,一听这名字就能想到它曾经的样子。去过盐池农村的人都会发现一个现象,盐池北边农户居住大多比较分散,状态相当于"一去二三里,烟村四五家"。闵庄就是这样,一般四五户人家保持几十米的间距并排而居,门前屋后也没人家。这里的农户一般不打院墙,一方面是草原天高地阔、居住分散,没有人与你争那点方寸之地;另一方面,家中的牛羊多在附近吃草,院墙往往会遮挡人的视线。他们不愿"小国寡民"、画地而居,有了围墙,似乎家就是围起来的那点地;没有围墙,家门前屋后百八十米甚至更远距离的地方都是自家的。草原人的开放心态、热情好客也是客观原因,因人烟稀少,人见了人稀罕,本能地亲近。过去我们在内蒙古草原上挖甘草、捋蒿籽、打麻黄,走到蒙古族牧民家里,他们夜不闭户,白天门上也不上锁。如果你去时家里没人,肚子饿了有什么吃的尽管吃,吃完嘴一抹走人就行,他们完全不介意。他们最反感的是偷盗,如果你顺手牵羊干点不地道的事,一旦被抓住,会被打得很惨。

草原退化后,最明显的是风沙大,素有"一年一场风,从春刮到冬,沙子漫地跑,沙丘比房高"的说法,沙压墙、羊上房、牛翻墙,那是司空见惯的事。有户人家房后的沙子壅到了房顶,有一天晚上男主人喝多后回家,从房后的沙丘走到了房顶,不慎一头跌下去,摔死在自家当院中。从前这事听起来像天方夜谭,但这样的事情的的确确发生过,而且事情发生的地点、死者的名字和一起喝酒的人,都能说得清清楚楚。许多人家不修院墙主要是给风留口,给沙子留路,有围墙容易堆积沙子,清扫起来极其不便,清理淤塞的黄沙是当时农家院子打扫的主要任务。那时不要说房屋、农田和道路被沙埋,就连我们高沙窝中小学校园也常遭遇风沙侵袭。我在高沙窝中学上学时常出校园背书,一出校门就是大大小小的沙丘。刮风天学生个个灰头土脸,许多老师上课时也像农村妇女那样,戴一个的确良白帽子,防止沙子吹进头发。我们打扫卫生的主要任务就是清扫校园里的沙子,推上架子车,一锹一锹地装,一车一车地往外拉,全靠人力。

大概是一九八三年春天,我经历了记忆中最大的一次沙尘暴。那天,放假勤工俭学的我和庄子上其他人一起挖甘草。早上出门时天气晴好,邻家小二哥还抹了头油。下午两点钟,我找了一处好草窝子,挖几锹就出个"榔头",当时心里那个美呀。大概三点钟左右,天北边泛起的黑云状的东西在翻滚,而且越涨越高,慢慢向我们逼近,当它压到我们头顶时,我才知道,那不是乌云,而是黄沙。那时似乎还没有沙尘暴的概念。狂风来时天昏地暗、飞沙走石,那一瞬间,我感到世界末日的来临。我们无法站立、睁不开眼,索性用衣服包着脑袋一头扎在自己挖开的草坑里,屁股朝天撅着,一动不动地等待狂风稍歇。直到下午五六点左右,狂风还不见停,能见度极差,我们根本找不到自己挖的甘草,一个个满头满脸是沙子,就连耳朵眼里也被灌满了沙子,小二哥抹了头油的头发像毡子。一群人用锹头护着脸摸索着回家,一路上,被刮飞的鸡到处都是,我们也无心去捡,心中只有一个目的,赶快回到家。因为能见度只有一两米,我们只能低头看地面,然后根据熟悉的路面或其他参照物,大致判断自己走到了什么地方,尤其走到十字路口,就要停下来分析哪一条是回家的路。到家后,屋里的煤油灯只能照见不到一米的地方。似乎从那时开始,早春的沙尘天气成了我们挥之不去的噩梦。

我是草原人,我从草原来。走过五十年人生,我目睹了草原的兴衰,见证了百草的荣枯。早年我经历了牧歌式的放牧生活,后来也真切地感受到了草原的荒凉和贫瘠,也欣喜地看到了草原的治理与恢复,继而憧憬着草原美好的明天。作为牧人家的孩子,我为盐池草原的退化心焦过。上高二时,我的地理老师陈希贤先生是一个有很强生态环境忧患意识的先觉者。在他的指导下,我写的一篇论文《保护草原与发展牧业》获得了全区地理论文一等奖,而且为我赢得了十分的高考加分。我一度为自己能关注家乡发展而自豪,然而,退化的盐池草原的得分却每况愈下,甚至越来越让我感到无奈。生态恶化导致人们的生活、生产条件受到严重威胁,盐池作为宁夏面积最大的县,竟然出现了"一方水土养活不了一方人"的尴尬局面。在政府的倡导组织下,苏步井等地生活条件差的农民开始向灵武狼皮子梁等地吊庄移民。生态移民固然有益于迁出地的生态恢复,但对热土难离的人们来说,这是一种认怂,是无奈的败退。

当草原成为往事,羊儿着实思念草原,牧人无比怀念羊群,这怀念中充满了忧伤;当甘草成为往事,我们只能回味曾经的甘甜,而这回味中充满了苦涩。正如宁夏作家李进祥在写清水河时感慨道:"对清水河,我感觉她不像是母亲,更像是我的奶奶。也许是因为她的苍老、她的瘦弱,她的确像一个走得颤颤巍巍的老奶奶。"对当年的盐池草原,我也有同感。我们脚下的大地和草原应该是母亲,她们应该是身体健硕、奶水充足的。盐池草原却一度像油尽灯枯的奶奶,苍老忧愁的脸上布满了皱纹,干瘪的乳房没有奶水。过去农村妇女农忙时下地干活,孩子由婆婆带,孙子饥饿要吃奶时,偶尔奶奶会让咂她干瘪的乳房,没奶时,你再拼命地吮吸都无济于事,那是真正在"哄"娃。草原哺育了盐池人民,她也需要反哺。草原退化,母亲羸弱,当务之急是休养生息,给母亲输血或补充营养。

草原新生

地中海沿岸被称为西方文明的摇篮,古埃及、古巴比伦和古希腊的文明都是在这里产生和发达起来的。但是,两三千年来,这个区域不断受到风沙的侵占,有些地方逐渐变成了荒漠。世界最大的沙漠——撒哈拉沙漠曾经也是一片绿洲,它的荒漠化就是沙漠对人类文明吞噬的明证。在古老的丝绸之路上,曾经出现过很多繁极一时的国度,随着时间流逝,有些国度却逐渐消失,留下了很多未解之谜,比如楼兰古国的消失之谜。楼兰紧靠着罗布泊,是汉代之前的大湖名城,是西域和大汉交流的第一大城。随着罗布泊的干涸,楼兰古城也陨寂于茫茫大漠。王昌龄的《从军行》写道:"黄沙百战穿金甲,不破楼兰终不还。"在被大汉征伐时,曾经的楼兰古国或有与劳师伐远的大汉军队抗衡的实力。楼兰文明何以消失,现在人们的普遍看法是与生态恶化有关。西汉的"飞将军"李广晚年再度出征匈奴时,军队在大漠中遭遇沙尘暴迷了路,贻误了建功立业的大好时机。王勃在《滕王阁序》中写道:"冯唐易老,李广难封。"李广壮志未酬,终未封侯,一代将星,饮恨自杀。可见,沙漠不但影响人类生存、改变战争走向、累及名将建功,甚至会吞噬人类文明。

往事越千年,沧海变桑田。无论是文献里记载的,还是老人口口相传的,都是盐池大草原的前世。我们无法穿越时空,步入那个"天苍苍,野茫茫,风吹草低见牛羊"的盐池大草原时期。近代著名地理学家和气象学家竺可桢先生在《向沙漠进军》一文中写道:"沙漠是人类最顽强的自然敌人之一。"有史以来,人类就同沙漠不断地斗争。但是从古代的传说和史书的记载看来,过去人类没有能征服沙漠,若干住人的地区反而为沙漠所并吞。许多野生动物相继消失,盐池县二十世纪五十年代豹子绝迹,六十年代野猪绝迹,八十年代黄羊绝迹,九十年代野狼绝迹,这也成为盐池草原生态逐步恶化的标志,二十世纪六七十年代,盐池草原的沙化率已近四成,境内有五条流动沙带,有三条经过高沙窝,其中最大的一条流动沙带长七十多公里、宽约十几公里,长城内外,一度沙丘遍地、黄沙漫天。

无休无止的沙尘暴无情地驱赶着在黄土地上奔命的人们,漫漫黄沙也在渐渐吞噬着盐池大草原。一次大风沙袭击,可以把幼苗全部打死,甚至连根拔起。盐池许多农民春种时常常要补种两三次才能有点收获。人们在与沙漠的斗争中大多是节节败退,而且呈现出沙进人退的局面。今天,我们有记录和书写历史的能力,如果千年之后,盐池重蹈楼兰古国的覆辙,长眠于黄沙之下的我们将如何向子孙后代交代?

恶劣的环境激发了盐池人民战天斗地的顽强意志。全国劳动模范、治沙英雄、党的十八大代表白春兰是盐池大漠上走出的一个"攒劲"女人，四十多年来，她带领全家人凭一双手、一把铁锹，在只有一棵树的毛乌素沙漠中，耕耘出一片生机盎然的生命绿洲，沙边子已建成占地近万亩的国家沙漠公园。如今，古稀之年的白春兰已功成身退，定居在城里含饴弄孙、颐养天年。但是，在白春兰"抗硬"治沙精神的感召下，盐池人保护生态、建设家园的脚步从未停歇。从白春兰"一个人的战斗"到大地上涌现出治沙"十八勇士"等一批先进典型，他们身后，涌动着人民群众植绿护绿的汪洋大海，激励着更多的后来者抗争命运、守护绿色、守望未来。

盐池常年干旱少雨，尤其春夏雨水少，这个时候，长势旺盛的主要是苦豆子和牛筋条，而这两种耐旱的草植的颜色都是灰色的。盐池人也早已经有了保护草原的自觉，比如飞播造林、植树种草等等。如今，闵庄草原上远看成片、近看成行的牛筋条就是当年种下的。回想当时无精打采地一把一把撒下牛筋条籽时，谁能想到三十年后的今天，它们会成为盐池草原上的生态屏障，成为一道真正的"绿色长城"。

时光走远处，巨变弹指间。一度萦绕在几代盐池人心头的贫穷和绝望渐行渐远，曾经赤地千里的沙地已是绿野茫茫、草木葱茏。绿水青山是盐池人用勤劳和智慧换来的生态福利，如今，盐池大草原的植被比毗邻省区的纯牧区天然草场更为壮观。作为一个曾经参与过盐池草原生态建设的一员，我时常感到无比自豪。

二〇〇二年，盐池县全面禁牧。刚刚禁牧时，我爹这样放了一辈子羊的人怎么都想不通，说这是不让老百姓活了。最初，群众并不配合，以打游击的方式与禁牧组周旋。宁夏诗人王怀凌写过一首诗《昼伏夜出的羊们》，反映的就是偷牧现象。对禁牧人员，他们出言不逊，说很难听的话："草原上的草自古以来就是让牲口吃的，这是老祖宗传下的。你们现在不让羊吃，留着你们吃吗？"以前盐池农民的耕作主要以人力和畜力为主，每家农户都养两三头牛、驴和骡子之类的大牲口，随着农业机械化程度的提高，大牲口渐渐退出草原，客观上也减少了载畜量。十几年前，我三爹的坐骑——闵庄的最后一头灰骟驴卖给了驴贩子，据说他们买去育肥后要卖给城里的驴肉馆。从此,闵庄彻底告别了饲养大牲口的历史。禁牧后绝大部分羊群回归了圈养,草原的生态有所改观。

盐池县马儿庄乡黎明村在二十世纪八九十年代,因为过度放牧、乱采滥挖和持续干旱,导致生态环境急剧恶化。九十年代末,为躲避风沙,村民不得不搬离家园,几十户人家的村庄四分五裂,形成了四个庄头。《光明日报》记者庄电一先生十几年持续关注黎明村,忠实记录了这个几乎被沙漠吞噬的村庄在十几年时间经历的黄沙压境、被迫搬家、停止破坏、全面治理、环境好转、勤劳致富的沧桑巨变。有一张照片令人印象深刻,一户人家被完全掩埋在沙漠里,像茫茫大海上的一叶孤舟。几年前,我要发一篇关于黎明村的文章,需要附一张有沙丘的图片,以作前后对比。于是我请村民朋友、农民诗人白学宝出门帮我拍摄一张。没想到白学宝拿着手机在黎明村转了一大圈,沮丧地回复我:"闵哥,一个沙丘也找不见。"不止黎明村,高沙窝也一样。如今,白学宝种着上百亩玉米,养着几百只羊,家里猪鸡满圈,日子过得充实而富足。"莫笑农家腊酒浑,丰年留客足鸡豚"(陆游《游山西村》),这些年,每到腊冬,白学宝不止一次地在微信中用大块羊肉和杀猪菜诱惑我,甚至有意发一些家里滩羊、土猪和滩鸡的照片,汇报它们的成长和进步。黎明村已成为我心中的一个向往。

草原给过我牧歌式的童年,也给过我梦魇般的少年,更给过我迷惘的青年,我离开闵庄时带着对黄沙黄土的绝望和诅咒,发誓从此再也不会回到这块焦渴的苦土。如今,禁牧后的草原应时重生,生态得到全面恢复,处处呈现出一派生机盎然的景象。走在乡间,久违了的野花不时让人眼前一亮,獾、狐狸、七彩山鸡、呱呱鸡、黄鼠狼等绝迹多年的动物又出现了,这是大自然对人类反省的回馈。盐池人从退耕还林与保护草原中得到了实惠,他们用自己的行动诠释了"绿水青山就是金山银山"的生态理念。盐池大草原成为我寄意乡愁、慰藉心灵的抒怀之地,涵养精神、蓄积力量的回眸之地。

朋友们看了我笔下的闵庄,怀着对乡村的神往,也想到草原感受一下闵庄的烟火。有一年盐池雨水好,秋天我带着一群朋友回到了闵庄,那年的草原美啊。在我的记忆里,那草色应该是三十年一遇。雨水好得门前屋后都长满了草,连墙头上都长着大大的蓬蒿。我家门前的一大片自留地现在抛荒了,里面长着

191

一种叫黄蒿的草,看上去像一块天然的绵软的绿毯,旁边的地里种有苜蓿、苏打草,都是羊的上等饲草,从前通往我家西边那块地的小路也快被草长严了。爹宰羊,娘杀鸡,我们吃的西瓜、香瓜都是自家地里种的,邻居七妈还给我们端了奶皮子。朋友们放开肚皮吃肉喝酒,一个个沉醉在闵庄的无边秋色中,沉醉在丰收之年的喜悦中。闵庄向东沿长城一路有兴武营、窨子梁、张家场汉墓、八步战台等遗址,吃饱喝足了在平坦的乡村公路上驱车疾驰,一路上莺飞草长、景色宜人,那情景当是"塞下秋来风景异"。

因父母年事已高,热土难离,仍在闵庄居住。每逢周末,我一有空就驱车往闵庄跑,有时还呼朋唤友、携伴同行。银川到闵庄的车程是一小时,去年国庆长假期间,闵庄家家外出的人都回来休假过节,我们天天轮流到各家大块吃肉。十月三日,一帮朋友自驾到盐池长城一线游玩,顺路到闵庄造访。我从七爹那挑了一只当年的羯羊,由我八十岁的老父亲亲自操刀,这只羊宰了四十斤,朋友们都赞不绝口:"怪不得盐池羊肉频频登上国宴餐桌,它不愧是中国羊肉的天花板。"

美丽苍茫的盐池草原是苍天的造化,肉质鲜美的盐池滩羊是大自然的惠赐。当我带着朋友登上北面的长城烟墩,登临送目,极目四野,悠然感慨:大地之上,苍穹之下,为什么上天如此眷顾我脚下这片神奇的土地。我心中那份自豪是油然而生的。在十月的盐池,在金秋的闵庄,我们找回了曾经丢失的心中草原。

我相信,从此,草原不再是往事。

白芨滩的生命

◎ 王凤国

走进白芨滩，零距离接触白芨滩人和白芨滩的许多草木，我的内心是慌乱不安的。看过一片树林，一片草地，一个真正的护林人，我总是想：一根草不知什么时候，就会突然吐出一朵鲜艳的花来；一堆草后不知什么时刻，就会突然跑出一只兔子来；一棵就要倒下去的树后，突然会跳出一个人来，把它扶直了，给它特别的爱。可以说，这样的场景是绝对生动的、精彩的、值得赞美的，每一个走进白芨滩深处的人，谁也不能否认。

儿时的记忆里，白芨滩，除了几簇白芨芨草，就是风，就是沙。毛乌素沙漠好像没有深处，一眼看去，除了沙丘就是沙丘。高高的山冈上，一场又一场的风，喊着号子，迎接每一个到来的人，并且让我不止一次地扬起了长长的思绪。向东向南而去，进入中原大地，我总会向家乡眺望几眼，但是，我只是风里的一个守望者、幻想者，我的虚假或者说虚无的爱多么令人鄙视。我当然有人世间的爱，我渴望家乡草木幽深，豺狼虎豹猖狂，然而……

多年以前，我看着天，天截断了我远远的目光，我看着地，地掀起了我暗暗的忧伤。我心里想，在这里，也许某个角落，真的有人将最后的眼泪哭得一干二净。这里就不是人能居住的地方，逃离，必须逃离。多年以后，我还是常常渴望这里"到处莺歌燕舞，更有潺潺流水"。

是的，这里就像是我接触毛乌素沙漠最初的感觉，一种爱与恨交织的感觉，干涸、枯萎、苍茫、空旷，甚至虚无，让我，让和我一样曾经走进毛乌素沙漠的人，失去了生命最后的冲动。因为看到一簇蒿草，一根被阳光晒得发白的骨头，好像自己也让阳光抽走了仅有的一点血，在一堆同样失血的石头面前，眨着眼，跪下来，望着蓝蓝的高远的天空乞求。是的，曾经的日子里，这里不需要眼泪，连拭汗的举动也不应该有,这里只有几只羊大口地呼吸着,把空气里的一点湿气吸进去,然后动一动干裂的嘴唇,吹出满嘴的风沙,拦住一点强烈的阳光,拦住神的可怕的诅咒。这里的茇茇草,不是死在一把镰刀下,或死在一束阳光下,难道这就是它们的宿命吗?父亲年轻的时候,为家里做几把扫帚,就是一大早进入白茇滩去拔茇茇草的。茇茇草啊,给人的贡献,就那么一丁点儿吗?人定胜天,何其难哉!

后来再进毛乌素沙漠,我相信,我们所有的生命都是光阴的奴仆,在风揭起的沙丘一角,我看到了无数小石子,它们好像是沙漠里的孩子,挤在一起,躲避尘世里的虐待,哪怕让自己在孤独的黑暗里,在毁灭的等待中。至于树木,总是稀疏的,矮小的,无精打采的。毛乌素沙漠的东麓也好,西麓也罢,就在那风中等待着上苍的宠爱。

今天,在毛乌素沙漠的东麓,在我们最不能相信产生奇迹的地方,却出现了奇迹,这是人的伟大力量的明证。早在两千多年前,思想家荀况就说:人定胜天。白茇滩四代人用七十年的奋斗,证明了人定胜天这一哲学名言是正确的、深刻的。人,是生产力中最活跃最重要的因素。没有了人,也就没有了人间的奇迹。据白茇滩自然保护区管理局工作人员介绍:白茇滩保护区累计治沙造林 68 万亩,控制流沙近一百万亩,林草覆盖率达 41%,有效遏制了毛乌素沙漠的南移和东扩。在中国,一片大沙漠,经过人的行动而被完全改变的,据我所知,只有毛乌素沙漠。其他的地方,人的意志还是虚弱的,尚不足以证明人的力量能战胜自然。但是,之前我并不知晓白茇滩人的贡献有多大,只有掌握了具体翔实的数据,我才能说白茇滩人是伟大的,白茇滩的生命是幸福的,而我,应该羞愧于世。

是的,从白茇滩归来,我是羞愧的。我所住的房子距离白茇滩最近处不过几里路,但是,对于白茇滩,我却是陌生的。这种陌生,并不是我没有在那片土地上行走过,也不是不知道不认识白茇滩的治沙英雄、劳动模范王有德。或者还可以这样说,我曾经在白茇滩种过树,滑过沙、观过景,甚至捡过野菜。这是实事。然而,我们对白茇滩的人和事,白茇滩的树和草又都是陌生的,这种陌生是因为我并不了解白茇滩人的眼界、品质和精神,我并不了解白茇滩种种事件或者说各项事业的细致、生动和复杂,我并不了解那些生长于白茇滩的草木的艰难、顽强和得到的宠爱。

"一年一场风,从春刮到冬,天上无飞鸟,地上无寸草。"在一面墙上,我看到这样的歌谣,想到昔日的白芨滩人,心中只有酸楚。一根草,不会埋怨一场雨跑到了远处;一棵树,也不会埋怨春天跑到了远方,它们自有它们的命运。这儿,它们不会呐喊,不会反抗。毛乌素沙漠,千万年来,湖埋在了地下,恐龙和虎豹埋在了地下,后来可能还有几个西夏人的村庄也埋在了地下,沙走在地上,风在一个又一个沙丘上肆虐,人从一个村庄逃离到另一个村庄。荒凉、空旷、苍茫,这是旧日的毛乌素,谁也不会否认。这是事实。

今天,我可以大胆地说:白芨滩的每一根草,每一棵树,每一个小动物,都是快乐的、幸福的,因为它们都得到了一群人特别的宠爱。在人世,有了爱,可能就有了一切。让天地变色,大约只有人能做到。白芨滩的生命的确是幸福的,这种幸福源自于人的梦想。幸福是奋斗出来的,奇迹是人创造出来的。是的,这是颠扑不破的真理。现在,这里越来越安静了,风在弹奏着美好的乐曲,而不是卷起满天的黄沙;鸟兽在这里谈情说爱,生儿育女。有了生机,就有了感人的场景,就有了生活的画卷,就有了历史的风采。

今天,白芨滩成了国家级自然保护区,好的政策造就了好的风景。草木的深处早已没有了猎枪,早已没有了罪恶的预谋,什么打野兔、捉野鸡的事儿早已成为传说,一架架无人机在天空巡视着,一只只红外线摄像机在暗处监视着,多管齐下、立体管控的策略,让白芨滩这片神奇的地方没有了保护的死角,没有人在这里开山凿石,没有人在这里烧纸放火,没有人在这里放牧牛羊,没有人在这里偷猎寻宝。这是一片安静的地方,安静,多么美好!我想,一切的生命都不需要惊扰,自在、自持、自得、自乐,终究是人所渴求的,动植物也是如此。

封山禁牧好,退耕还林好,保护生态好。"宁肯掉了十斤肉,不让生态落了后",白芨滩人就是以这样的誓言在奋斗着。牛羊走远了好,贪婪的人走远了好,所有的草木都应该好好地在这里,黑鹳、天鹅、猎隼、灰鸭、兔子、野鸡、狐狸、蜥蜴……都应该好好地在这里生儿育女;芦草、柠条、冬青、沙蒿、红柳、沙棘、甘草……都应该安全地在这里生生不息。一切的一切好好地晒太阳,好好地串亲戚,好好地养肥自己的梦想,过好自己的日子。

在白芨滩，在毛乌素沙漠的西麓，每一个生命都必须是幸福的，包括那些种草的人，包括那些护林的人，包括那些刚刚来到这里的，还没有恋爱的大学生。

防沙种树的人没有疲惫，他们抚摸过一簇沙冬青后，就像看到了一个孩子的微笑，还要多养一些，还要多付出一些爱，还要更多的绿水青山，还要到处都有金山银山。

大雕、游隼、野鸡、狐狸、野兔、蜥蜴、灰鸭……奔跑，跳跃，潜伏，捕杀，在这里的草丛里、树林里，所有的动物们生存，也需要勇气与力量的展现，也需要惊心动魄和感天动地。争斗也好，窥视也罢，生活的精彩毕竟让我们激动。死寂是可怕的，在家乡这片古老的热土上，我们每一个人都不希望没有撩人心思的声音和行动。有了这些，白芨滩，就没有了荒凉、空旷和苍茫，白芨滩，就没有了艰辛、苦难和祈求。

一只豹猫的到来，绝对是我们的幸福，绝对是绿水青山就是金山银山的明证。今天，这里，草绿了，树多了，从地里刨食的人没了，还辽阔的大地以宁静，还尊贵的生命以自由。白芨滩人，有这样的一种眼光和气魄。

对于白芨滩人，我应该向他们致以最真诚的敬意。白芨滩，有这样一些人，他们扎根于广阔的沙漠里，以他们的忠诚，他们的拼搏，他们的自信，蹚出一条路，种下一棵树，植出一片林，保一方水土，不怕流汗流血，不怕亲友埋怨，不怕贫苦一生。白芨滩人这样说：既然命运让我们选择沙漠，那就活成一棵柠条的样子。

我的巩乃斯河

◎ 张　振

　　总是忘不了巩乃斯河,在无数个日夜。

　　这是新疆伊犁巩乃斯河畔那些村庄给我的感受。那些曾被忽视的细节,现在在我眼前呈现。我常常会不经意间停下脚步,在一片云的阴影下、一棵树的鸟鸣下、一片庄稼田地里、一堆草垛和牛群前,甚至在一个白色毡房前。而巩乃斯河畔的一处湿地,是我常常停留的地方。

　　我常常骑车从家里奔去,哪怕要骑一个小时,丝毫不觉得累,不觉得晒,不感到形单影只。想着前方的终点,心里反倒兴奋激动。我忍不住想要跳舞,试着放开车把手,想抱住呼啸的风。长于巩乃斯河河边的草木是幸福的。我坐在河边石头上,想象自己成为一株草的样子,在风里跳舞、在河边呼吸、在大地生长,浪漫又自由。

　　我常常游走在巩乃斯河畔,转角遇到许多被忽视的美好,比如草垛。草垛是三角形的,堆放的方式多样,放在地上的最常见。有一次,我开车倒车,感觉车后陷入什么沟道里,下车一看是牧民储藏在地里的草垛。后来我才知道,这是为了保住草的新鲜。

　　新疆大地,在很多人心中是神奇的存在。前不久,我有幸聆听王蒙先生的讲座。他说,在新疆,如果牛奶洒到地上或者馕饼掉到地上,那么人们就会埋起来。我当时不理解。夏至过后的今天,当我站在巩乃斯河畔,我似乎知晓一二,但无法用言语表达。还有一次,我在河畔村庄的丁字路口前方,遇见一个堆放在大门旁的草垛。我想到了童话故事:一个三角房子上面盖着草帽,草帽和蔼亲切,在白雪纷飞里静静地站着,守护着这方土地。

　　打了个盹,满眼慵懒,日光斜进车窗,有种惘然的明亮。车子在 218 国道行驶,我在副驾驶座上打盹,一动不动。有一个黑影从极远处靠近,又迅速闪过,仿佛努力要浮出我的心海。这是杨树林制造的梦境。我眯起眼睛,左右两排杨树一闪一闪的。我朝左朝右朝前朝后看,才发现自己被杨树包围着。它们伫立路旁,高大直挺。抬头望,快挨到天的杨树叶片泛着金银的光,扑棱棱打在我眼前,明暗交替。我闭上眼,仿佛自己在杨树上低飞。我喜欢这样的感觉,坐在车上,放空大脑,天马行空地去想象、去感受。

巩乃斯河滋润着良田和庄稼。每当我走过那片玉米地,都会感慨万物生长严格的规律。车子右边是一片玉米地,左边是一片苜蓿地。玉米地,我目测已长到和我一般高。风过,它们齐刷刷朝我招手,欢迎我到来,又目送我离去。玉米秸秆长得高大齐平,远远望去像个无限延展的"一"字。我不知道庄稼地的主人是怎样精心呵护它们的,我只知道它们整齐划一地站在那里。向日葵、天山红花、顶冰花都是这般看着我。我很庆幸,它们看到了我。

路边小麦田迎来收获季。白杨树旁,麦香阵阵,深黄一片。苜蓿、玉米、西瓜还在生长,绿茸茸的一大片。大地的颜色,无时无刻不在变化。

当然,还有天空里大朵的云。之前,我不觉得这云有多好看,是离开家后才发觉的。天上有一大片乌云,别处则是浅浅蓝天。你能清楚感知,雨马上就会停,如若运气好,还能看见彩虹,再不济,也会看到湛蓝晴天。果真,天放晴了,飘来大朵白云。我试图跳起,想伸手去够。走出村里的小巷,视野更加开阔。

巩乃斯流域的村庄,多以平房为主,加之广袤土地,你一旦走出村庄视野就会无比开阔。这种感觉很好。我的眼前是绵延的天山山脉,山顶上有金辉,再往上看就是低垂着的深蓝色的天,成群结队的云。云的颜色白到极致。

此刻,我头顶上的天是水洗过后的浅蓝色。云朵这一片、那一片,不疾不慢地游动。且不说云的多种姿态,就说那硕大的形体,都叫人觉得好看。雨后,我没有看见彩虹,但是我所在的整个天地,清新一片。巩乃斯河的流水也充沛起来。一个雨后,仿佛一切都神采奕奕。

山腰上,羊群成片,牛背宽宽,马蹄声阵阵,甚至牧笛声声。鸟儿在叫,鸽子在叫,鸡鸭鹅也亮着嗓子叫,我还听见蟋蟀、蝉鸣声,所有音调和着那牧笛声一齐响起。光是这么站着,我就甚觉有趣。河水的声音一改往日,哗哗作响变成了咚咚鼓声。我用手机试着取景,无奈怎么都不能把眼前景象尽数收纳,只好作罢。也许并非只我一人看见,我身边的草木、牛羊都在陪我一起进入这幅清新美妙的画里。

夜里的巩乃斯河,有另一番风貌。夜里的星空,静谧的大地,梦里的万物,都有待我去探索、去发现、去感知,以及去爱。

过陕州

◎ 李朝俊

一月中旬的陕州,三门峡天鹅湖湿地。

路边树坑雪地里,嫩绿的小草,贴边绕树暗长,一白一绿,冬春交融。

问当地人这草之名,方言韵味是毛毛草、黄黄苗、害眼毛。这"害眼毛"是地方话,让我听成"海盗嫂",对方笑我也笑,笑声中摇头摆手,求证时我连猜不中,一支钢笔救了急,白纸行文"害眼毛"。别说,这草名神形兼容,一草多穗彼此分生,草茎上穗似眼睫毛,风中眨眼一张一合;那毛毛草尖叶有果蕾,一寸长短数枝散开,朝气蓬勃在雪野里,很有春天的尖兵锐气;宽叶的黄黄苗,叶大根黄石缝探头,美少女样活泼可爱。还有叫不上名的野草,嫩绿上身,紫色细藤伏地起身……

我到陕州,一过方知,三门峡年轻有为,国家水利水电重镇,中华国土束腰水城;陕州古老厚重,民族文化摇篮,周召公分石明陕西省出处。天鹅不远万里飞来,在黄河三门峡湿地越冬,精彩绝伦的舞蹈让人眼界大开。

天鹅舞翩跹

冰天雪地,水清桥白。

上栈道,穿竹林,踩厚雪,长声脆,短声响,如蛋壳脆薄破碎,沙沙的声响在耳边。入耳的声音中,除鞋底压雪声外,"哦!哦嗬!"天音传来。驻足静听,"哦嗬"声声脆,心中狂喜,今儿个可见天鹅!急急向前走几步,踏雪扒竹枝往外张望,数十米开处一河白水,数群天鹅,时飞时落,时歌时唱,鸣叫嬉戏。

出竹林上中堤,进东门向西行,两水夹岸,右边有水砚池,左边是青龙湖。天鹅在水上追逐,一堤空中翻飞。水上空中,白天鹅、黑天鹅,或歌唱,或共舞,或齐飞,这里是天鹅的舞台,游人是岸边堤下的观众。

我沿堤台阶下湖,走水岸栈道,水阔天低,雪压枝头。栈道昨夜落雪,软如洁白地毯,人在上边缓缓通行,别有情趣在心头,似梦非梦在童话里,真声真音听天鹅的鸣叫。临水栈道上,望水水波连天入大地雪林,望岸岸上千树万树压枝低。低树浅滩,芦苇渚上,雪白天鹅,交颈踩水,东西成群,南北一片,绕湖栖息,满河鸣叫。

在一处观景台前,西边三五米缓坡临水,旁边一棵黑柳曲干水上生,金黄玉米粒撒在坡地上,这是国家专设的投食点。白雪上的大片黄粒,阳光中熠熠生辉,天鹅伸嘴曲项,"突噜噜"一阵进食,吃一嘴左右望几眼,扬脖踮蹼看一阵,彼此开膀张翅斗一阵。

在栈桥景台拍照,有只天鹅与我四目对视,划水悠闲上岸,过食粒不闻直向前来,一米之距,摇摆双翅,扬脖冲天,"哦!哦嗬!"几声,随之低头寻物,随之闲庭信步,随之向我张望,黄额黑嘴亮眼睛,雪白的根根大羽,丝绸般无数绒毛……这天鹅明我心境,知我初来新到,让我一次看个分明。数十年的愿望,观天鹅听天籁,心心念念成了真。

天鹅在眼前,白鹅在心间。

母亲喂养过两只白鹅,是我童年的玩伴。我看它们食青草,食谷粒草籽,喝清泉之水,对鱼虾泥鳅无感。母亲说大鹅是斋公,天性高品行好,从不杀生吃腥。白鹅伴我左右,上堰下田,村边门口,遇到生人,它俩先"哦嗬!哦嗬!"鸣叫,好像说"干啥?干啥?"警告,人到近前其突然低头夹翅,踮蹼飞奔直扑上来,嘴拧膀扇追击不断,护主之心倾命向前。人们怕我的白鹅,狗们怕我的白鹅,连一向爱钻鸡笼的黄鼠狼,见了白鹅"干啥"警示,只好灰溜溜地逃避入墙洞。

"哦!哦嗬!"天鹅向前踱步,双翅扇风羽毛水珠,直扑脸上让人一震,我身体一个激灵,心回入天鹅湖岸。天鹅知道我走神了吗?我入定般想起童年的白鹅,眼边这只天鹅是白鹅幻影之身?

我迈步,往前走,向西行。

南天竹青叶红果,小黄杨油绿发光,生长在堤上坝下,让湖水出倒影,令碧波出色彩。栈道之旁,浅滩水上。又一群天鹅,白得仍然亮眼。我寻找刚才那只对视之鹅，看哪只，哪只像，可它们眼不望我，分明哪只也不是它。母亲的白鹅红额红嘴红掌，追忆在永远的童年生活中。陕州的天鹅黄额黑嘴黑掌，此刻在眼前将来必成追忆，也会伴着大白鹅之影，在我的心上情中"留声机"里。

若有所失的情感中，我又有了新发现。这群白天鹅中，有几只灰天鹅，脖颈灰中有花，浅白额头，黑色双喙，溜黑的眼睛，白背夹灰丝，浅灰双翅膀，灰白软腹毛……哦对了，听飞禽学家说过，这当年的幼天鹅，它们未脱羽换翅，个头挺大，模样仍是少年，前路仍须搏击风雨，寻冰雪千里万里！

众多天鹅中，我看到有戴项圈的，蓝地白字"341""343""357""358"……正数得津津乐道，一阵群鹅骚动，分阵疾速游开。有人惊叫："快看！天鹅上天！"我寻声望去，双鹅起飞，蹼点水花，脖像飞机空速管，翅击水浪扶摇向上，在彩虹桥衬托下如巨幅湘绣，悬飞在蓝天白云间。

闭目回想，画卷慢放：我看到两只天鹅，一前一后起飞，那鹅掌踏水水连浪，这浪起水波波托掌，浪掌之上是搏击的双翅，是引颈向上如舵的鸟首，这震撼的场面，此生第一次看到。确切地说，是在三门峡天鹅湖看到的。

在三门峡天鹅湖，看天鹅飞翔，对我是惊艳的，对常住者是自然的，是这里季节变化的物候标志。湖堤栈道走，遇见附近居民赵先生，他闻言我专程从北京来看天鹅，友好热情地当起志愿者。说天鹅年年来此越冬，十月底来，一开春走。天越冷天鹅越多。盛况空前时段，湖面三分之二是凫游的天鹅。天鹅是从西伯利亚飞来的，其翼展可达两米多，押长脖子有半人高。

我问天鹅啥时落户这儿越冬的，赵先生说涧河湖修好不久，当年有几只过境天鹅落脚，随后年年天鹅过境，陆续到来者渐渐增多，直到今天这样闻名天下。这时我方明白，三门峡天鹅湖，在黄河支流涧河上，现在称青龙湖和苍龙湖，这湖水不深不浅，1.2 米至 1.5 米间，最深不过 2 米，这样便于天鹅栖息觅食。湖面有半岛，有浅滩，有水渚，有芦苇荡……冬季的温度在零下 10 摄氏度到 10 摄氏度之间，这儿的温度不冷不热，这里的草青嫩、水新鲜，是天鹅越冬的生态环境理想地。

有人说天鹅是流动的环球生态检测仪，随时测出落脚地的生态变化，某地若稍有闪失，天鹅会另走新路线。这如千古诗云："黄鹤一去不复返，白云千载空悠悠。"

在巨石红字"天鹅湖"碑旁，有文字介绍，天鹅湖位于三门峡市东、西城区之间的生态区，总面积一万两千余亩，是河南省第一家国家城市湿地公园，首个"中国大天鹅之乡"，每年十月底至次年三月，有数以万计的白天鹅在这里聚集栖息，数量占全国总数的三分之二。三门峡成为大天鹅在中国最大的越冬栖息地。在这里洁白美丽的白天鹅，碧波荡漾的黄河水与深沉的黄土高坡融为一体，在波光粼粼的湖面上，它们自由飞翔、结伴嬉戏，或温情地交颈摩挲，或优雅地翩翩起舞，形成人与自然和谐相处的天然画卷。

向着召公岛行走，过闸门大坝栈道。涧河黄河一闸相通，水涌闸门轰隆作响，似怒涛如春雷。闸上湾水里，数百只天鹅，十数只鸳鸯，间有红嘴鸥，黑喉潜鸟……或自由自在凫水拨波，或曲项向天歌，或头插翅间闭目。这一湾天地，对鸟们来说，我想或如人间上海外滩，或似北京的鸟巢人来人往。

在背靠黄河主航道，面东临湖观景台上，我看见天鹅湖烟波浩渺，看见湖畔两岸错落有致的楼宇，我看见状同彩虹白色之桥，我看见一只单飞的天鹅，穿桥而飞往天际。此刻的白色之桥，犹如天际线，也像鸟的导航塔台。天鹅的跑道在湖上，单飞的，双飞的，三只同飞的，六只编队飞的，十数只结队飞的……看得我目不暇接，看得大人大惊小呼，看得孩童欢呼雀跃。

天鹅群里的"捣蛋鬼"，在游人看来最可爱。它们在鹅群里抢食物最凶猛，边囫囵吞枣曲颈咽食，边趁左右鹅不备突然扬颈伸嘴，照对方身体逮哪儿啄哪儿。避闪不及者，被其啄得"哦啊"一声水中打转。知其鬼心眼多者，见它头扬嘴开疾速远去，"捣蛋鬼"被闪了个"嘴啃水"。"俏皮蛋"天鹅有杂技演员的本事，让游人开心开怀，尽展天鹅别样性情之趣。这家伙曲颈一上一下向伙伴鸣叫，一上一下几个回合见没被理睬，它头扬腹起踢掌踩水，一口咬向邻近天鹅的尾羽，吓得受袭者落荒而逃。怎奈"俏皮鬼"死咬不放，前鹅双翅拍击鼓风就是无法升起，只听"哦哈坏！哦哈坏！"乱声叫，只见水上卷起一道白浪，只看前鹅拖后鹅如人在水上冲浪……

本是散游水面的鹅群，被"捣蛋鬼""俏皮蛋"们，搞得鹅鹅划水纷纷躲避闪开。有的惹不起干脆起飞升空，有的敬而远之游到别处，有的大鹅护小鹅，组成威武阵势与之对视。

今儿雪后天很冷,大家游兴却很热。我忘了寒冷,忘了饥渴,忘了归途,天鹅的自然天性,天鹅的和合鸣叫,天鹅的追逐打闹,天鹅的奋翅阵容,怎不让人赏心悦目,怎不令我流连忘返!

这里天鹅湖之大,这里天鹅舞之美,这里天籁,是国家大剧院的表演难以企及的,是世界上任何舞台都无以复制的,自然天成美到极致,鸟之心音妙不可言,人在这里观天鹅之舞,听天籁,心悦之情无以言表,眼望天鹅湖景终生难忘。

在僰王山

◎ 皖　心

有人说，从僰王山到博望山，驯化了野性，只剩下山水的纯真。我不这样认为，那日，我们来的时候，僰王山的云雾，正强势包围着稻田、竹林、山洞与河流，就连那些海水变成的石头，也举着早已风化的利器，一副擂鼓助威奋然迎战的架势。

在僰王山上，我没有发现僰人的踪影。我也没有找到任何可以抵达僰人历史的方式，只有一片供养过僰人的土地，和那些我说不出名字的古老树种，还有巨石上盘坐的故事正在穿越着过去。

山里的雨，用最热烈的方式，迎接我们的到来。竹林里摇落的鸟鸣，被风奏成了亘古的旋律。几千几亿年前的梦，和眼前的景，突然重叠在一起。

这座叫僰王山的山，又名博望山，历史上也叫石头大寨、轮缚大囤、南寿山等。来之前我们曾刻意了解过这座山的历史，和当地的史料还是有所不同。僰王山最早的土著居民为一支神秘古老的南方少数民族，名叫"五斗夷"，为都掌族（即僰人）的一个分支，他们过着群居的生活，开荒种地、与世无争，但历史上著名的"晏州轮缚大囤火猴大战"就发生在这里。

僰王山，其实没有海拔上的优势，可僰王山有僰人，还有那些端坐在仙境里古老风化的石头。我从来都没见过这么古老的石头，古老得让你无法知道它们的前世今生。几个同行的文友和我一样，好奇地凝视着那些形成于亿万年前的千层岩，惊叹像是木刻家用排刀雕刻的板面，重叠千层，纹理清晰，均匀有序，所以被人们称为"万卷书"。

导游说得一点也没错，竹林成了僰王山最美的风姿。僰王山是四川省第二大楠竹基地，我们发现除了楠竹以外，山上还有成片的桫椤、桢楠、银杏、刺楸等珍稀树木,野生动物也不少,比如野鸡、野兔、野山羊等。

僰王山的鸟儿喜欢蹲在石头上摆弄长短句,春风在草木间翻阅着心事,雨点在石阶上轻舞飞扬,野花顶着艳丽的颜色在石缝里摇曳生姿。那些僰人的"僰"字,总是在每个路口跃然而出,瞬间又消失在荆棘中。我始终相信,世上所有的存在,都有自己的使命,就像僰王山主峰黑帽顶下,那些至今保留着僰人所建的大小寨门、古城墙、古城堡及战场等遗迹,在千年之前,一定也有自己的高光时刻。

在这里,无论历史被时间布上了怎样的迷雾,僰人的存在都是不容置疑的事实。僰人,是我国西南一个古老的少数民族。关于僰人的记载,最早出现在《吕氏春秋·恃君览》中,从早期的杂居到融合,僰人的称谓也随着朝代而不停变换,秦以前称僰,三国两晋南北朝时称"濮",两宋称"僚",隋唐时泛称"葛僚",两宋时期又称"僚"或"僚戎",元代称"都掌蛮""土僚蛮"等,明代多称"都掌蛮"和"僰人"。在一些史料中发现,早在战国时期,川南就建立了僰侯国。明朝万历年间,随着刀光剑影和一抹血红,僰人族群彻底从这个世界上消失了。

僰王山究竟生长过多少僰人传奇的故事,我们不知道。可在千百年的时空里,生灵的繁衍早已有自己的规律。兴文县和珙县是僰人主要的生息地,王城就在现在的九丝山上。

多年前,我曾在云南的"五尺道"上走过。"五尺道"是连接中原地区最古老的官道,运输着盐、药材、茶叶、布匹、大米等重要物资,特别是在那个叫"石门关"的隘口,导游也曾说过关于僰国的往事,那时我还没了解过僰人,更没有像现在这样对一个族群产生浓厚兴趣。

山路按照自己的方式蜿蜿蜒蜒,那些植被葱翠得都能挤出汁。刚生出的竹,还没冒出叶片,就直冲云霄,南竹苍翠,桢楠挺拔。我们一路欢歌笑语,同行的诗人马行老师顿足在那些长满苔藓的石头前挪不开脚步,仿佛厚实的苔藓里,藏着他已经写好的诗句。那棵像树莓一样的覆盆子结了几颗诱人的果实,大家围在一起,讨论一个更加严肃的话题,就是古僰人有没有吃过覆盆子,他们会不会也用覆盆子做蒟酱,结果答案不一。有的觉得僰人一定吃过,有的说僰人一定不知道此物可以食用。我无法做出相应的判断,因为有关僰人的一切我无从考证,但有些故事又在继续延续。如三月三朝拜古树的朝山节,六月六打牙喂药的打牙节,九月九宰牛祭祀的赛神节。这些绕不开牛羊花草植物的节日都还存在着。再说,僰人用竹子做兵器、做生产生活用具,相信僰人也一定会以山间这些植物为食。

半山腰的那面铜鼓,结束了我们关于一株植物的争论。那是我第一次见如此特殊的铜鼓。鼓面上是太阳十二芒纹,雨打下来,鼓点仿佛从天而降。这里是僰王山的前哨阵地,相传居住在僰王山大寨小寨的僰人,都会轮流前来驻守警戒,每当发现敌情就升起寨旗,铜鼓轰响,号角长鸣,战士们倾巢而出组织防御。山上可见当年安放旗杆的巨石孔洞和点放狼烟的古石灶台。

那一汪像大地之眼的寿山湖,横卧在僰王山上,给山里的石群增添了几分柔软。一池清澈的水,如镶嵌在山间的绿宝石。画家取其形,谓之竹镜湖。摄影家取其意,称之美人湖。诗人则赋诗一首"翡翠妆篁岭,山陬隐玉珠……"以表喜爱之情。

飞雾洞,有着"旷世绝境"的美誉。洞中潭水清澈,时常雾气升腾。如果是晴日,阳光会透过洞口直射进来,与潭水交相辉映,形成七色彩虹,因此又被称作"落虹洞"。如今,洞内飞瀑如银河般直泻而下,四壁青苔满布,凉意油然而生。

雨,好像比我们兴奋,一路追着不放。去往飞雾洞方向的石阶越来越陡,有人往下望的时候,竟然心生胆怯,其实我的腿也在颤抖。只见漏斗状的竖洞,上下相连,300米的高度,像突然塌陷一样。从未见过如此的山洞和视角,飞瀑流泉,阴河浅水,来势凶猛。

那些愤怒的水,像是被惹急了一般,从高空纵身而跃,粉身碎骨后变成了水雾,四处逃散。我实在找不出任何可以形容这种场面的词语,就像一种血脉汩汩流淌的声音,从远古奔腾而来。

走出飞雾洞,天色阴沉,那处悬棺,让人不寒而栗。各地发现的悬棺,年代各不相同。福建武夷山地区的悬棺多系整木挖制的船形棺,属于春秋、战国时期。四川珙县、兴文一带的悬棺大多是整木挖制的长方形棺木,其上为人字坡盖,属于元明时期。

悬棺是如何放到千仞绝壁之上的,几种答案争执不下。有人说,在悬崖上凿数孔钉以木桩,将棺木置其上,或将棺木一头置于崖穴中,另一头架于绝壁所钉木桩上,然而,并非每一处悬棺绝壁上都有孔洞。也有人猜测,古人在放置悬棺前,应该从峰顶将工人垂下,在绝壁上楔入木桩,再将棺木以同样方法垂下,置于木桩之上或者天然的洞隙之中。但有的棺木上方,岩壁突出数米,动辄四五百斤的棺木,显然无法像荡秋千一样荡到几米深的岩壁上。那它们又是如何放置上去的呢?更有人认为,纵观悬棺葬遗存的分布,几乎都在临江面水的悬崖绝壁上,实行悬棺葬的少数民族都有"水行山处"的特点,而且悬葬形式大都以船形棺和整木挖凿的独木舟式棺材为主,这都说明悬棺葬习俗是一些习于水上生活并以善于造船和用船著称的民族。但所有人给出的答案,都加了一个根本不无法确定的词语"可能"。

绝壁上的悬棺,成了僰人留在世上最后的背影。僰人有自己的信仰,也有自己的英雄。在他们看来,祖先的灵魂安乐,后人则兴旺发达,把祖先的遗体安置在山腰的悬棺里,就是一种神圣的膜拜,挂得越高,越安全。他们渴望像鹰一样翱翔蓝天,沐浴日月光华,得到山神的护佑。

悬棺里的灵魂能不能得到永生,我不清楚,但那些逃生避祸的洞穴和密道,像灵魂伸展的姿势。僰人族群在山体上凿出空间做居室和窖藏之用,在石壁上挖出落脚的石坑,以便攀爬。他们像山间的植物,把根扎进泥土或是石缝之中,吸取大地光华,在风雨雷电中,保持生命的昂扬态势。

竹林依然用自己的气节,书写着僰王山的本色。一群鸟在巨石间散布着大山的传奇故事,竹林唱着僰人的歌谣,溪流勇往直前,谷物疯狂生长。

回望僰王山,敬意油然而生。

中华秋沙鸭的生命第一跳

◎ 陈凤华

但凡动物，或者植物，名字前缀加上"中华"二字，就说明此物种与众不同，是中国特有的，中华秋沙鸭亦是如此。中华秋沙鸭是英国人哥尔德在中国境内发现的鸭科物种，因鸭的头顶"梳着"冠羽，如同古代官帽上的花翎，富贵，大气，有些咄咄逼人的气势，且这种鸭在中国境内发现，便在秋沙鸭前面加上"中华"二字。

因为数量稀少，因为特有标志，别称很多，譬如，会飞的中队长、水中大熊猫、会上树的鸭子……每一个别称都蕴藏着故事，且都与它的特点相关，与它的特性相连。

中华秋沙鸭的公鸭当属"美男子"，雌鸭可谓"俏姑娘"，雌雄鸭之美，从冠羽，从眼神，从体态，处处彰显；秋沙鸭红色的喙如一面小旗帜，尤其初春的冰雪河面，这抹红绝对是与众不同：冠羽高高挺立在头顶，个性呈现，助推它们成为秋沙鸭中的王者。它们春来长白山繁殖，深秋领着宝宝迁徙南方，不仅是河中捉鱼的高手，还是天空中飞翔的先锋。最抢眼处，雌鸭在十几米高的树巢中安家，孵化的鸭宝宝也从高高的树洞中跳出，这一跳开启了鸭宝宝的生命之旅。

如今，中国境内的中华秋沙鸭大多数在长白山区域繁殖。凡是中华秋沙鸭栖息之地，生态环境必优良，山清水秀是标配，负氧离子颇高，这些也只是指标，而自然保护才是真正的硬件。所以，中华秋沙鸭承担起"生态试纸"和"活体探测仪"的功能。长白山因"中华秋沙鸭"的入住，在诸多光环中又增加一道光彩；中华秋沙鸭因自然保护的推进，可以无忧无虑在此"安居乐业"。

虽然中华秋沙鸭是世界濒危物种，长白山区域的种群数量却逐年递增，这是一个很神奇很有趣的现象，为何会是这样呢？

这是生态自然保护的杰作。

中华秋沙鸭很挑剔,且高傲,有种贵族气质。而长白山自然保护区,为中华秋沙鸭营造了"贵族"的家园。对于候鸟,春来秋走,皆为过客,家是流动的驿站。早些年砍伐等毁掉许多适合中华秋沙鸭筑巢的老青杨,中华秋沙鸭无处安家,无法孵化⋯⋯燃眉之急,这里的专家们亲自动手,为中华秋沙鸭建造鸭巢,也叫人工产房和育婴室。此后,中华秋沙鸭便在"别墅"般的产房中孕育下一代。

"一切皆有可能。"我一直喜欢这句话。

为了见证雏鸭生命的第一跳,多日与长白山科学院朴龙国老师一同观察中华秋沙鸭"产房"的经历,改变了我对人生的许多看法。人不能与自然去争,顺应自然,才是最高的境界。十几天来,雏鸭与我们捉迷藏,而我们却乐在其中。昨天用自己更多臆想去揣测它们跳巢的时间,强加自己的意愿,却忽略它规律的预产期。

预报有雨,也要坚持。半夜两点醒来,拉开窗帘,只见星星点点的路灯在雨中闪烁,内心有份期盼,失眠也加入折磨我的行列。又在黎明前的黑暗中出发。仅仅从青年旅舍出来,跑到朴老师面包车的距离,运动鞋便已经湿透。当到达长掩体时,鞋子彻底成了凉鞋。

朴老师说:"这场雨是开春以来最大的一场雨。"

听罢,我的心一阵疼痛。这样的暴雨,雏鸭如何耐受?

还好,昨晚大家已用农膜把掩体罩上。我们到达这里时,周围还是黑压压伸手不见五指,但已有两位科研人员早早到来。不知为何,坐在农膜覆盖的掩体中,感觉自己都成了蔬菜和水果,且是在市场极其畅销的那种。雨越下越大,体温一直高热不退,外加亏欠的睡眠,眼前的烟雨朦胧叠加成几道屏障,状态不佳,难堪,难受,难忍,双眼浮肿,只能用一条缝隙观察掩体外的世界。这一切,还要继续忍受着,不想因自己的不适影响大家的拍摄心情。

雨天拍摄效果受限,但科研人和摄影人并没有放弃,他们为心爱的相机穿上了雨衣。激情不减,每一位老师如同炮膛装满子弹,信心满满地等待开炮。

想想这巢雏鸭似乎更追求仪式感,有雨滴伴奏,有波涛弹奏序曲,河水、雨滴交错成一部交响曲。雨滴如同酵母,与河水融合后,河面在膨胀,在发酵。雨就这样不知疲惫地从天空砸了下来,我内心为雏鸭担心着、恐慌着。

灰蒙蒙的天空如黑色的棉纱罩住这片水域,而我所在的位置是圆心,周围的树木、河水,还有即将凌空而来的雏鸭都是演员。我独立于天地间,成为不折不扣的观众。

此时此刻,鸭巢中鸭妈妈和雏鸭们,让我爱恨交加,为了它,我搬家舍业在鸭巢下守候;为了它,我忍受着身体的酸痛在山林中穿梭;为了它,我放弃了庸常的生活,把精力都奉献给它。我倾注如此深沉的爱,多么希望能换回一个温暖的拥抱。

可惜,它不属于人类,不会懂我所付出的一切。它迟迟不跳出来,似乎彻头彻尾向我挑衅。

跳巢,顾名思义,就是从这个区域跳出,跳到另一个区域。我迷恋上这个词,源于中华秋沙鸭。因为中华秋沙鸭的生命就是从这一跳开始的。

6 点 30 分,鸭妈妈从十五厘米的巢口探出上半身,机警地东望望,谨慎地西瞅瞅,时不时扭头对巢中鸣叫几声,继续伏在巢口两三分钟,才退回巢里。反反复复三次观望后,一只雏鸭也学着鸭妈妈的样子趴在巢口,毛茸茸的小家伙除了头顶,全身都是灰色的绒毛,因为弱小,它尽力抻长脖颈,它对外面的世界充满好奇。鸭妈妈发现后,用翅膀将它扯回鸭巢。似乎这只雏鸭很不情愿,转眼间,它又趴到巢口,这次更加挺直身体,尽力扬长脖颈,忽闪两只枝丫般的翅膀,它在向大自然问好。

这时,鸭妈妈也在探头观望,伸展身体间,不小心用胸口将这只兴致勃勃观望的雏鸭挤出巢口。只见雏鸭舒展三角形的小翅膀,双足蹼成八字,头朝下,小家伙居然不惧树高,从来没有学过飞翔,却能拼命地挥舞翅膀跳下来,只是瞬间,它就从十多米高的鸭巢重重地摔在湿漉漉的草坪地面。我端着望远镜找寻落地后小家伙的身影,只见它弹起,再落下,就不见了踪影。

巢里巢外一片寂静后,鸭妈妈再度伏在巢口,长喙成八字,猜测是在鸣叫,算为叮咛,算作示范,随后率先纵身一跳。与此同时,巢口由刚刚的安宁变得吵闹,雏鸭们争先恐后拥到巢口,有的侧身去观察,有的低头去俯视,还有一只骑在洞口,顽皮地欣赏眼前的一切。紧接着,一只只小生命有条不紊地跳下来,落地的那一刻,我的心悬起,担心摔坏弱小的生命。只见小家伙灵巧落地,肚子贴在绿莹莹的杂草上,随后一个前翻才平稳站起来。笨拙弱小的雏鸭则平摔下来,但见它侧翻后,跟跄站起来。这时,另一只在此守候多时的雌性中华秋沙鸭拼命地追赶雏鸭,这只鸭是强盗鸭,它是来抢夺雏鸭的。幸亏刚刚跳巢的鸭妈妈勇猛无敌,疯狂地撵跑了强盗鸭。

小家伙落地后弹起,如灰色的小皮球在草丛中滚动着,之后随鸭妈妈来到浅水区。在鸭妈妈的"嘎嘎"呼唤声中,小家伙们乖巧地向妈妈怀里靠拢。这时,暴雨并没有停息,且更加肆无忌惮。手机里的天气预报显示此时为零上二摄氏度,山里和水边,温度略低于天气预报。躲在掩体中的我,冻得哆嗦成一团,几乎僵硬地蜷缩在我观察的洞口。遮盖掩体剩下的一块塑料薄膜成了我的救星,不顾及形象美还是丑,我披着薄膜挡住了风,少了风儿的横扫,似乎暖和许多。这些小家伙在如此恶劣的天气里拥抱这个世界,对跳巢雏鸭们是何等的残忍。鸭妈妈似乎也理解眼前的坏天气,慈爱地将几个娇弱的鸭宝宝捂在羽翅之下,其他雏鸭也撒娇地往鸭妈妈怀里拱,鸭妈妈叫了几声,酷似批评,小家伙们消停了。鸭妈妈左右环顾巡查四周,确定没有危险后,起身先行,沿着浅水区向深水区前行,雏鸭似乎经过专业的训练,均匀地排列成一字长队,以步行军的态势紧跟鸭妈妈疾步前行。雨中的泥沙滩松软,时而有小家伙陷入泥沙中,但见它挺直身子猛地一个冲刺,从泥沙中跃起,加快脚步,并没有被落下。

穿过泥沙滩便到了深水区。深水区浪花翻滚,如舞蹈者甩袖起舞,浪推着浪,跳跃翻滚,气势壮观。大雨如注,水面上涨,外加冷风助力,鸭妈妈并不畏惧,勇敢地领着雏鸭沿着礁石回旋逆流而上,以身示范,勇敢冲入波浪中。雏鸭们有些恐慌,犹豫片刻,在鸭妈妈的"鼓励"下,也随着鸭妈妈奔向波浪,闯过第一道风口浪尖,似乎它们在窃喜中,又一股波浪袭来,三只雏鸭被冲出几米之外,鸭妈妈忙扭身率领大部队返回,找到这三只雏鸭后,但见鸭妈妈的长喙一张一合,似乎在叮嘱,只见这三只雏鸭跳到妈妈的背羽之上,大部队又继续逆流前行。这时,鸭妈妈像一艘船,游在前面,要问船儿谁来坐,三只宝宝坐上面。这次,鸭妈妈避开激流险浪,尽可能地沿着礁石边以 S 形的路线挺进。如此看来,路径虽绕远,但减少阻力。中华秋沙鸭迂回的战术,让我佩服得五体投地,它知难而进的精神更是让我折服。

　　远远望去,逆流而上的鸭妈妈和它的雏鸭们与浪花搏击,冲破几重波浪后,似乎乏力,这时,鸭妈妈跳上一块礁石,小家伙们跟着连跳带爬攀到礁石之上,聚在鸭妈妈的双翅之下歇息。鸭妈妈宽大的翅膀就是小家伙们的保护伞,避风,挡雨,还能温暖它们。

　　曾看过资料,雏鸭跳巢后,鸭妈妈领着它们悄悄躲在河边的芦苇或草丛里,待雏鸭们恢复体力再出去觅食。只因周围出现疯抢雏鸭的强盗鸭,这个鸭妈妈才改变初衷,也改变觅食的方向。

　　掩体低矮,只能跪式观察,透过巴掌大的观察口,通过望远镜才能望见七八米之外的鸭巢。就这样,我目不转睛地盯了近三个时辰,眼皮已经僵硬,眨眼似乎都是奢侈。此时的风雨似乎是这场"阅兵"的序曲,在猛烈而疯狂地弹奏鸭妈妈率领雏鸭们在交响曲中表演了"海陆空"的乐章,完成了它们生命的第一跳。

朱鹮保护：奇迹，现在进行时

◎ 陈剑萍

一

说起朱鹮再次被发现的故事，那就从头说起吧。

朱鹮是亚洲东部特有的鸟类种类，也是全世界重点保护的鸟类之一，稀有而美丽，被誉为"东方宝石"，曾经自由地生活在西伯利亚、朝鲜半岛、日本列岛和中国的大部分地区。二十世纪中叶，朱鹮曾一度濒临消失，一九六〇年第十二届世界鸟类保护会议将朱鹮列为"国际保护鸟"。

一九七八年，国务院指示原林业部、中国科学院用三年时间在全国范围开展朱鹮调查，当时国际上有些国家已经宣布朱鹮灭绝。为了确认朱鹮在中国生存的实际状况，由我国现代鸟类学奠基人、中国科学院动物研究所郑作新牵头，组建了"鹮鹤拯救性研究课题组"，主要任务是踏查朱鹮历史栖息地。

从一九七八年到一九八一年，中国科学院动物研究所的科学工作者刘荫增等历经三年、行程 5 万公里艰难跋涉，出人意料地在秦岭南坡的陕西省洋县重新发现了世界上仅存的 7 只朱鹮。一九八一年五月二十三日，中国向全世界宣告，朱鹮在陕西省洋县金家河和姚家沟重新被发现，轰动了世界。

二

在我国，朱鹮是与大熊猫齐名的国宝级一级保护野生动物，也是野生动物保护的旗舰物种。一九八一年在陕西洋县被重新发现的朱鹮，其中一对哺育着 3 只幼鸟，而最小的 1 只幼鸟常被挤下巢，经人工救助后该如何保护呢？这个最早人工饲养朱鹮的艰巨任务落到了北京动物园，因为北京动物园不仅在国内整体技术力量数较强大的，而且有从兰州大学生物系毕业、生态学底子深厚、对工作满腔热忱，更对鸟类饲养、繁殖、救治等有深入研究的动物专家李福来。

一九八一年，刘荫增把这只被救护回来的小朱鹮从洋县八里关的姚家沟先带到山下的洋县林业局，在等待北京动物园专家来迎接的这段时间小朱鹮和他生活在一间屋子里。他用一只倒扣的大筐来保护小朱鹮，每天为其捉虫配食。有一天，局里的工作人员出于好奇，过来提起了大筐，小朱鹮竟然一下子跑到了院子里，这可把刘荫增吓坏了："它太珍贵了！如果跑了怎么办？"这只野生朱鹮被取名"华华"，据原林业部保护司司长卿建华介绍，"华华"一名源自中华的华，自此先后有华华、平平、青青、瑶瑶等共 6 只朱鹮来到北京动物园，其中平平和青青是一九八六年来到北京动物园的。

自从一九八一年华华来到北京动物园后，一九八六年原林业部在北京动物园建立了"北京朱鹮养殖中心"，并下达了"朱鹮人工饲养和繁殖基础研究"的科研任务，由李福来、刘斌、王振荣和史森明组成了朱鹮攻关科研小组。

朱鹮是"神经质"鸟，对环境变化十分敏感。攻关组在李福来的带领下，不分白天、夜晚大家轮流值班，对温度、湿度、饲养条件及安全因素多方考虑，可以说待朱鹮比对自己的孩子更为上心。

于细微处见精神，从小事做起。初来乍到的朱鹮，人生地不熟，胆子更小了，有时乱飞撞网，很容易受伤。他们考虑到成年朱鹮长有 15 厘米左右的喙，而之前饲养员遇到过其他的鸟类把长长的喙别在长把的横向门把手上，喙被掰折而严重影响进食的情况，及时为朱鹮住的房间更换了门把手，也将朱鹮室外的大鸟笼上的方格网孔改为长方格网孔以利于朱鹮长长的喙自由活动。

为使朱鹮合理进食，他们摸索着逐渐增加喂食次数，建立条件反射，使得朱鹮慢慢地和人既不过多地接近又能克服其"神经质"，可喜的是时间一天天地过去，朱鹮在保持其野外天性的基础上和饲养员慢慢地接近了。

通过观察，他们发现在繁殖期的朱鹮常常会因为受干扰而踩碎卵，甚至把出壳的雏鸟啄死，扔出巢外，这在当年育雏环节可是一大难关。怎么办？李福来等人多次与朱鹮发现地的洋县朱鹮保护中心交流合作，现场考察朱鹮栖息地的生态环境，对朱鹮的生活环境进行了改造，既防止朱鹮生寄生虫也利于朱鹮喙、爪的"磨合"，还能避免"脚垫"、关节炎的发生。

为了给小朱鹮准备食物,李福来捡拾巢下成鸟吐出的食物和粪便化验来研究,还曾经到德国了解、学习鸟类营养学知识。通过对朱鹮孵壳成分的进一步分析,琢磨、钻研朱鹮的饲料,采取天然的小鱼、小虾、小鳝鱼以及人工饲料相结合的饲养方法,自制出营养配比丰富满足朱鹮营养需求又顺应其自然取食方式的饲料。经过精心饲养和不断地对朱鹮行为学方面的深入研究,所有朱鹮幼鸟都健康成长起来。

人工孵化朱鹮的工作更是熬人。我在李福来工作过的小屋里见过当年的日记,字里行间,点点滴滴无不渗透着攻关组大家的心血。当年使用的朱鹮孵化器已经满目斑驳,那时把朱鹮卵放在孵化器中温度可以恒定,但如果机器稍微停一会儿,蛋就变凉了,湿度也得人为掌握,在最关键的那几天,大家轮流看护,工作通宵达旦是常事。

出雏更是紧要时刻。看,小朱鹮快要出壳了,它会积攒力气先顶破壳里的薄膜,在蛋壳内和薄膜之前的气室中缓缓呼吸,这个过程大概持续 12 至 24 小时,饲养员需要找准时机,用细针及时在壳和薄膜上戳一个 1 毫米的小洞。太早了,朱鹮没发育成熟,蛋壳内都是血水,戳的时候一定要避开薄膜上的血管,戳孔后还要用透明胶带将蛋壳封住,否则薄膜会干掉收缩……真是比绣花还难。正因为有经验丰富的饲养员适时加以辅助,新生朱鹮的成活率才得以提高,饲养员们的精准操作为新生的小朱鹮赢得了勃勃生机。

朱鹮是晚成鸟,出壳后发育还不充分,脑袋只有蚕豆那么大,没有独立生活的能力,要放进保育箱悉心呵护。在野外朱鹮亲鸟(在繁殖期间参与照顾幼鸟的成年鸟)喂小鸟时,是把鱼等食物消化成汁水状,再从胃里吐出来给小朱鹮吃。而人工繁殖的小朱鹮雏鸟的喂养难度更大,它们是饲养员一口一口用小滴管喂养大的。小朱鹮不断成长,食物量和食物种类也不尽相同。长江后浪推前浪,最新一代朱鹮饲养班的班长毛宇不仅继承师父李福来的人工哺育方法,而且与时俱进带领团队摸索新的经验,如配制婴儿奶粉一般将幼鸟的饮食从 0 到 2 个月细分为 8 段,将肉蛋奶按一定比例混合,调配出从液态到固态共 8 种形态的饲料,满足不同阶段的幼鸟对于能量和营养的需求。

当年,朱鹮科研攻关小组为了争取时间及早配对成功,他们采用以朱鹮羽髓细胞培养制备染色体技术,鉴定幼鸟性别;利用仿制自然巢的人工巢筐和巢林刺激朱鹮产卵,做好朱鹮产卵的前期准备;为了获得健壮的雏鸟,采用人工和自然相结合的孵化方法;模拟朱鹮自然育雏情景建立了人工育雏法,研制出人工饲料等等。大家一步一个脚印地向前走,他们从看着小朱鹮蹒跚学步到慢慢起飞,直至飞上园中大树,终于在一九九二年攻克了朱鹮"迁地保护"中的饲养、存活和繁殖三大难关,建立了从饲养、配对到人工孵化和育雏等一整套技术,其中名为平平和青青的朱鹮于一九八八年喜结良缘。一九八九年产卵孵化出的一只小朱鹮举世瞩目,一九九二年首次成功育活了 3 只小朱鹮,一九九三年重复实验,又成活 3 只。

一九九三年十二月,国家科学技术委员会颁发给"朱鹮人工繁育新技术"第一发明人李福来国家发明二等奖。中国野生动物保护协会于一九九二年七月一日颁发给北京动物园朱鹮繁育中心的奖牌上赫然写明"你们在世界上首次繁育朱鹮成功,成果突出,为拯救濒危物种做出了重要贡献,特授此状,以资鼓励。"

外国同行专家给予朱鹮保护以很高的评价,其中国际鹤类基金会主席阿基保博士在贺信中写道:"这封信是代表基金会全体职员写的,我真诚地向你们表示衷心的祝贺,这确实是一项巨大的成绩,为我们鸟类学界增添了光辉,你们使这一濒危物种得以恢复。"日本分会主席山口正信来信说:"这是世界人类为保护自然而努力的结晶,是中国走向二十一世纪无可替代的骄傲,向全世界宣告,中国救护朱鹮的研究获得成功。"

这里还有一个小插曲,在北京动物园出生的朱鹮,作为朱鹮"奶爸"的饲养员们也享有给小朱鹮起名的特权,他们一直沿用李福来的起名办法,根据当年我们国家发生的大事,各单字叠拼来命名,比如申奥成功那年,3 只新生的小朱鹮分别名为"迎迎""奥奥"和"运运"。

目前在北京动物园饲养、展出的野生鸟类有二百五十余种,许多种类属国际和国家重点保护种类,它们在这里备受关注,生活安逸,生儿育女,代代相传,在这块易地保护的乐土上,向广大观众展示着优美的舞姿和动听的歌喉,讲述着自身的故事,吸引人们更加热爱鸟类,参与鸟类的保护。

三

回望朱鹮种群的复壮之路,在社会各界的关注下,在科学工作者艰苦努力下,依靠无数朱鹮保护人的默默坚守,尤其是朱鹮的易地保护,北京动物园做出了不可磨灭的贡献。朱鹮保护更得益于我们国家生态文明建设的持续加力,天然林保护工程、退耕还林工程、秦岭生态保护……滋养了朱鹮所需的湿地、森林两大生态系统。朱鹮的新生,充分体现了中国科学家和朱鹮保护工作者为人类做出的贡献。

在陕西汉中市洋县,我见到二〇一八年五月设立的朱鹮发现地纪念雕塑碑,朱鹮发现人刘荫增先生亲撰的碑文《近代朱鹮之祖》,"大自然孕育了多样物种,朱鹮即是其中之一,二十世纪七十年代末,世上仅有 7 只生活于此,今天你所看到的朱鹮都是它们的子孙后代,朱鹮重新融入人们的美好生活,带给你智慧畅旺与吉祥,请所有为保护朱鹮做出贡献的人们留下你的故事,以励后人"。在朱鹮保护路上,一代又一代的野生动物保护工作者奋不顾身、砥砺前行。

四十三年过去了,随着科学家和保护人员的精心呵护,朱鹮逐渐繁衍生息,已经突破了近亲繁育后代的瓶颈,不论种群数量还是质量都取得了可喜的成绩,创造了世界生物保护历史的奇迹。目前朱鹮总数增加到 1.1 万只,野外种群超过 7000 只,分布范围 1.6 万平方公里。朱鹮已在陕西省宁陕、铜川、华阴、千湖国家湿地公园、秦岭植物园及湖南南山国家公园等地开展了野化放归的自然活动,并在野外建立了种群。北京动物园、陕西省珍稀野生动物救护基地、山东东营黄河三角洲湿地、河北北戴河等多地,实施朱鹮饲养繁育研究。河北秦皇岛、江苏南通、辽宁沈阳的动物园还开展了朱鹮保护科普教育。

四

自从一九八六年"平平""青青"来到北京动物园,一九八八年喜结良缘,它们一共繁殖了 27 只朱鹮,为我国第一个朱鹮人工种群的形成做出了重要贡献。

朱鹮馆新馆位于北京动物园西南角的一处绿荫葱茏的小岛上,畅观楼东湖水系环绕周围,静谧而温馨。而与旧馆的"小单间"笼舍有所不同,新馆的场地超过 1000 平方米,室外草木葳蕤,两处浅水池倒映着天光云影,朱鹮休憩、捕鱼、沐浴、飞翔时或许能想起故乡洋县的山山水水。两米高的栖竿上,有朱鹮在引颈高歌,也有的在小憩打盹。

近年来,当初同时代的朱鹮伙伴相继离世,"平平"也步入了老年,身体日渐呈现出老态,它成了整个北京动物园的重点保护对象。如今"平平"每次吃完食物,也不再散步而变得嗜睡,飞行能力也在衰退,于是饲养组把它的活动区域换上了 10 厘米和 30 厘米高的矮栖竿,并为它配制了更加精细且利于吸收的"老年餐"——朱鹮雏鸟才能享用的牛心和剥了壳的虾仁。在"平平"三十五岁那年冬天,幸好饲养员及时发现它的呼吸声明显加重,园里重点实验室的专家集体会诊,在饲养员几天昼夜不离的呵护下,"平平"才转危为安。

"青青"于二〇二三年去世,享寿三十五岁。"平平"如今已经年满三十八岁,超过了世界鹮类人工饲养最长纪录保持者——三十六岁的日本朱鹮"金",是目前世界上最长寿的朱鹮,今天,它仍然幸福地生活在北京动物园。

北京动物园,是朱鹮最初实施易地保护的福地,朱鹮易地保护的成功更重要的意义在于一旦自然界中朱鹮受到损失,也不至于在自然界中灭绝,甚至可以回归自然,以保持自然界中的朱鹮种群,使之永远翱翔在祖国的万里蓝天。

朱鹮保护的奇迹,是中国为世界做出的贡献。

奇迹,现在进行时。

中轴草木

◎ 王　莺

一

登上永定门城楼，护城河流淌左右。北望，右边一座庙，左边也有一座庙。

左边的庙，被郁郁葱葱的早园竹、大黄杨、小枣树包围着，入口屏风上标着"十月文学院"的红字，庭院中间是一棵硕果累累的百岁石榴树。相伴石榴树的，是门厅两翼巴金、老舍、曹禺、史铁生、莫言等四十位中国现当代著名作家的塑像。这些大文学家彼此"对望"，目光真切而深邃。

北京有句老话："天棚鱼缸石榴树，先生肥狗胖丫头。"春华秋实，石榴五月开花，九月结果；观其花，品其果，老北京人两者皆重。这也是北京城四合院的标配。

二〇二〇年冬天，北京出现极寒天气，全城的石榴冻死者多，唯这棵来自城南花乡樊家村的百岁石榴，奇迹般地活了下来，只耽误了一年结果。

从寺院出来，走在光滑、路面微微凸起的石路上，想象着皇帝出行，去天坛祭天，或者去先农坛扶犁耕田。但见中央御道两侧，高大的国槐整齐排列，上千种花草树木郁郁葱葱。

二

向北行三公里是正阳门。

"正阳门外最堪夸，王道平平不少斜。点缀两边好风景，绿杨垂柳马缨花。"马缨花就是合欢树。清代把合欢作为行道树。合欢花瓣儿粉嫩嫩的，夏季开的时间特别长。但不知从何时起，马缨花换成了四季常青的松柏。前门楼子就由它们一丝不苟地守卫着。我不是皇帝，不能贯穿过去，只好退回前门大街。

前门大街曾是北京著名的商业街。此间国槐绵延两公里,与天桥大街相连。北京申奥成功后,有人提出改造前门大街。二〇〇三年,《前门地区修缮整治总体规划方案》诞生。有人提出按照清末民初的风貌进行修复,形成复古风格的商业步行街,也有人提出造个欧范儿的香榭丽舍大街。这个项目被反复论证后,终于在"龙脊"上开始行动。此后,前门大街路拓宽了,路上也跑起了有年代感的铛铛电车。新种的国槐,整齐地排列着,但我仍时常怀念曾经被人拥簇着的老国槐。

我知道的中轴线是这样的:自元朝在大都建都起,明清两朝以东西对称为轴而不断扩大。中国的"中"就是典型的象形字,很多精美的建筑物以"中"字布局。智慧的中国人很想通过规划布局来表达对政治理念、文化象征和生活空间的认识。

中轴线上的草木呢?我想也是这样的吧:人生一世,草木一秋,不依附谁,不为衬托谁。几代的五彩斑斓铺展开来,形成秩序井然的城市画卷。

北京诸多的本土花草树木,生于斯,长于斯,次第花开,绵延七八公里,与中轴线互伴互惜,交相辉映。

二十世纪初的秋天,筒子河里冒出了一些此前未有的水生植物,它们是野生的还是人工种植的,已不可考,只见周围百姓纷纷来采收菱角、莲子,热闹非凡。与其说感受皇城的馈赠,不如说是自然的恩赐。《帝京岁时纪胜》有云:"御河者为果藕,外河者多菜藕,总以白莲为上,不但果菜皆宜,晒粉尤为佳品也。"

我默然起敬。草木微小,但那些向上生长的动力,是真正的生命力。轴之所以被称为轴,因为它是用于连接车轮左右曲柄的部件,是转动的。轴动,就是车轮旋转前进的动力。

三

有序对应。从天安门,过端门午门,一直向北,我用脚丈量这段中轴线,欣赏草木。

故宫御花园的"连理柏"天然形成一个拱门,雕花纹路的树门。这些古树苍劲挺拔,郁郁葱葱,神态各异。"连理柏"为乾隆皇帝所栽,其双柏的主干正跨在北京的中轴线上,双干相对倾斜生长,上部相交缠绕在一起。

中轴线上还不乏稀有树种。故宫御花园内,生长着两棵有 400 年历史的楸树,此树每年四月开花,将御花园点缀得春意盎然。

还有奇景——在一片柏树中,挤进一株槐,在千年柏中融入一株百年槐。此树位于北京市中山公园内南坛门外,据考证为辽金时期所植。古柏树干的裂缝处,生长着槐树,天长日久两株树合长在一起,除了韧皮层外表的不同,它们的木质层、树心已经长在了一起,根也缠绕在一起。

古槐巍然挺立,叶婆娑。古柏苍劲峭拔,叶朗朗。槐柏辉映,生机勃发;槐柏合抱,共同繁茂。我围着槐柏的共同体绕一大圈,一小圈,它们也在围着我。

国槐和侧柏都是北京的市树,也是北京的乡土树种,被并称为"兄弟树"。

地坛公园有二百余株银杏树,分两列"站立"在通往北门的甬道两旁,最古老的树与地坛同岁。深秋时节,一片片金黄的银杏树叶从树上轻飘下来,每片叶子的叶脉,都有一条中轴线。

一树具一态,巧与造物争。妙态千姿的古树与古建筑相互映衬,构成一部活的"编年史"。目前,中轴线保护区域范围内有古树名木千余株,它们是中轴线上的"活文物"。

四

菖蒲河,又名外金水河,因河中生长菖蒲而得名,是中轴线水系的组成部分。菖蒲是北京城最早的花卉之一。"彼泽之陂,有蒲与荷。"其中的"蒲"就是指"菖蒲"。一丛丛,一簇簇,苍翠欲滴,清逸俊秀。它与兰花、水仙、菊花合称为"花中四雅",更有"天下第一雅草"之称。这条御沟,因河内菖蒲丛生,遂得此名。明清端午节时,人们在这里采菖蒲叶子插在门上,以除不祥。

菖蒲还是极好的"绿色农药"和"生态文明模范",它能吸附空气中的微尘。雾霾的时候,有菖蒲的地方空气会清新很多。菖蒲根茎还可用于制作防治虫害的消毒液。菖蒲喜生于池塘、湖泊岸边浅水区,溪流边草丛或沼泽地中。北京虽是座缺水城市,但菖蒲河择水向阳,菖蒲生生不息,灵动润泽着中轴线。

我还喜欢在北海公园荡舟,赏莲,观荷。"荷花和莲花是一种花吗?"有人问。我心里一顿，明白却又不知怎么表达，只好胡乱按印象解释：荷的花和叶都露出水的，花叶且大。莲反之。

其实，荷花是莲花的一种。两者同属于睡莲科。最明显的差别还在于花芯：荷花中间有莲蓬，其中装满莲子，茎则是好吃的藕。莲花没有莲子、莲蓬、莲藕。荷像起舞的神，莲像端坐的佛。

我喜欢粉荷花，它洁净的美感来源于它表层的构造。用显微镜观察，荷叶的表面密布着一个个晶莹的凸起，这些以纳米为单位的凸起就像一座座相连的小山，阻隔着水的深入。当水滴落在荷叶上时，就会随风滚落，顺便带走了叶面的细小尘埃，确保叶面上的气孔可以自由呼吸。我也喜欢白莲花，濯清涟而不妖，中通外直，从花蕊一直到根部，不蔓不枝，不倚不靠。那种干净，那种润泽，那种悟透……它的气息和你的呼吸甚至北京城的呼吸，是一个韵律，那是激情澎湃的轴动之声。

大美向海

◎ 杜　波

"东有长白，西有向海。"

向海，位于科尔沁草原东部边陲。向海是以观赏中国吉林西部草原原始特色的自然湿地风景区，为典型的草原地貌。区内三大水系交汇贯通，从而形成向海水库和兴隆水库两个大面积的芦苇沼泽区。草原、湖泊、沼泽、沙丘、榆林。它海纳万千生灵于一钵，灌丛交错相间，多种生物类型相互渗透，让万千生灵聚于一处，从寻常的各式花草到世上罕见的鹤类及多样生物，都在这里繁衍生息，其独特秀美的塞外草原风姿让游者领略别样的风情与风景。

随着近年来河湖连通等大型水利工程的实施，以及生态环保成果的逐渐显效，向海原始、自然、壮美的环境优势日益凸显。俯瞰向海，犹如走进了一座大自然的博物馆，让国内外旅人眼界大开，收获满满。

一

走进向海，就想起歌唱家腾格尔演唱的《天堂》："蓝蓝的天空，清清的湖水，绿绿的草原，就是我的家。"向海，那种苍凉的味道，亦如看到《敕勒川》中的"天苍苍，野茫茫，风吹草低见牛羊"的景象，令人陶醉。难怪诗人葛筱强在《向海湖，或星象之书》中有这样吟咏"向海湖/我要把嘹亮的寂静交给你/把灿烂的平息交给你"的深情赞美。

蓝天下白云朵朵，挂着香囊的风，在向海也是慢的。我们以拜访者的姿态，去尊敬自然、尊敬鸟兽花草，湿地就能赋予你无尽的美感和灵感。

在向海无时无刻不让人感觉到生命的律动。那些绿色依旧像一只小夜曲一直回荡在夏日的湿地，它们绿得张弛有度，绿得温柔安静，绿得沉默静谧，绿得让你欣喜若狂。那些野花,也绽放着各种各样的颜色,红的如焰,白的如玉,黄的如金,蓝的如海,紫的如霞,色彩斑斓的花朵犹如一幅温馨的画卷。

当你漫步在木板铺成的长廊上,领略清清静静的神韵,听着百鸟齐鸣的喃喃低语,不禁又想起了戴望舒诗句里描写的江南姑娘。仿佛在不远处就会有一位像丁香一样的姑娘缓缓走来……

当你站在栈道上,大片的芦苇在夕阳里摇曳,像是穿过三千多年的时光从《诗经》中走来。站在苍茫的芦苇荡里,看芦花飘雪,这种如诗如画的意境,让你留恋于此。

此刻,真的好想让时间就此静止下去,我就可以在这里永恒永久永远……

二

向海是大自然的珍品,是鸟类的天堂,大面积的芦苇,为水禽的栖息繁殖提供了隐蔽的场所。尤其走进鹤岛,周边的蒲草苇荡高可过人,茂密连片。在观鹤台的栈桥栈道我们可以一览"向海舞鹤"的优雅,与鹤共舞……

《诗经·小雅》中有这样的描述"鹤鸣于九皋,声闻于天"。是的,丹顶鹤迎阳如歌,扇动的羽翼仿佛是艳阳下的彩笔。鹤之起舞,如醍醐灌顶,翔舞如云帆,横穿于空或顺水而行,仿似一朵朵飞翔的雕塑将诗意的畅想与象征的抒情完美地融入,吉林西部多姿的魅力……

当丹顶鹤亮翅在蓝天里,当水鸟游弋在湖面上,当红红的晚霞洒满湖面时,如一幅淡雅的水墨和水彩。在此景中的丹顶鹤,就是一群群振翅欲飞的仙子,如此画面,把向海的风物呈现得如此浑然天成。

展翅,滑翔,轻轻一掠,微波荡漾,白翅扑敛在满目夏日的图画中,鹤影在阳光下的水中,幻化成火焰般的光芒……

人们举起手机或相机,欢叫着,跳跃着,体会着《诗经》中"鹤鸣九皋,声闻于天"的情境。丹顶鹤极力地向人们展示着它们的美丽身姿和嘹亮高亢的歌喉。是啊,"晴空一鹤排云上,便引诗情到碧霄",丹顶鹤的魅力这句诗可是描写得淋漓尽致。

丹顶鹤被称作"湿地之神",是湿地环境变化最为敏感的指示生物之一。而作为世界级珍稀濒危物种,丹顶鹤生活史中的重要一环就是繁殖,是为延续种群所进行的产生后代的生物学过程。成年的丹顶鹤进入繁殖期后,就开始各自寻找领地,进行繁殖,再到迁徙时,所有的鹤又会集群在一起,飞向南方。

到了秋天,从繁殖地飞到南方之后,历经了一个冬天,再飞回北方的幼年鹤就可以独立了。此时,幼鹤会被成鹤驱赶出去。独立的幼年鹤们开始聚在一起,时间久了之后,通过"跳舞"炫耀,选择伴侣,这样又重新组成了家庭。所以,当我们看到鹤舞的时候,那一定是丹顶鹤开始恋爱,步入组成新家庭的阶段。

鹤,在中华文化中是吉祥之鸟,是高洁、长寿的化身。从早期皇族的陪葬品到古人的生活器皿,从服装纹样到日常用具,还有为人熟知的传统中国画题材,鹤与人类的故事都化作文物上的印痕,总与人们的美好期望相伴而生。

三

在向海湿地众多的植物中,"黄榆"是最有代表性的。

登高远望,千姿百态的蒙古黄榆树展现在你的眼前,那一株株,一簇簇,一排排,一层层,千姿百态,倒影连连,令人满眼苍翠。奇特的树种,奇特的生长姿态,让你备感惊讶。

有的像古藤盘柱,有的如游龙过江,有的若霸王挥鞭,有的似八仙过海。感觉在这静谧之中,万物都生机盎然,在享受自然。其实,这些树不是耐水、耐盐的红树林,这就是世界上保存最完整、面积最大的蒙古黄榆林。

黄榆,全称蒙古黄榆,位于通榆县兴隆山镇西南 2 公里处,景区内有一片至今保护完好、亚洲最大的黄榆林。是亚洲稀有树种,属于榆科、榆属,是天然次生林,蒙古黄榆树枝干千姿百态,恶劣的生存环境使其生长极为缓慢,木质坚硬,堪称植物"活化石"。据说蒙古黄榆有和胡杨一样的生命特征,千年不死,死了千年不倒,倒了千年不朽。

在阳春三月,其他树种刚刚从梦里醒来,蒙古黄榆就早已吐出郁郁葱葱的叶子,莽莽苍苍,引来各种禽鸟在枝头栖息、戏闹,这一片自然之境的景象,在这里展现得淋漓尽致。在隆冬时节,呼啸的北风和漫卷的黄沙,一见到它,便驯服地放慢脚步。那弯弯的枝杈、浓密的叶子、遒劲的躯干,千姿百态,向人们讲述着远古的沧桑,展示着生命的顽强。于是我想起那首《致橡树》,那句"我如果爱你/绝不像攀缘的凌霄花/借你的高枝炫耀自己"。

只有这里,向海的沙丘、向海的荒原、向海的沼泽地生长着茁壮的黄榆,用它那不屈的喘息和倔强的生命装饰着向海的本色。

家乡的刺梨

◎ 黄长江

偶从手机看到一个有关刺梨的视频,勾起我的童年回忆,想起了我家乡那些刺梨。

我家住的地方,除后面是山外,左右两边和前面都有稻田,那种大小不等弯弯曲曲的梯田。夏天秧苗插满田野,田槛上的刺梨花就开了,粉红的花朵开在一茏茏的刺梨丛上,装扮着日益绿油起来的稻秧田野,煞是好看。

到对面的笔架山上去反过身来拍一张照片,拍出的就会是美丽的油画。

我家山头上的那条田槛,是我们出入必走的路,路的北侧是高的一边,贴路的田再高上去就是山地、竹林、树林、村寨,南侧是低的一边,一块田一层、一块田一层地层层叠叠往下低,低到山坳处经那凹处的一垮梯田与对面笔架山下半部的梯田相连。

只要你不排拒美,在那小小的田槛路上走着,就能走出甜甜的喜悦来。

不是吗,那路的南侧,就是那田槛路的边上,也长着几茏刺梨。平时不显山不露水地就在那儿悄悄生长着。夏日涨水,青蛙们一曲曲地演奏着乡村田园曲的时候,刺梨们也默默地加快节奏,仿佛有谁在指挥着它们,那步调是多么的一致啊。待乡亲们打好田插了秧,它们便各自忙着长绿、打上花苞、开出花来。

小蜜蜂出工很早,每天早晨还正露水汪汪呢,它们就投入了新开出的刺梨花的怀抱。得到清晨的问候,刺梨花感受到了温存,更加欣喜,每天清晨都会开出几朵新鲜的花来,候迎着小蜜蜂嗡嗡降临,把准备了一年的花蕾全都打开。

爱美之心人皆有之。虫呢?其他动物呢?那蜻蜓,常常会在刺梨花的旁边飞来飞去,犹如无人机在刺梨花的上空航拍,往返来回,累了就降落到附近的秧叶上,两只眼睛鼓鼓地盯着那鲜艳的刺梨花。它那不是在欣赏刺梨花的美吗?蝴蝶呢,常常是两只你追我闪地从很远的地方翩跹而来,在那刺梨花的附近舞蹈一番后,双双陶醉到那花朵上。那是它们约会的美丽场所吗?家有小狗,也会赏美,它常常去嗅嗅那些新开花朵的香,然后提起一只后腿在那刺梨花茏下撒下一泡尿。莫非小狗是认为开出那样鲜香的花是需要补充营养的?就连我放的那头黄牯牛,平时是会吃那刺梨长出的新叶的。当它见到那刺梨开出的花朵时,它会盯着那花朵看看,然后用鼻子去闻闻而走开。它是不忍心伤害那美吧。

那些大大小小的鸟也格外地欢快起来了。它们也是因赏到这么美的刺梨花而欢快的吗? 或者是从这些花朵里看到了什么更有意义的东西?

我喜欢刺梨花。很小的时候,见村里比我大些的哥姐们把刺梨花摘来戴在头上,我也要这样戴,有时还戴上两三朵,戴着去和小伙伴们玩,去赶场。我想那些花也是喜欢去玩、去赶场的,它们自己去不了,只有我们把它们戴在头上带它们去。不然它们为什么会在花朵下长出一坨毛绒刺,不需要什么东西辅助,往头上一放就能把整朵花牢牢地粘到头发上呢? 我们也总觉得那样戴着,就增加了几分美,心里也多了些说不出的幸福和满足。

有时我想,这是那些刺梨花和我们彼此需要装扮,彼此相互装扮着吧。

只是有一次我这样戴着随父母去赶场,有个堂嫂嘲逗我,这花是姑娘家戴的,哪有大小伙子戴这个的?你是小伙子还是姑娘?我顿时不好意思起来。从那以后,我再没有戴过刺梨花。

我更注重那些刺梨了。花谢后,刺梨就纷纷裸露了出来,一天天地长大、长鼓胀起来。金秋时节,刺梨熟了,那可是我们喜爱的一种水果。这时的喜爱,就不只是看和欣赏了。我们会挑着自己喜欢的品种和果实,采摘下来把果面上的刺抹掉,咬开,再把里面的籽粒去掉,一嘴嘴地咬着吃。

那味道,清脆,酸甜可口。我们上山割草、放牛、找蘑菇,也时可吃到。

记得一次母亲生病两天吃不下饭,见我摘回来几个刺梨,她吃了两个,就想吃饭了,病也渐好了。

有的还摘来酿酒。一年二伯伯家摘刺梨来酿了酒,请父亲去品尝,我也去了,我是去找小伙伴们玩的。二伯伯家邀来品酒的人不少,一人端着一只土碗,几只土碗盛着浅绿色的酒在二十来人手里传来传去地抿喝,然后各自说出自己喝后的感受。

酿酒，或许就是刺梨的出路吧。可是在这"地无三尺平"之地，在这"人无三分银"之时，它的出路在哪里呢？

后来因为缺少燃料，刺梨更是遭受了厄运，整丛地被割砍来当柴草烧了，远远近近的山都被割砍成了"光头"，田槛上的刺梨菀子也纷纷遭到了锄头的挖掘，连根都被掘出来当柴草烧了。

我到县城上高中后更少见到刺梨了。高中毕业到了北京，上学、工作、创作，一晃三十年过去，其间回过老家也就那么十来次吧，感觉家乡又变绿了，尤其是近年来，很多"光头"山都长出了"新发"，变成了森林。越来越绿，越绿越广袤。有些田槛边、路边又长出了刺梨。

我想，现在家乡那些刺梨又绽放出鲜艳的花来了吧。家乡那些小伙伴还会去摘来戴到头上吗？

人们发现了刺梨的很多药用价值，甚至连根和籽粒都是药材，想必定会有很多人栽种它。那么刺梨当是幸运了。可那些自生于田槛边的刺梨呢？它们的命运如何？它们是否也有一个美好的前程出路？

草籽花

◎ 王明亚

草籽花来的时候,王庄还蛰伏在早春的寒梦里。它一来,王庄便眉清目秀地醒了。

一开始,只是东一朵西一朵闲散地开着,每一朵几个小骨朵儿攒聚一起,面向太阳,像一个个紫色的小灯盏为更多的花蕾们照出一条开花的路。绿为眉,紫为目,于是,广袤的田野里,逶迤的沟渠边,河岸的草滩上,甚至菜园的篱笆下,随处可见举着小灯盏的草籽花,它们醒目地眨着眼睛。晨风拂过,树上的鸟们看见一盏接一盏的草籽花灯打开时,惊得"啾啾啾、啾啾啾"地叫出了声;睡了一冬的青蛙也探出头来连声赞叹:呱——哇——啊! 早起的蜜蜂更是被"噼噼啪啪"绽放的草籽花眩晕了眼睛,它们就嗅着花儿的芬芳"嗡啊嗡啊"地去拱香、掘粉。蜜蜂夸张的动作惊动了蝴蝶,蝴蝶们也"哧啊哧啊"地舞动起斑斓的翅子。这是草籽花的一场怒放,是它们短暂一生的繁华盛景,它们举一田的紫灯盏笑出融融的春光。瑰丽的春光斜斜地从东边射在草籽花田里,草籽花就像披上一件神奇的锦衣,"轰"一声,整个村庄被一团亮烈的紫火点燃了。草籽花是冬天派往春天的使者。

在王庄,无论草籽开不开花,农人们都说:"撒草籽去! 割草籽去! 耕草籽田去!"特殊指代时他们才说:"草籽开花了! 草籽花开了! 开了花的草籽要耕了!"

草籽花不懂农人的话,也不懂他们的梦想,它们也没心思去揣摩。它们忙着在最好的春光里活出最实诚最有价值的一生。它们不与油菜花争金贵,不与桃花争娇艳,不与栀子花比芬芳,不与雏菊比圣洁。它们有自己平凡朴实的秉性。它们安静地绽放着,也悄悄私语谁是最美丽的那个花仙子,说来说去,仿佛谁都是最美的,它们便摇着纤细的身子大笑起来。它们的笑声惹来了一群稚嫩的小女孩,她们在田边"哇哇啊啊"地大声喊叫,哇,好多花啊! 好多好多花呀!

小女孩们叫着喊着,天性爱美的她们用草籽花编成花环戴在头上,编成耳坠挂在耳朵上,紫艳的草籽花项链让她们像一个个的小仙女。连草籽花们也不得不说,还是戴花环的小女孩们最乖。小女孩们就在田野里快乐地奔跑,她们澄澈的瞳孔里也奔跑着一朵一朵素朴的草籽花,那是她们另一个纯真飞扬的自己。男孩们顽皮些,他们会在沥干水的草籽花田里奔跑,打滚,玩他们永远玩不疲的游戏。累了,渴了,扯一把鲜嫩的草籽咀嚼,他们的牙齿镰刀一样切割出"嚓嚓嚓"好听的声响,听起来像一只只羊在啃啃甜美的食物。白狗看他们玩疯了,也撒欢儿在那里转圈圈,咬自己的尾巴作乐。要回家了,男孩女孩们在田里摘一篮青嫩的草籽回去,母亲炒出的草籽菜有一股凉润、甜香的味道,这是春天的味道。过几天,母亲说你采的草籽有点老了,不能炒着吃了,给猪吃吧。猪大口大口地啃食着草籽,把一朵一朵的花也卷进嘴里去,它一边吃一边"哼哄哼哄"地感叹尘世的美好。母亲也会把割回来的草籽剁碎,"啾啾啾啾"地唤鸡吃。鸡们一见有新鲜的食物,忽地一下撑起两扇翅子跑过来,那样子,像风中扬帆的船。和猪一样,鸡们边啄吃边"喔喔喔……咯咯咯……"地唱着歌。草籽花迷人的小模样和甜津津的味道激活了一个村庄的梦想。

草籽花自己不知道它们的魔力。天地间,它们开花了,就像它们按下了开花的开关;它们凋谢了,就像它们按下了花谢的开关。这是它们的生命规律,开到极盛是尾声。它们知道要安静泰然地面对一棵草籽的死生契阔。

草籽花改变了早春的寒意时,也改变了农人们苍白的脸色。他们的脸映照在草籽花纯净坚韧的格调里,他们的一颦一笑便也有了草籽花的质朴和憨实。他们知道,草籽花盛放的田地里一定能长出那个叫收获的词汇。他们便脱掉了冬天的棉外套,撸起袖子准备开垦春天了。不是所有的草籽花都能活到终老的,只有被农人们留出来的一小块种田才是幸运儿。太阳下,一头牛铁硬的蹄子踏进田里,农人在田里扶着磨得发亮的犁铧吆喝那头牛,一行行紫绿紫绿的草籽便被锋利的犁铧连根翻起,它们扑、卧、躺、匍匐在犁铧前,就像栽了个跟头似的再也爬不起来了。成群的白鹭跟在牛尾和犁铧后面捕捉翻起的小虫吃。草籽花最后的紫光潋滟也像鸟翅一样在犁头上盘旋翻滚一阵后,默默地沉到泥浆里去,不久它们便是上好的生态肥料。

王庄在草籽花的绚烂里绚烂过了。王庄的草籽滋养着王庄的田地。田地里的庄稼滋养着王庄的人和动物。最后留出来的那一小块草籽田,终于活老了,它们轻盈的花一瓣一瓣地飘到田地里,就像它们生命的光影一点一点地移到时光深处去。它们并不忧伤。黑夜里,它们忙着结它们的籽,传它们的代,织它们转世的另一场花开。一田黑色的籽夹壳高高地举在星空下,散发出星星一样的燎原之光。收获过的籽夹壳晒干了,装在粗布枕头里,入梦时分,鼻息间萦绕的满是草籽的清香,它们窸窸窣窣地在枕头上絮语,轻唱一棵草籽的生命之歌。

夜鸟声声忆旧园

◎ 庞井君

    坐落在颐和园之北、圆明园之西的这所校园，与皇家园林水系相通、气脉相连，得西山浩渺之灵秀，拥郊野旷荡之雄阔，草木蓊郁，古风氤氲，其幽邃气韵在京城是出了名的。这种得天独厚的环境为野鸟栖息提供了绝佳场域，其种类之繁、品种之珍给人留下了难忘的印象。

    三十多年前，我从燕山深处的一个小村庄来这里读研究生，日日以古树为伴，夜夜与野鸟为邻，好像居住在一个童话世界。二十多年前，我哲学博士毕业回到这里工作，一住十多年，仍然有生活在大山森林中的感觉。前不久，我又来这里学习，寓所紧挨着当年读研究生时住过的那座楼，虽然建筑已然改观，可蔽日的绿荫依然，参天的古木依然，清脆的鸟鸣依然，特别是夜鸟的啼鸣，如歌如吟，如泣如诉，声声呼唤着遥远的记忆，轻轻触碰着心底的秘密，心境一下子激荡起来，精神的天空仿佛生出了无数翅膀，向着未来和世界深处自由飞翔。

    刚入学的时候，正值暮春初夏时节，鸟儿繁衍育雏，异常活跃，叫声也更加清脆明亮。白天的感受并不强烈，满脑子都被课堂的概念、命题、体系充塞和笼缚，偶尔从林荫道上走过，枝头传来的鸟鸣，找不到多余的存留空间，像风一样从耳际飘过，很快被嘈杂的话语声、凌乱的脚步声和轰鸣的车声淹没了。

    晚上，随着夕阳渐渐沉入西山背后，夏风从岩穴林杪间轻轻吹来，森森的夜色像奇袭城堡的士兵，又像围攻猎物的群狼，一边潜隐着身影，一边悄悄向目标靠近，从四面八方围拢过来，到了寓所附近的时候，与房间昏黄的灯光在窗外交融出淡墨般的涟漪，向夜的深处荡漾。这黑夜的降临，又像有一双看不见的手，将无数极薄极柔、极密极淡的轻纱铺陈开来，一层接一层地叠加，越积越浓，越叠越黑，不知是为了屏蔽外边的事物，还是编织一个罩住自身的空间。乌鸦呱呱叫着、啄木鸟咚咚敲着、斑鸠嗨嗨吼着,一起送走了天际最后一丝亮光。路灯倦怠而又无奈地投来幽怨的眼神,星星射来几丝的光芒,像晶莹尖细的银针刺破这层层叠叠的轻纱,将遥远的亮光送到人们的心田。夜鸟则挣脱了白天的聒噪和喧闹,跑到夜幕后面,大声鸣唱起来,仿佛是一种背景音乐,伴我读书、写作和遐想。有时干脆关了空调,将窗帘拉开,将窗子打开,让鸟鸣融合着清风一起进来,静静地躺在床上,若有若无地想一些事情,让思绪随着夜鸟的叫声波动着,任意象灵感自由涌现,品味着时间瞬间凝固又丝丝滑过的感觉。

深夜,校园里的虫声、蛙声渐渐沉寂了,白杨树下的路灯早已熄灭,校园外大马路上的车声也渐渐稀疏,一切都淹没在茫茫黑暗之中。写完了一天的思想札记,意识的冲荡渐渐归于平复,过滤出来的思绪丝丝片片安放在各自的地方。头脑中所有精神填充物全部放空,一切喧嚣化为虚静,一切充实化为空灵。精神世界像过去一个人傍晚静坐凝思的高原湖泊,褪去了白天的纷扰和华丽,收缩成一潭沉郁的静水,深深倒映着神秘的冰川和夜空,清灵的鱼儿缓缓从潭底浮出,像鸟儿一样优游于冰雪星月之间。深沉的夜本来对我就有特殊的魅力,夜鸟的叫声使它更加迷人。完成了一天的任务,还是常常不忍睡去,于是便关了灯,把自己也沉沦于黑暗之中,静听夜鸟声声触碰心弦,感悟着与自然灵性的直接融通。

其实,在这幽寂无边的黑夜中,啼叫不息的只剩下两三种鸟。这些叫声清澈中带着几丝苍凉,深远中带着几分悠扬,柔软中饱含着坚韧的力量,穿透黑夜、撕裂黑夜,向沉睡的生灵透露着光明的消息。我觉得,它们是大自然孤独的思想者、寂寞的呼唤者和自由的歌唱者。

叫声最明亮的是四声杜鹃。它像山间的流水、田野的清风一样轻盈飘逸,彻夜不停地叫,节奏也是不变的,平平仄平,简洁却不简单,更不显单调。这声音空灵而深远、古老而清新,像咏叹着什么,又像呼唤着什么,总感觉后面连接着很多难以表达的东西。听着它的鸣唱和咏叹,自然就想起了故乡燕山深处的夏夜时光,想起了童年那些令人怀恋和忧伤的往事,想到古代文人关于夜鸟的意境。二三十年前在这个校园度过的那些岁月也被它声声唤出,像电影和梦境一样在脑海里来回播放,荡气回肠。

双声杜鹃很少,猫头鹰的叫声却常常响起。猫头鹰有很多种,叫声大都像人的声音,阴森可怖。有的像一个幽怨的女人冲人大笑几声,扬长而去;有的像儿童的哭声呜咽凄楚,断断续续;这所校园里的猫头鹰叫声像老人故意大声咳嗽,尾音拉得很长。童年村南小河边高高的山崖上就住着这种鸟,胆小的人夜里都不敢走那段路。它不像四声杜鹃那样连续地叫,而是冷不丁低吼几声,然后静静观望着黑夜的反应。我感觉,夜深万籁俱寂,这叫声可以点拨眠者冗长乏味的梦境,刺激醒者疲倦麻木的眼神,喝断夜行者机械单调的脚步。

有时夜来风雨,吹得楼头白杨哗哗作响,浑如浪涌,夜鸟的声音在声涛中飘摇拉扯,却毫不示弱,直到大雨骤来,风声雨浪中仍然感到它们在坚韧地抗争呐喊。雨小的时候,夜鸟的叫声仿佛一下子突出困境,迅速浮现出来,显得更加清脆悠长。

有一天晚上睡得早,夜里似乎有什么异样的感觉轻轻拂过梦境,蓦然醒来发现是月光伴着夜鸟的声音清凉凉地涌进窗口,直泻床上。这月色仿佛是有声音的,而那远远飘来的鸟声也似乎是有颜色的。对,就是月色和鸟声的融合!它们一起布满了我的房间,充盈在精神世界里,与里面的东西交融共振,幻化出种种新奇意境。

夜鸟声声,啼走了黑夜,迎来了黎明,也唤出了更多的鸟鸣。凌晨四五点钟,天刚蒙蒙亮,晨雾还未散去,已有几种鸟欢快地加入了这晨鸟的奏鸣曲。这是一场别开生面的交响乐。一开始的前奏,夜鸟还是主角,仍然带着夜里的苍凉,几种叫不上名字的鸟鸣,清凉明亮,仿佛几束纤细而又锐利的光穿过大树和楼宇向夜的深处射去,明灭自然,长短有序,卷舒自由。天越来越亮,窗外更加热闹,乐曲的调子也逐渐欢快起来。那些夜眠的鸟睡了一夜,养足了精神,大声吵闹着穿过幕布走向前台,占据了主导。夜鸟的声音还在,但已被十几种其他鸟的声音淹没了。这是一场由大自然安排好了的校园黎明曲,没有指挥,没有作曲,没有导演,大自然就是一切,她将自然灵性植入每一只鸟的天性中,每只鸟都自然而然地扮演着自己的角色,自觉遵守着自然的规则和自发的秩序。你听,谁先叫,谁后叫,叫几声,声音有多大,频次有多快,都像不同的乐手按照乐谱演奏一样,井然有序,自由和谐。单只鸟叫时,高亢嘹亮,群鸟俱寂,你不会觉得单调和空旷;很多鸟齐鸣时,你也不会觉得嘈杂和混乱。我想,这里一定蕴含着大自然美的法则、真的规律和禅的玄机。据说有一个数学家研究发现了上千只鸟在一起飞翔时所遵循的数学法则。爱因斯坦则指出,自然是一个庞大的图书馆,所有的秘密都写在那些书里,尽管我们每天都在这座图书馆里,遗憾的是我们不懂书中的语言。我想,夜鸟声声,就是大自然写成的一本神秘之书,带给人无尽的哲学遐思、科学猜想和美学向往。

刚入学那些日子,还比较悠闲,鸟声彻夜不绝,很多同学都说被吵得睡不着,夜夜将窗子关得紧紧的,窗帘拉得严严的。没过半个月,学习越来越紧张,夜里的鸟却很少叫了。我觉得很奇怪,猜了很多原因,又觉得都不全是。快毕业那些天,眼见满塘莲实累累,雏鸭和小鸳鸯已可展翅飞翔了,我又怀念起先前的夜鸟来,听了听录音,总觉没那个味儿、劲儿。有一天,故意睡得很晚,半夜时分趁着月色,顺着几片参天的古树林一直走到荷塘边,期待重温那些夜鸟的叫声,终无所获,只有零星的蝉声响起,那完全是另一种感觉了。

近日偶读李白《蜀道难》诗句:"但见悲鸟号古木,雄飞雌从绕林间。又闻子规啼夜月,愁空山。"深有感触,然而意境毕竟与此不大相同。又翻检古人有关夜鸟啼鸣的诗文,想找些共鸣,却也没有一篇契合得上,失望之余,转念一想,反而更觉得自己这段经历和感受异常珍贵了。

松林往上

◎ 吉布鹰升

松林下松针枯黄,踏上去,窸窣轻响,寂静、美妙,犹如弹奏曼妙的乐曲,又像松软的毛毯,飘来一股股好闻的清香气息。一棵棵几乎光秃秃的落叶松直入苍穹,微风习习,一枚枚松针细雨般轻轻飘落,有的落于我的衣服上,有的落于头发,有的落于脚下,仿佛对我轻声问候,又似轻歌曼舞。寂静里,忽然传来几声鸟鸣。一只灰色小鸟,像是柳莺,慌慌张张地闪入一丛灌木,栖息枝上,探头探脑,又倏忽隐没了。

那绿的灌丛,在落叶松的衬托下,在日光照耀下,显得格外翠绿。松林疏朗,树上挂着稀疏、枯黄的松针。松林之上,天空淡蓝,白云飘浮。白云随风飘,如我漫步林间,无牵无挂,轻松自由和些许豪迈。林间,一枚枯叶飘落,一声鸟鸣,让人忘却尘世的喧嚣、烦扰。一切归于自在、宁静。新鲜的空气混杂松针的清香扑面而来,仿佛让人变得畅快和年轻起来。

一个月之前,松林被秋日染成金黄一片,远远望去,几多绚烂。

春日,松林探出绿绿的针叶,犹如浮起一抹抹绿雾。夏日,一片郁郁葱葱而遮天蔽日。秋日,黄叶纷纷。冬日,一派萧条、死寂的景象,仿佛历经一场奇幻之旅。

我许多次穿过这一片山林,第一次踏足这里的时候,落叶松才高过一人。从这里可以望见树木的尽头连着一块块的坡耕地。这些坡地逐年荒芜,如今被松林覆盖了大片。落叶松生长的地方,几乎很难见到其他草木。松下,偶尔生长了零星的云南松、柳杉、川榛、胡颓子和稀疏的蕨草,那些喜阴凉、潮湿的环境生长的蘑菇,静静地腐败归于尘土了。

那几棵柳杉披绿,也许种子是风和鸟儿带来的。云南松、川榛、刺叶栎、大白杜鹃等,这些原生植物和落叶松在为生存而时时刻刻地竞争领地。落叶松大有让其他草木陷入绝境的趋势,甚至会灭绝。这事仔细想来让人不寒而栗。除了这事以外,落叶松的景致太单调和冬日的萧条、死寂,都是我不喜欢的原因。

大自然无时无刻不在变幻着,谁知道将来落叶松林又会被其他什么树木取代呢?在另外一座山,一位牧人说,从前为了防狼袭击羊群,把密匝匝的青竹林一片片烧毁,浓烟滚滚,火苗升腾,燃竹噼噼啪啪响,火势蔓延肆虐,鸟儿惊飞,野兔奔窜。不一会儿,化为一片焦黑。过几年,这片土地被灌木杜鹃覆盖,从而取代了青竹林,引来了适合灌丛里生活栖息的小鸟,如山鹪莺、噪鹛等。每当春夏,灌木杜鹃粉红、紫蓝色的花儿竞相绽放,犹如夜空的星星闪亮,又似粉红、紫蓝色的地毯铺展开来。天空碧蓝如洗,云雀鸣啭,鸲鹰盘旋,仿佛换了时空。狼已然消失于山林里。不知为何,人们又怀念狼了。

冬日,这片山林如同其他任何山林一样,萧条、死寂一般。伯劳、噪鹛、黄喉鸦等少数留鸟外,鸟儿大多销声匿迹,有的过着隐士般的生活,有的早已飞去温暖的南方。大雪纷纷,树林披上银装,小径隐没,雪地上留有清晰可辨的野物的足迹,如野兔、野猪、小鸟,还有几处像是小孩倒走的脚印。有人说,那是熊的脚印。然而,从未有人在此山林里见过熊,这是非常神秘诡异的事情。

在灰蒙蒙的雾里,在白雪皑皑的树林里,一个人漫步于林间,那种寂静笼罩一切,让人十分害怕。即使牧人也不敢造访树林,担心迷路或遇见凶猛的野兽。雾气缭绕,一阵寒风吹来,树上的积雪簌簌掉落,令人惊慌四顾。一只灰色的小鸟,无声地从树枝上惊飞,孤寂、勇敢的小鸟呀!大地又陷入死寂一片,人是那么卑微、渺小地存在着。一群山雀"吱吱"啼鸣,扑棱扑棱,积雪纷纷落下。这群山雀,过着群居生活,似乎抱团取暖,抵御严寒和寂寞。一阵风吹来,雾弥漫,天空露出了明晃晃的日光,仿佛让人看见了天堂。

春归大地,众鸟归来。山林里,草木吐绿,落叶松泛起了绿雾。雉鸡开始啼鸣,山里人说"野鸡挣扎了"。这是多么形象的比喻,雉鸡的叫声粗糙、嘶哑,几近挣扎声。然而,毕竟那一声声鸣叫带来了欢快、欣欣向荣的季节。柳莺轻声细语,扑棱扑棱,树梢上穿梭,轻盈如风,如跳动的音符。布谷鸟归来,从远处传来"布谷……布谷……"叫声,先是羞怯,仿佛试探,过几日,声音渐渐变为激越张扬。山鹪莺低飞，三五只聚集一起，交头接耳，轻声细语，缠绵缱绻。松鸦高傲地栖息于高高的树枝上，"哇……呢哇哇……"仿佛牧人打招呼。鹰鹃躲藏于树林，"瑟瑟洛……"那叫声一声高过一声，有时发出"咕咕……"如流水声。噪鹃"阿嘿……阿嘿……"叫声嘹亮、刺耳，听来令人心生惶恐。四声杜鹃"阿卜卜古……"地啼鸣，带来远古神秘幽远的气息。乌鸫鸣啭，时而低回，时而高亢，时而婉转，无论晨昏无休止地为树林演奏一曲天籁。太阳鸟轻盈如微风，一声声轻柔的啼鸣，如溪流涓涓。伯劳停栖树枝上，模仿着雉鸡、云雀等鸟儿的歌声，惟妙惟肖。松林边，杜鹃树木绽放粉红、雪白的花儿，灿烂山林。此时，漫步林间，芬芳的空气一阵阵扑鼻而来，令人舒畅不已。

现在，小径边灌丛林腋花杜鹃、大白杜鹃花儿早已凋谢。不再像四五月那样耀眼夺目，粉红、雪白的花儿纷纷绽放，散发浓郁的芬芳气息，蝶儿翩跹，蜂儿采蜜。冬日，暖阳照耀，山岭里的杜鹃花兀自绽放，真是奇迹。那是花朵对暖阳的深情馈赠。荚蒾红艳艳的果实、枸子鲜红的果实，不时闪现，令人垂涎。

除了荚蒾、枸子、云南松、刺叶栎、竹子等四季常青的植物，和落叶松的光秃秃形成了鲜明的对比。火绒、山萩、刺蓟、鳞叶龙胆、肋柱、红花龙胆、牛至，初冬兀自绽放花儿，或浓艳或淡蓝或淡绿或紫嫣或淡黄，静静地诠释自然的魅力和造物主的不可思议。

忽然，一声鸟鸣悠然传来。举目仰望，一只红色的小鸟落于那高高的树梢上，那是山椒鸟吗？倏忽，又飞去了，把寂静还给树林。云南松绿绿的针叶，指向淡蓝的天空，仿佛为蓝天拂尘。另一棵云南松，果实累累，在蓝天下是绝妙的风景。山杨树上挂着金灿灿的叶片，随时乘风降落。

我担心遇见竹叶青蛇。从前，小径隐隐约约，竹林茂密，随时可能遇见这种蛇。它脾气暴躁，会主动攻击路过的动物，为了自卫。然而，这初冬时节，路上草丛稀疏，曾经隐约可辨的小径因为行人渐多又变得较为宽敞了。

星鸦叫声尖锐、刺耳，回荡林间，那是恐吓其他鸟儿。它那尖嘴如鹤嘴锄，敲击松果、榛子等，为不久大雪纷飞的天气储存粮食。几乎有松果的地方都有星鸦飞翔的身影。

远远地，橙翅噪鹛的叫声高亢、嘹亮，"哦……其阿哦……"那叫声是多么熟悉又亲切。这种鸟儿，生活于高寒地带，山里人都熟悉它的鸣声。它的一生钟情于山地，无论春冬。人们大多像是那流走的河水不复返，为了住进气候温暖、交通便捷的地方，为了把孩子送进先进的学校接受更好的教育。当我走出树林来到垭口的时候，那"哦……其阿哦……"的鸣叫，仿佛是对我的造访一声声亲切问候，从对面的山岭远远传来，令山谷显得更加空旷、寂静。

我坐于草坡上，静静地聆听那久违的鸟鸣声一阵阵传来，仿佛回到了童年。那些清贫、快乐的岁月恍如眼前，历历在目，父母膝下，兄弟姊妹无忧无虑地生活。牧羊少年，放牧山坡，羊儿如白云悠悠，狗儿在奔跑，风儿习习，空气里混杂着草木芬芳的气息。云雀鸣啭，鹰在高傲地飞翔，三道眉草鹀在沟边唧啾啼鸣，朱雀叫声嘹亮。金色的麦浪随风起伏，金黄的苦荞秸垛远远地飘来好闻的清香气息，收获的洋芋地翻耕后播种的芜菁叶子青青一片……而今，土地荒芜，衰草连天，不见风吹麦浪摇的景象和金黄的荞秸垛了，农耕文化逐渐被遗忘消失。一个人静静地面对那些矮矮的棚舍和荒地，不禁默默地感慨道："这是回不去的故乡。"

对岸的山岭，树林淡绿，草丛枯黄。湖泊静卧，赫然展露于眼前，湖中草丛一片枯黄，湖水微微碧绿。湖畔，西岸坐落着几座矮矮的房舍，树木稀疏。从不同处望去，湖泊的形状、枯黄的草丛呈现不同的景致。西边，太阳高挂，阳光明澈，天空碧蓝如洗，天际散着薄薄的白云，似乎随时消失。一条碧蓝的溪水蜿蜒流向湖泊。溪水两边，草丛枯黄或淡绿，牛羊悠然觅食。西北，天空湛蓝蓝，一朵雪白的云似乎飘浮又似乎凝固了。

草丛泛绿，云雀、伯劳、黄喉鹀、乌鸫、山鹪莺、柳莺、朱雀、山雀等鸟儿叫声此起彼伏的春天，和眼前草丛枯黄一派、湖泊昏暗而萧条的初冬景象截然不同。那时，万物复苏而渐渐欣欣向荣，紫花地丁、鳞叶龙胆、夏枯草、大蓟、委陵菜、野草莓、枸子、刺蔷薇、倒提壶、狼毒、蕨、胡颓子、树莓、腋花杜鹃、刺叶栎、大白杜鹃等竞相吐绿，时不我待地生长，渐渐地，该开花的开花，粉红、雪白、紫蓝等色彩映入眼帘，格外夺目。蝶儿翻跹，蜂儿嗡嗡，蟋蟀唧唧，蝗虫跳跃，蚂蚁忙碌。溪水涓涓，波光潋滟。羊羔蹦跳，牛犊撒欢儿，马驹欢蹦，不时传来羊儿咩咩、牛儿哞哞、马儿嘶鸣的声音。远处，布谷鸟、鹰鹃的叫声渐渐变得激越的时候,不觉间迎来了夏日。草木尽峥嵘,山林里大白杜鹃盛开,远远望去,犹如一群群白羊在漫游,就像山里人说:"真不知是白羊还是白花呢!"

天空里,云雀不知疲倦地鸣叫,处处回荡着它的歌声。倘如仔细观察,它突然从地上起飞,升空,一边飞舞,一边鸣啭,到了高空,自个儿画个圈儿,边飞边鸣,周而复始,久久不愿停息下来,时间大概持续了半个小时以上呀!为何它的喉咙不会干燥嘶哑呢?忽然,它俯冲而下,消失在草丛里。湖边漫步,脚下的草丛湿滑,不时吧唧吧唧响,水浸湿了鞋袜。有的地方,脚踩上去,泥炭层颤颤巍巍,真是奇妙。从前,居住在这里的农人把泥炭挖来晒干,引火取暖煮饭,是很好的炭火。小孩在捉鱼,牧人在远处躺卧沐浴阳光,不时传来吆喝声。七月,草丛葳蕤,鸟儿的叫声不再是此起彼伏。八月,布谷鸟、鹰鹃的叫声沉寂了。远处,那山顶上洁白的火绒草、金灿灿的委陵菜、粉红的马先蒿、粉白的牛至、金黄的狼毒等花儿一片片绽放,绿绿的凤尾蕨迎风摇曳,令人无限留恋。绶草,这种野生兰花,顾名思义,如绶带,娇媚可爱,不时闪现于脚步边,小心别踩上了。但愿,后人能够看到如此美好的景象。

鄂尔多斯脸谱

◎ 李青松

词条

深秋,在鄂尔多斯行走多日。

最初,我知道鄂尔多斯,是因之一部电影,那部电影的名字叫《鄂尔多斯风暴》。

鄂尔多斯何意? 需要按照蒙语的原意拆开解释了——"鄂尔多"为宫帐;"斯"为复数,很多;组合到一起,"鄂尔多斯"即为"宫帐群"的意思。

鄂尔多斯在哪里?目光不必散乱,它不在别处,黄河"几"字弯里面的高原台地即是。它西北东三面环水,南与古长城相接,形成一个巨大的"套子",也被称为"河套"。

且慢,还有另外几个别称呢,都是相对黄河对岸而言的。哪几个呢?一曰"河东地",于宁地远眺,它地处黄河东岸嘛;一曰"河南地",这是陕人对这边的称谓;一曰"河西地",与晋地隔河相望,晋人指着黄河西岸的鄂尔多斯说,那边是"河西地"呢。

从地图上看,黄河流向一路顺畅,唯独流到此处遇到大麻烦——强悍的鄂尔多斯高原台地挡住了去路。无奈,黄河便不断地转向,向北向东向南,再向东。

更远的远古时期,就是如此的情形吗?是鄂尔多斯排斥黄河,还是黄河心存恐惧,躲闪而去呢? 可是,黄河绕了个大弯子之后,为什么还要回来呢?

行走期间,我一直在思考,鄂尔多斯与黄河生态系统是一种什么关系?对于中国来说,鄂尔多斯意味着什么?

康巴什

康巴什,康巴什,康巴什。

这里是康巴什。

在蒙语中，康巴什是"卓越的先生"的意思。蒙古族朋友苏雅拉图告诉我，早年的某年，草原上瘟疫肆虐，牛羊尸横遍野。万般无奈之际，牧民向一位精通蒙医的私塾先生求助。这位私塾先生用一种蒙药灭杀了瘟疫，挽救了牧民的牛羊。从此，牧民们就把私塾先生教书的地方，称为"康巴什"。

如今，康巴什是一座具有现代气息的城市。政府机构、司法机关、学校医院都在这里。最具特色的建筑是图书馆和博物馆，造型奇特，风格另类。

在康巴什的上空，看不见一根电线，也看不见纵横交错的管网。所有的管网，所有的电线都在地下铺设穿行。这个城市的格局宏阔，却拒绝一切与美无关的事物。

一个不足十七万人口的城市，居然拥有三十一处公园广场。绿树葱茏，花团锦簇。所有的公园都是免票的，所有的广场都是通透的。

没有栅栏，没有围墙，四面连着八方。

康巴什，又被称作"暖城"。之所以如此称之，不仅是因为那句"鄂尔多斯羊绒衫，温暖全世界"的广告语，也不仅是因为它向京津冀和华南华东地区输送了大量煤炭及电能，更是因为康巴什人的热情、好客、真诚和温暖。

人与自然的关系也是温暖的。常有野鸡、斑鸠漫步广场或者街头，也有松鼠在行道树上蹿来蹿去。

康巴什与伊金霍洛（蒙语，圣主的院落。圣主，即是指成吉思汗）只隔着一条河——乌兰木伦河。机关干部和职员多半家居伊金霍洛，而上班则要过河到康巴什去。

上班族开玩笑说："我们是住在圣主的院落，每天过河去见卓越的先生。"

——哈哈哈！

骏马图

库布齐沙漠腹地。

沙漠覆盖着沙漠。静悄悄的表面下，潜伏着喧嚣，潜伏着激情。那些奇异的光伏板，沉寂并低调地悬浮于大漠之上。脉络清晰，章法有序，起落分明。

然而,它们总有自己的性格和逻辑。激越时,叠起来就是一座山;低回时拼接起来,就是一片海。

也有蓝浪排空,也有过峡穿帐。

——这里北距黄河十五公里,被称为世界上最大的光伏发电站。最大是多大?这么说吧——相当于七十五个天安门广场那么大,相当于五个杭州西湖那么阔。

光者,阳光也。

伏者,从人从犬,人使犬降之,犬低首服从人之指令也。

用手能抓到光吗?抓一下试试,抓是抓到了,但打开手掌,却是空空如也。

科学能够将不能变成可能。新能源的词典里有一个词——光伏发电。通俗一点说,就是利用硅化板采集阳光,进而转化成电能的一种科技手段。这里有两层意思——其一,捕捉阳光,使其服从人的需要;其二,捕捉阳光不是目的,而是使其转化成能量。

光伏发电,又叫"绿电"。它间接减排了煤尘粉尘,减排了二氧化碳。

鄂尔多斯达拉特旗光伏发电项目,于二〇二二年开工建设,项目全部建成后,也就是至二〇三〇年,每年可向京津冀送电四百亿千瓦时。

什么概念呢?——北京一年用电量一千二百八十亿千瓦时,打个比喻——如果说北京有三盏灯的话,那么其中有一盏就是鄂尔多斯光伏发电送来的电。

站在高处,放眼望去——鄂尔多斯人生生用光伏板拼出了一幅骏马图——马首高昂,马鬃鬣鬣,马尾飘逸。顷刻间,马头琴响起,呼麦呜呜,草原深处升腾出一行字——善用自然的能量。

喔,用 196320 块光伏板,拼出的 1398421 平方米的骏马图,是想象胜过浪漫?还是浪漫胜过想象?

苏雅拉图

苏雅拉图是我的蒙古族朋友。

他出生于乌审旗的一个牧民家庭。那个年代,全家住在蒙古包里。蒙古包由圆柱形屋身和钝锥形屋顶组成,是用木质构架和毛毡覆盖的建筑。

蒙古包,又被称作"穹庐"。它拆装方便,使用空间大,滤水透光,不积雪不阻风不破坏草原生态。苏雅拉图告诉我:"蒙古包在选场扎包方面很有讲究。"他说:"按照蒙古族传统习俗,选场扎包要前有照,后有靠。既无照,也无靠,也应有抱。"

"何解?"我问。

苏雅拉图说:"照——是指前面要有充足的阳光和辽阔的草滩;靠——是指后面要有阳坡或者高地;抱——是指周围要有河流或者湖泊。"

不需要钢筋,不需要水泥,不需要砖瓦,不需要金属配件,只需要若干根木条,若干张毛毡,就可以搭建起一个蒙古包。它对自然资源的消耗降到了最低。搬迁时不会留下废墟,不会留下垃圾,一片狼藉。

蒙古包拆卸搬迁之后,那个曾经的扎包之地,很快又绿草如茵,恢复了生机。

苏雅拉图说:"或许,我是带着感情因素吧,从生态学角度来看,蒙古包是世界上最有利于生态保护的建筑。"听了苏雅拉图一席话,我忽然就悟出点什么了。文明到底意味着什么?那些高楼大厦,那些钢筋水泥的建筑,就一定代表着文明吗?

小时候,苏雅拉图给嘎查放牧。出牧时,别的牧民骑马,他骑羊。骑马的牧民,挥动着鞭子,驱赶着羊群,躲着骑羊的苏雅拉图,躲得远远,远得看不见他的踪影。

苏雅拉图心里清楚,躲他是什么原因。该死的"骚乎"!

骑羊放牧的苏雅拉图,放的都是雄壮的公羊——俗名"骚乎",总共三十余只。未经阉割的"骚乎"除了吃草,整日还想着另一件事。那件事令"骚乎"骚动不安。"骚乎"一看见母羊,就会狂奔而去,制造麻烦,弄出风流韵事。

繁衍种群是好事,但无节制地繁衍就不一定是好事。为了让羊群按时令有章法地繁衍,就必须分群放牧。母羊一群,"骚乎"一群。绝对不能让"骚乎"看见母羊,也不能让"骚乎"闻到母羊的气味,否则,羊群的局面一准失控,草原上必大乱也。

苏雅拉图说,"骚乎"的腥膻气极重。由于他骑羊放牧,整日与"骚乎"打交道,以至于他的身上,也有一种浓重的"骚乎"腥膻气。直到后来进京上了北京大学,那种腥膻气味才渐渐消失。在草原上,牧民把气味看得很重。相见时,牧民彼此用鼻子吸对方的气味是一种礼节。每个人的气味和体味,被认为是构成人的心灵的一部分。

然而,腥膻之气是很难令人欢愉的。

"不过,我很怀念那种腥膻气味。"苏雅拉图说,"那种腥膻气味提醒我,自己是属于草原的。我的根在草原。"

谈到草原围栏问题,苏雅拉图颇有微词。他说:"草原不能用围栏一围了之。不能一概否定传统的轮牧和游牧方式。轮牧也好,游牧也罢,牧民是根据水草的生态因素选择的。"苏雅拉图说:"轮牧和游牧减轻了草原的压力,使脆弱的生态系统能够在一定时间内自我修复,确保了草原永续利用,生生不息。"

我点点头,很认同苏雅拉图的观点。

我问他:"在蒙语中,你的名字是什么意思?"

"有文化的人。"苏雅拉图笑着说,"是我阿爸给我起的名字,他希望我成为有文化的人。"

"在我的蒙古族朋友中,你是最有文化的人。"说罢,我也笑了。

巴音淖尔

巴音淖尔就是巴彦淖尔,译音相同,意思也一样——富庶的湖泊。

巴音淖尔又不是巴彦淖尔,一曰鄂尔多斯乌审旗的一片草原,一曰内蒙古西部一个地市级行政区。

某日,我来到毛乌素沙地包围着的巴音淖尔草原。哇呜,这里有四万亩草原,间或还有九千多个湖泊。时令虽然已经是深秋了,但草原之美,还是令人迷醉。

放眼望去,天边,有影影绰绰的羊群,如朵朵白云般飘浮在草原上。近处,骆驼三三两两,只顾埋头吃草。有鸟落在驼峰上,蹦蹦跳跳。嘴巴啄食的时候,尾巴一翘一翘,忽而,就抖抖翅膀,飞往别处了。

马有四五群,其中有白马、黑马、灰马、枣红马、黄骠马。情态迥异,各美其美。一匹青马抬头看看我,安安静静,又低首吃草了。

马,被称为草原上的"美神"。

法国动物学家布封曾说:"在所有动物中,马是各部位比例最匀称、最优美的。"布封还说:"征服这种豪迈而彪悍的动物,是人类最高贵的征服之举。"

马是具有灵性的动物。

当地朋友郝乐告诉我,毛泽东在延安时期所骑的那匹小青马就产自这里。那匹小青马,菊花青色,长鬃,身上有少许黑色斑点。是蒙古骑兵支队队长于一九四〇年送给毛泽东的。

"怎样证明小青马是产自巴音淖尔草原呢?"我疑惑地问郝乐。

郝乐说:"巴音淖尔草原的马,有自己的特有标记。"

"什么标记?"

"马的臀部有个烙印——'矛'字,蒙语叫'苏德勒',翻译成汉语,就是战神的意思。"

郝乐说:"那匹小青马个头不大,但有耐力有韧性,灵活,速度快,跑起来不颠,平稳,性格也温顺老实,深得毛主席喜欢。"

一九四七年三月至一九四八年四月,毛泽东就是骑着这匹小青马转战陕北的,从未发生过事故。

一九六二年,小青马去世。去世前,面向中南海的方向嘶嘶长鸣。至今,小青马标本还保留在延安纪念馆里。

成吉思汗甚爱良马,每见良马,即不吝三四马易之。"得之则且视暮抚,剪拂珍重,更无以加。出入不以骑,唯蓄其力,以射猎或征战所需而已"。

蒙古族谚语曰:"马使蒙古族人拥有了世界。"在成吉思汗时代,儿童从三岁始就要练习上马骑射的本领了——"能弯弓尽为甲骑",长大后,亦兵亦牧。有道是:"人不弛弓,马不解鞍。"

巴音淖尔草原上的马,是极具代表性的蒙古马。蒙古族人把马视若神灵。旧时,巴音淖尔草原上的蒙古族人是从不吃鱼的。蒙古族人认为,鱼是马的灵魂,江河里有多少条鱼,草原上就有多少匹马。若吃掉一条鱼,就等于吃掉了一匹马。这些禁忌和习俗,对于保护草原生态系统具有积极的意义。

近年来,草原上每年都举办盛大的夏牧活动,彩旗招展,锣鼓喧天,场面甚是喧闹。人气巨旺的那达慕大会、敖包会、生态旅游节、射箭比赛、走马比赛等更是成了巴音淖尔草原的新名片。

有马的草原,才是草原。

有马的草原,才是灵动的草原。

沙柳

一丛一丛,一片一片。

沙柳,沙柳,随风摇曳。

在毛乌素沙地,沙柳是一种最寻常的植物。沙柳有五不死之说——"干热旱不死,水多涝不死,沙土埋不死,牛羊啃不死,刀斧砍不死"。正是由于其生命力极强,沙柳便成了防沙治沙的先锋树种。

在沙地里,沙柳能长三四米高。它的根系相当发达,在我们看不见的沙中,根系倔强地向四处延伸,编织出一张活的生态网络。虽然,看起来它枝条纤细,绿叶娇小,仿佛风沙一吹,就能摧之折之毁之。然而,它却坚韧,顽强。一丛一丛,一片一片,集群布阵,筑起了一道又一道绿色屏障。能阻风,能降沙,能固碳,能涵水,能造氧,能栖鸟,能悦目。

然而,作为沙生灌木,每隔三五年沙柳就要平茬一次,否则,到了第七年就会老化,因养料和水分供应不足,而失去生机,慢慢枯死。

当地朋友说:"沙柳死掉后,不仅失去防风固沙能力,还容易发生病虫害,也容易引发火灾。而平茬后,沙柳会越长越旺,防风固沙效果甚好。"

"平茬割下来的沙柳,就当柴烧喂灶口了吗?"

不是。

乌审旗有一家生物发电厂,用的原料就是沙柳。这个生物发电厂,每年消耗沙柳等灌木十八万吨,可发电两亿千瓦时。电,就是能源。沙柳能创造出电,沙柳不简单呢。

在伊金霍洛旗,有一家企业,以沙柳为原料,经过多道工艺处理,最终加工成高性能重组木,用于家具、造船和航空等领域。沙柳重组木,密度高,阻燃强,不变形,不开裂,性能好,深得国外客户青睐。

企业以每吨四百元的价格,收购农民牧民平茬割下来的沙柳,让许多农民牧民的腰包也鼓起来了。

农民认识到了沙柳的价值。

牧民认识到了沙柳的价值。

于是,在毛乌素沙地,农民牧民种沙柳的积极性更高了。

　　　　种沙柳种沙柳种沙柳,

　　　　平茬平茬平茬。

　　　　钱钱钱,

　　　　绿绿绿。

这不是简单的文字游戏,而是一种现实的生态经济逻辑。沙柳,以自己独特的生物学特性,逆向推进了沙地的生态治理和生态修复进程。

沙柳,沙柳,我向你致敬!

禁令

在鄂尔多斯,无法绕开一个人——成吉思汗。敖包遗迹、广场、雕塑、街道、公园、图书馆、博物馆等等,成吉思汗的诸多元素在这些场所和空间实体上一一呈现。

倏忽间,眼前的情景触动了我的记忆。二〇〇三年三月,我到美国考察时发现,华盛顿的一个博物馆里,居然恭敬地悬挂着成吉思汗的画像。《华盛顿邮报》曾发表文章说:"成吉思汗是过去一千年最重要的人物。"他的蒙古铁骑横扫欧亚大陆——这是一个真正令世界发抖的人。

然而,通过研究,我逐步认识到成吉思汗并非只识弯弓射大雕,他竟然具有清晰的法治意识。无疑,这引起了——作为法学专业背景的生态文学作家——我的极大兴趣。《蒙古秘史》中记述了成吉思汗以自然法为依据,制定并颁布《大扎撒》的详细过程。

扎撒,即法令或者禁令之意。

《大扎撒》规定,严禁破坏草场,严禁毁坏树木,严禁糟蹋土壤。不得在河流里便溺，不得在草甸上洗晒衣服，不得污染井水，不得在夏春秋三季下水洗浴，不得用金银器皿舀水，不得向火中投掷不洁之物，不得将奶汁及食物泼洒地上，违者处斩。

瞧瞧，这一连串的"严禁"和"不得"，以及血淋淋的"处斩"一词，以否定式的极端用语，道出了成吉思汗保护草原和水源的铁一般的态度。

不过，《大扎撒》里，也充盈着温暖和柔情。云："诸每月朔望二弦，凡有生之物，杀者禁之。诸郡县正月五月，各禁杀十日，其饥馑去处，自朔日始，禁杀三日。"

又云："前正月为怀羔时分，至七月二十日休打捕之。若打捕，肉瘦皮子不可用，可惜了牲命。打捕人每有罪过之。"

除了《大扎撒》之外，蒙古族一些训诫和习俗里，也包含着许多生态保护的内容。诸如，围猎时不得惊扰和恐吓受孕动物，将其放生，避免动物绝种。放牧时，不轻易在草场上挖坑刨土，避免草场沙化。倒场时，清理垃圾，把炉灶产生的灰烬掩埋干净。只可捡拾枯枝和落叶，不可折损幼树。游牧时，发现树根或者草根裸露或者被风吹出地面，要下马掩埋之。

对于成吉思汗来说，"敬畏自然，尊重自然"绝对不是一句空话。拿破仑曾不无感慨地说："这个游牧民族有严格的军事组织和深思熟虑的法令。他们要比自己的对手文明得多，我不如成吉思汗。"

为了明天，为了明天的一切。

是的，鄂尔多斯在高速发展的同时，时时刻刻，时时处处注意生态保护和生态修复，可谓善莫大焉。

天地之间，望着那无边的绿色，我隐隐感受到了成吉思汗的强韧基因，在广袤的草原上暗暗发力而生长出的传奇。

羊绒衫

羊绒衫，是鄂尔多斯的标志物。鄂尔多斯羊绒衫是有生命能呼吸的天然纤维纺织品，有"软黄金"之称。当地朋友说："鄂尔多斯羊绒衫面料软，轻柔且保暖，穿在身上的舒适感是别的面料无法比拟的。甚至，它可以直接贴皮肤内穿，毫无刺痒之感，柔柔的，暖暖的，如梦如幻。"

物以稀为贵。

羊，不是稀有之物；羊毛，不是稀有之物。可是，羊绒，我说它不是稀有之物就有点底气不足了。

世界上的羊绒产量不多，且主要产自中国。如果说，世界羊绒有四分的话，那么有一分产自鄂尔多斯。如果说，中国羊绒有三分的话，那么有一分产自鄂尔多斯。

鄂尔多斯是当之无愧的中国绒都。

鄂尔多斯是当之无愧的世界绒城。

虽然羊毛出在羊身上，羊绒也出在羊身上。然而，此羊非彼羊。羊绒与羊毛是两回事。羊毛长在绵羊身上，而羊绒只长在绒山羊身上。绒山羊身上既长羊毛，也长羊绒，往往是羊毛里夹杂着羊绒。而绵羊身上的羊毛里没有羊绒。

若干年前，有人指责"鄂尔多斯羊绒衫"是变相破坏草原生态系统的罪魁。因为山羊吃草，也刨草根。

在鄂尔多斯期间，就此问题，我专门采访了牧民。牧民说："山羊确实吃草根，但只有在没草吃，饿得不行的情况下，才刨草根吃。"有关专家也证实："草原的问题，不是山羊吃草根的问题，而是承载过量，导致草原整体退化的问题。"

是呀，草原还是那个草原，可是当地人口，新中国成立以来至今增加了四倍，而牲畜的草原承载量增加了十四倍。

谁是破坏草原的罪魁？——或许还是人吧，非山羊也。

所幸的是，近些年，鄂尔多斯通过退牧还草，控制牲畜承载量，加之科学管理，草原生态系统正在得到合理修复，草原上的景象亦一年比一年好起来。

流入黄河的河

西北东。

鄂尔多斯三面临河——黄河。西面，黄河自鄂托克旗都斯图河口进入鄂尔多斯，到准格尔旗马栅乡出境，总共流经四个旗二十八个乡镇（苏木）。流经村庄（嘎查）有多少呢？没数过，在地图上数数就知道了。

四个旗是：鄂托克旗、杭锦旗、达拉特旗和准格尔旗。二十八个乡镇（苏木),名字列举出来得一大串,甚至不止一大串,可能得三大串,就不列举了吧。

总之,那些名字因之黄河,无不浸润着水的气息。

黄河流经鄂尔多斯全长七百六十二公里。黄河是一个巨大的生态系统。

鄂尔多斯境内有四百二十六条河流,全部注入黄河。这些河流,有的称河,有的称川,有的称渠,有的称沟。而称沟的居多,如狼嚎沟、榆树沟、沙拉沟、巴拉盖沟、掌岗图沟,等等。为什么沟也是河呢?当地朋友说,称沟的河往往是季节性的河流。

历史上,鄂尔多斯境内的大小河流浑黄不堪,多半是流域两岸的水土流失造成的。当然,企业排污,导致河流污染情况也很严重。

若干年前,鄂尔多斯痛下决心,一些企业该停的停,该关的关,壮士断腕,河流污染问题开始逆转。特别是实行"河长制"之后,每条河流都有人管了。

巡护员日日巡河,风雨不误。巡护员的任务是——查看河水有没有污染,河边有没有垃圾,河道畅通不畅通,周边有没有乱堆、乱建、乱占、乱采现象。一旦发现问题就立即向"河长"报告。在第一时间,"河长"会带领有关人员前往现场处置。

如今,鄂尔多斯的大小河流,呈现出"河畅、水清、堤固、景美"的生动景象。

流入黄河的河,流着欢愉。

流入黄河的河,唱着欢愉的歌。

答案

生态好了,一切就会跟着好起来。

鄂尔多斯还是鄂尔多斯,但近年的降雨多了,雾天多了,鸟多了,松鼠多了,野鸡和野兔多了,狼和狐狸多了。

从"沙进人退"到"绿进沙退",沙漠与沙地的概念越来越模糊了。黄河流经的库布齐沙地和毛乌素沙地,已经没有了以往的暴躁脾气,因为这两片沙地如何活下去都是问题了。著名的"响沙湾"的响沙,也将暗哑无声,有绝迹的可能。绿色取而代之,无需太多时日了。

绿绿绿。鄂尔多斯充满生命的律动。

绿绿绿。绿,是一种美。

绿绿绿。绿,是一种善。

绿绿绿。绿,是一种爱。

绿绿绿。绿,是一种福。

在新的时代,每一个鄂尔多斯人对绿都有自己的解读。

鄂尔多斯与黄河是一种怎样的关系?对中国来说,鄂尔多斯到底意味着什么?——或许,答案就在蓝天中,答案就在草原上,答案就在灌木丛里,答案就在绿漠碧水间。

而我分明看到,答案的背后是人的身影。

还用我回答吗?不用了吧。